# DESEO

AF274926

# ADRIANA
# HERRERA

## SIETE DÍAS JUNTOS

Editado por Harlequin Ibérica.
Una división de HarperCollins Ibérica, S.A.
Avenida de Burgos, 8B - Planta 18
28036 Madrid
www.harlequiniberica.com

© 2025 Harlequin Ibérica, una división de HarperCollins Ibérica, S.A.
N.º 567 - 25.7.25

© 2021 Adriana Herrera
Siete días juntos
Título original: One Week to Claim It All

© 2021 Adriana Herrera
En el corazón de la tormenta
Título original: Just for the Holidays...
Publicadas originalmente por Harlequin Enterprises, Ltd.
Estos títulos fueron publicados originalmente en español en 2023

I.S.B.N.: 979-13-7000-797-3
Depósito legal: M-8489-2025
Impreso en España por: BLACK PRINT
Fecha impresión Argentina: 21.1.26
Distribuidor exclusivo para España: LOGISTA
Distribuidores para Argentina: Interior, DGP, S.A. Pienovi 211 - Avellaneda
Cap. Fed./Buenos Aires y Gran Buenos Aires, VACCARO HNOS.

# *Capítulo Uno*

Esmeralda Sambrano-Peña se apoyó sobre la puerta del pequeño apartamento que compartía con su madre en Washington Heights y se tomó un instante para recuperar el aliento. Podía escuchar las alegres voces y las risas que provenían del interior y, al imaginarse a su madre y a sus tres tías en su reunión semanal, no pudo reprimir una sonrisa. Sus tías y la predilección de estas por los chismes de vecindario y por los chistes picantes siempre conseguían ponerla de buen humor. Después de un día largo y desilusionante, resultaba muy reconfortante escuchar sus voces.

La sonrisa se le borró de los labios cuando se dio cuenta de que tendría que confesarle a su madre, delante de sus tías, que le habían rechazado su proyecto. Una vez más. Esmeralda suspiró y trató de sobreponerse. En aquella ocasión, el rechazo le había dolido más que en otras ocasiones porque había estado rozándolo con los dedos. El episodio piloto de la serie que llevaba tratando de vender hacía ya dos años había estado a punto de ver la luz. Sin embargo, los productores se habían echado atrás en el último minuto con la excusa de que el tema principal no tenía mucho atractivo comercial. Dejó escapar un suspiro y metió la llave para abrir la puerta.

—¡Hola, mami! —exclamó con voz cansada desde el estrecho recibidor mientras se quitaba los zapatos y colgaba la chaqueta. El apartamento no era grande, pero proporcionaba suficiente espacio para ambas. Dos dormitorios, salón y cocina en Riverside Drive era oro para las inmobiliarias de Nueva York. Puso un gesto de dolor al recordar cómo habían terminado en el apartamento que su madre y ella compartían, a pesar de que ya habían pasado diez años.

–*Mija*, las tías están aquí –le dijo su madre en voz muy alta, como si Esme estuviera lejos.

Ella entró en el salón y forzó una sonrisa. Encontró a las cuatro mujeres sentadas en el sofá, cada una con una copa de vino en la mano. Como siempre, iban impecablemente vestidas.

–Señoras –dijo Esme mientras saludaba a todas con un beso en la mejilla. Se suponía que debían estar hablando de libros de autoayuda, pero cada semana, la conversación sobre los libros duraba unos treinta minutos y el resto del tiempo se dedicaban a tomar moscatel bien frío y a cotillear sobre las últimas noticias del barrio o de su país de origen, República Dominicana.

–Ya veo que la conversación sobre el libro va muy bien –bromeó mientras se sentaba entre su madre y su tía Rebeca.

–¿Qué te han dicho? –le preguntó Ivelisse.

Esme notó que su madre parecía algo tensa. Su habitual expresión alegre se había vuelto expectante, como si estuviera esperando problemas.

Esme cerró los ojos y sacudió la cabeza. Se sentía derrotada.

–No les interesa.

Inmediatamente, las cuatro pronunciaron palabras de aliento. Su madre le rodeó los hombros con un brazo mientras sus tías la rodeaban para poder demostrarle su cariño y darle ánimos.

–Pues ellos se lo pierden, *mija*. Algún día esos idiotas se darán cuenta de lo que vales y, cuando lo hagan, será demasiado tarde.

Esme abrió los ojos y vio que su tía Rebeca parecía furiosa. Siempre había sido su admiradora número uno, incluso desde que ella realizaba pequeños vídeos en su teléfono móvil.

–Gracias, tía –respondió Esme con voz cansada. Se sentía muy agradecida por el apoyo, pero estaba demasiado cansada para entrar a explicar las razones de la negativa de los productores–. Bueno, ya está bien de hablar de mí. ¿De qué estabais hablando? ¿Ha ocurrido algo emocionante hoy?

A Esme le sorprendió que no la presionaran para que les contara más detalles de la reunión. Las tres tías miraron a la madre de Esme.

–¿Qué ha pasado, mami?

Ivelisse no respondió inmediatamente. Se inclinó lentamente hacia la mesita de café para tomar un sobre. En ese momento, la energía pareció cambiar. Todas las tías tenían los ojos puestos sobre aquel sobre, como si fuera una bomba a punto de explotar. Esme se fijó en el reloj de oro Cartier que su madre llevaba siempre puesto y que había sido regalo de su padre. Incluso después de todo lo que él le había hecho, aquel reloj era un tesoro para Ivelisse.

–Esto ha llegado hoy para ti, *mija* –le dijo su madre.

Era del abogado que se ocupaba de los asuntos de su padre. Tomó el sobre que su madre le ofrecía y notó que estaba abierto.

–Mami…

Ivelisse se encogió de hombros, sin tratar siquiera de mostrarse compungida.

—Es mañana, Esmeralda.

No era necesario que su madre lo dijera. Esmeralda ya lo sabía. Sobre el papel, en letras negras muy grandes, aparecían las palabras ÚLTIMO AVISO. Habían pasado ya once meses y veintisiete días desde la muerte de su padre. En ese momento, para sorpresa de su esposa y de sus otros hijos, él había dejado escrito en su testamento que quería que Esmeralda fuera la presidenta y directora ejecutiva del estudio de televisión que él había convertido en un imperio valorado en miles de millones de dólares. Su último deseo había sido dejar a la hija a la que siempre había ignorado en vida al frente de su empresa. Esme no se lo podía creer y había hecho todo lo posible por ignorarlo cuando su madre le mostraba las cartas que habían ido llegando puntualmente cada mes desde la muerte de su padre. Sin embargo, tampoco lo había rechazado, por lo que había llegado el momento de decidirse al respecto.

Patricio Sambrano había empezado poco a poco en los años setenta, produciendo folletines de radio y programas de noticias en español para la comunidad latina que residía en la ciudad de Nueva York. El resultado final fue Sambrano Studios, el primer canal en español de los Estados Unidos. Su padre construyó su imperio de la nada con su genio y su talento. Sin embargo, a pesar de lo inteligente que había sido en los negocios, Patricio había tenido una vida personal complicada y muy poco disciplinada. Esmeralda era el resultado de una de las épocas más caóticas en la vida de Patricio. Tan solo semanas después de comprometerse con la hija de un financiero dominicano, se casó con ella. Fue un movimiento arriesgado que le dio los recursos que necesitaba para poder realizar completamente sus sueños. Fue una sorpresa para todos, en especial para la madre de Esmeralda, que tenía una relación con Patricio desde hacía casi cinco años y que se enteró de la boda cuando lo oyó en el canal de noticias Sambrano. Estaba embarazada de Esmeralda cuando se dio cuenta de que el hombre al que amaba jamás había tenido intención de crear una familia con ella.

Cuando Ivelisse, destrozada por aquella traición, le dijo por fin a Patricio que estaba embarazada, él le prometió que la mantendría económicamente. Sin embargo, afirmó que no podía ejercer de padre de ningún hijo que hubiera nacido fuera del matrimonio. En eso, al menos había sido cumplido su palabra.

Entonces, después de veintinueve años tratando a Esme como si no existiera, Patricio había decidido pasar por alto a su esposa y a sus hijos legítimos para entregarle a ella Sambrano Studios. Como si eso pudiera compensar décadas de ser ignoradas.

A pesar de todo, él le había pagado a Esme la educación que le había proporcionado los cimientos para poder empezar en la industria y obtener la experiencia que necesitaba para dirigir el estudio. No obstante, jamás le había pedido que le diera empleo. Quería demostrarle, como buena hija de su madre que era, que no lo necesitaba. Quería llegar a lo más alto de la industria en la que él reinaba sin su ayuda. Nunca le había pedido ayuda en nada. Nunca le había parecido que él se fijara en ella y, sin embargo, el último deseo de su padre había sido confiarle su legado. Esme podría hacer muchas cosas como presidenta de Sambrano, pero no a riesgo de venderse. Su orgullo valía demasiado.

—Mi amor, ¿en qué estás pensando?

—Mami, esto es una broma. Solo otra manera más

que él tiene de ponerme en mi lugar. Su esposa y sus hijos no lo van a tolerar.

Tanto sus tías como su madre comenzaron a chascar la lengua y a sacudir la cabeza. La tía Yocasta habló antes de que la madre de Esme pudiera hacerlo.

—Mi niña, ya sabes que yo nunca he tenido nada bueno que decir de ese cabrón —afirmó Yocasta, que nunca se había mostrado tímida a la hora de expresar su opinión sobre Patricio Sambrano por el modo en el que había tratado a Esme y a su madre—, pero ese baboso no arriesgaría su empresa solo para afirmar su poder. Lo que haría sería pasar por encima de esa bruja con la que se casó y ponerte a ti al mando, pero solo lo haría si pensara que eso es lo mejor para la empresa.

La tía Zenaida, que normalmente no expresaba su opinión tan abiertamente, se unió a sus hermanas.

—Patricio era un hombre implacable en lo que se refería a su negocio —afirmó mientras las otras asentían—. Creo que lo que ha hecho ha sido estar vigilándote —añadió mientras se inclinaba para acariciar uno de los rizos de Esme—. Yo odiaba a ese canalla, que Dios lo tenga en su gloria —añadió mientras las cuatro se persignaban a la vez como si no hubieran estado todas maldiciéndole. Esme se habría reído ante un gesto tan ridículo, pero apenas podía moverse de las emociones que le recorrían el cuerpo.

—Para lo bueno o para lo malo, siempre puso a sus estudios en primer lugar —dijo Zenaida—. Si te ha elegido para ser la presidenta y la directora ejecutiva, es porque pensaba que eras la adecuada para el trabajo.

—Su esposa va a ocuparse de que mi vida sea un infierno —comentó Esme.

—Puede intentarlo, sí, pero tú te vas a enfrentar a ella

–afirmó su madre, con una seguridad que Esmeralda hubiera deseado sentir–. Además, tú estarás al mando.

–No sé, mami….

Ivelisse volvió a chascar la lengua y estrechó a Esme con fuerza contra su pecho.

–Que les den. Tú preséntate ahí mañana y reclama lo que es tuyo. Utiliza esta oportunidad para conseguir todo lo que llevas deseando mucho tiempo y que aún no has tenido oportunidad de hacer.

Esme sintió que su pecho se llenaba de esperanza y anhelo ante las palabras de su madre. Ivelisse tenía razón. Llevaba cinco años luchando por lo que más deseaba, esforzándose y fallando para conseguir que sus proyectos despegaran, pero no lo había conseguido porque sus ideas no eran lo suficientemente comerciales. Estaba cansada de ver cómo se le cerraban las puertas porque se negaba a ceder. Como presidenta de Sambrano Studios, podría hacer que su sueño se hiciera realidad y realizar programas que reflejaran todas las facetas de la cultura latina.

Eso si Carmelina no conseguía echarla primero.

–Mami, esa mujer no va a permitir que me quede y yo no quiero hundirme a su nivel.

Ivelisse había sido una madre maravillosa, amable y cariñosa, pero era una luchadora. La mención de su eterna enemiga le encendía el fuego en los ojos.

–Carmelina no sabrá cómo enfrentarse a ti, cielo. Esa mujer no ha trabajado ni un solo día de su vida. Cuando tú entres en ese despacho, inteligente, competente, llena de ideas nuevas, ese consejo no podrá ni reaccionar.

La esperanza fue prendiendo en Esme por la fe que veía en su madre. Sin embargo, había aprendido por las malas que no debía confiar en nada que proviniera de su padre.

−¿Pero no habrán escogido ya a alguien los del consejo? ¿Alguien que no cause los problemas que yo voy a causar?

Ivelisse apartó la mirada. Eso hizo que Esme se alarmara.

−¿Mami? −le preguntó. Entonces, volvió a mirar la carta para buscar lo que su madre no le estaba contando. Cuando llegó al último párrafo, lo comprendió todo. Solo con leer el nombre, sintió que un escalofrío le recorría el cuerpo. Allí, en blanco y negro, estaba el último empujón que necesitaba para lanzarse a un océano de malas decisiones−. ¿Él? −añadió con voz seca. De reojo, vio que su madre temblaba.

Rodrigo Almanzar, protegido de su padre y durante años la persona que había sido el único vínculo de Esme con Patricio. El hombre al que ella le había entregado su cuerpo y su corazón solo para ver cómo la traicionaba cuando más lo necesitaba. El hombre cuyo nombre aún podía hacerle temblar de deseo y de furia. ¿Cómo era posible que le doliera tanto después de todo ese tiempo?

Se sentía cansada. Cansada de aquella decisión que pendía sobre ella como una espada. Cansada de todos los complicados sentimientos tenía hacia todo lo que tuviera que ver con Sambrano Studios. Cansada especialmente de todo lo que se refería al alto, fuerte y arrogante canalla que probablemente esperaba que ella se dejara llevar por el orgullo y sus experiencias pasadas con Patricio Sambrano y renunciara a todo.

Y así habría sido seguramente si no hubiera sido Rodrigo Almanzar quien hubiera terminado ocupando los puestos que su padre le había cedido. No lo haría por avaricia ni por apaciguar a su madre, sino que lo haría por odio. Rodrigo la había traicionado para poder seguir siendo el perrito faldero de su padre. Por lo tanto, ella aceptaría todo por lo que Rodrigo había sido capaz de vender su alma… precisamente cuando él creía que lo tenía a su alcance.

–En realidad, creo que tienes razón –dijo poniéndose de pie. Sentía el fuego en el estómago que, normalmente, la empujaba a hacer lo que no debía. Las cuatro mujeres la miraron con anticipación–. Llevo años diciendo que, si me dieran la oportunidad, no dudaría en aceptarla. No es precisamente así como había esperado conseguirla, pero, ahora que sé que es mía, no la voy a desperdiciar. Mañana, Sambrano tendrá una nueva presidenta y directora ejecutiva.

Ivelisse miró a Esme con sospecha, probablemente adivinando lo que la había empujado a cambiar de opinión. Por el contrario, la tía Yocasta empezó a aplaudir de alegría.

–¡Ay, Ivelisse! Qué no daría yo por ver la cara de Carmelina cuando Esme entre mañana en esa sala de juntas.

Esme sonrió tímidamente a su tía. Pero ella ya estaba pensando en el otro rostro estupefacto que estaba deseando ver al día siguiente.

# Capítulo Dos

«Es agridulce», pensó Rodrigo Almanzar mientras se colocaba la corbata de Hermès y la chaqueta del traje gris que había encargado para aquel día. Por fin estaba a punto de hacerse con el mando de la empresa para la que llevaba trabajando desde que tenía dieciséis años. Desgraciadamente, aquella no era la manera en la que lo había imaginado.

Le habría gustado que no hubiera tenido que fallecer Patricio para que él se convirtiera en presidente de Sambrano Studios. La pena y los sentimientos encontrados que normalmente evocaba en él su viejo mentor apagaron un poco la anticipación que llevaba sintiendo toda la semana. Patricio había sido más que su mentor. Fue el mejor amigo de su madre y el salvador de su familia. Patricio le había enseñado todo lo que él sabía sobre la industria a la que tanto amaba. Patricio tenía muchas carencias y, a lo largo de los años, las cosas que Rodrigo le había visto hacer bordeaban la crueldad. A pesar de todo, su vínculo con Rodrigo siempre se había mantenido fuerte.

Efectivamente, había existido aquella noche. En el momento en el que Rodrigo había negociado con todo lo que tenía y había conseguido lo que quería... para perderlo todo después.

Sí. A pesar de todo lo que los chismes decían sobre el trato especial que Rodrigo recibía de Patricio, no había sido así. Cuando estaba de mal humor, cualquiera podía convertirse en el objeto de su ira. Sin embargo, Rodrigo había aprendido a manejarlo e incluso cuando sabía que debería haber dimitido, su lealtad le había obligado a seguir trabajando para Sambrano. Y le había apartado de la mujer a la que amaba.

Una noche de los últimos días, Patricio, ya desfigurado por la enfermedad, le había confesado a Rodrigo que él le recordaba a sí mismo. Según él, Rodrigo se había convertido en la clase de hombre que él le habría gustado ser. Los ojos de Patricio al pronunciar aquellas palabras habían estado llenos de afecto y orgullo, el mismo que había mantenido a Rodrigo a su lado a pesar de que no le gustaban las cosas que Patricio hacía.

Esa misma línea de pensamiento lo llevó a la única persona en la que había evitado pensar durante días. Semanas, en realidad, desde que el abogado había realizado el último intento por ponerse en contacto con Esmeralda Sambrano-Peña para preguntarle si iba a honrar el último deseo de su padre para ponerse al frente de Sambrano Studios. Rodrigo no creía en romper las reglas, aunque hubiera una buena razón. Sin embargo, después de casi doce meses en los que Esmeralda ignoró sistemáticamente los requerimientos del abogado, Rodrigo suponía que la actitud de Esmeralda dejaba clara su respuesta. Y Rodrigo, por mucho que quisiera que se le nombrara oficialmente presidente y director ejecutivo, había cumplido con su deber. Nadie podría decir que había manipulado las circunstancias, cuando, en realidad, se había molestado más de lo debido para que Esmeralda pudiera reclamar el puesto.

Después de pelear con Carmelina Sambrano y compañía durante los últimos meses, Rodrigo estaba más que seguro de que tenía todo lo necesario para estar al mando. Esmeralda no tenía el carácter necesario para enfrentarse a esa víbora y a todos los que la apoyaban. La viuda de Patricio estaría esperando a que ella fallara para poder ponerse al mando de lo que había sido el sueño de su marido y venderlo al mejor postor. No. La dulce Esmeralda no estaba a la altura.

Se aclaró la garganta y miró a su alrededor. Las oficinas centrales de Sambrano en Manhattan ocupaban un edificio de estilo *art decó* que Patricio había restaurado hasta devolverle su esplendor anterior. La sala de juntas era la joya de la corona. Un enorme espacio con vistas a Central Park, decorado con paneles de madera en las paredes. No obstante, la pieza central era la mesa, un mueble de más de cien años a la que se podían sentar veinticuatro personas. Era de roble, con mármol italiano en la parte superior. Resultaba muy ostentosa, pero Patricio la había comprado cuando estaba empezando a arrancar su negocio y lo había hecho como símbolo de la importancia que adquiriría su empresa, un imperio que encajaba perfectamente con la grandiosidad de la mesa. Rodrigo moriría antes de permitir que todo se desperdiciara por la avaricia de la familia de Patricio.

Las suntuosas butacas estaban ocupadas por diez miembros del comité ejecutivo de los estudios, además de Carmelina y de sus dos hijos, Perla y Ónix. A estas no parecía preocuparles en absoluto lo que le ocurría al legado familiar. Perla parecía permanentemente preocupada por sus planes de viaje. En cuanto a Ónix… Solo recordaba que el estudio existía cuando lo necesitaba para conseguir invitaciones a las fiestas de sociedad.

Todos eran unos inútiles, pero no importaba. Rodrigo estaría al mando. Sabía lo que había que hacer.

Llevaba años planeándolo meticulosamente. Además, como Esmeralda no iba a presentarse, tenía un obstáculo menos del que ocuparse. Se levantó. De repente, sintió una tremenda urgencia por empezar con la reunión. En teoría, la heredera de Patricio tenía otra hora para reclamar el puesto, pero, cuando llegaran a esa parte de la agenda, ese tiempo ya habría transcurrido.

–Señoras y caballeros –dijo proyectando con fuerza su voz por la sala, hasta el punto de que incluso Perla y Ónix apartaron sus miradas de los teléfonos móviles para prestarle atención–. Gracias por venir hoy aquí. No puedo decir que esto no me resulte agridulce –añadió. Tuvo que detenerse. Una profunda emoción se apoderó de él, impidiéndole hablar–. Patricio era como un padre para mí…

Rodrigo prefirió ignorar el gesto de desdén que Carmelina dejó escapar y siguió hablando.

–Ocupar su lugar va a ser muy difícil –prosiguió–, pero estoy muy orgulloso de poder ponerme al frente de Sambrano y esperar que juntos podamos crear un futuro para el estudio del que él se sentiría orgulloso.

El pulso se le aceleró cuando asimiló las palabras que acababa de pronunciar. Estaba ocurriendo de verdad. Dieciséis años de trabajo incansable, de sacrificar su vida personal por la empresa, estaban teniendo al fin sus frutos: iba a ser presidente y director ejecutivo de Sambrano Studios. Tal vez no tuviera el apellido, pero le había dado todo a la empresa.

Algunas de las personas en aquella sala, y también en la industria, hablaban de él, de su frialdad y de su dureza. Hablaban así porque había perseverado, había triunfado donde tantos otros habían fracasado. Había sido el vicepresidente más joven hacía ocho años, cuando consiguió el puesto e incluso cuando sustituyó temporalmente a Patricio durante su enfermedad. Se había convertido en uno de los latinos mejor pagados en la industria televisiva. Era multimillonario y, en aquellos momentos, estaba a punto de convertirse en el presidente de una empresa que valía miles de millones.

–Sambrano siempre ha sido única en este negocio y mi plan es continuar con esa tradición –prosiguió.

Algunos de los presentes expresaron su aprobación mientras que otros permanecieron en silencio. El tema del futuro de la empresa llevaba siendo motivo de discusión ya desde hacía tiempo. Algunos querían mantener las cosas como estaban y otros querían innovar, ser más competitivos en la época del *streaming* y de la programación global. Un desafío más al que él tendría que enfrentarse.

Las voces se interrumpieron cuando la puerta se abrió de repente. La entrada quedaba fuera de la línea de visión de Rodrigo, pero las miradas de incredulidad de los que sí la veían le indicaron quién era antes de que se diera la vuelta.

–Siento llegar tarde. El metro no funcionaba muy bien hoy.

Las exclamaciones de sorpresa le confirmaron la identidad de la recién llegada. Además, diez años no eran tanto tiempo como para que él hubiera olvidado la voz de la persona que más había significado en su vida. La seguridad en sí misma era nueva, pero Rodrigo reconocería la voz de Esmeralda en cualquier parte.

Cuando se dio la vuelta, ella ya estaba frente a él. Ya no era la muchacha de veintiún años a la que vio la última vez el verano que Patricio le rompió el corazón. Rodrigo también le había roto el corazón. Era muy hermosa entonces, irresistible. Los rizos le caían sobre los hombros con sus tonalidades castañas y doradas. Su piel era impecable, como caoba dominicano. Sin embargo, eran sus ojos lo que siempre habían sido la perdición de Rodrigo. Ojos grandes, castaños, que veían más allá. Había cometido muchos errores con ella, errores que le perseguirían el resto de su vida, pero ella ya no era la muchacha insegura y sensible de la que se había enamorado años atrás. La que lo había mirado como si él fuera el hombre de sus sueños. La mujer en cuyo delicado cuerpo se había perdido él una y otra vez. No. La mujer que tenía frente a él irradiaba seguridad en sí misma y, en aquellos momentos, lo miraba con abierta hostilidad.

—Rodrigo.

Nunca se había podido imaginar que una palabra pudiera trasmitir tanto desdén. Tenía una historia con Esmeralda Sambrano-Peña, pero no podía permitir que ello nublara su buen juicio. En una ocasión, había estado a punto de permitir que sus sentimientos arruinaran su carrera. No volvería a cometer el mismo error. No podía dejar que su presencia lo turbara. Debería haberlo esperado, dado que era la heredera de Patricio.

Sin embargo, su reacción le sorprendió. Su instinto lo animaba a acercarse a ella, pero cuando vio la mirada desafiante en sus ojos, decidió que no podía subestimar a aquella mujer si quería seguir aspirando a mantener su objetivo.

—Veo que has empezado sin mí —dijo ella tratando de provocarle.

Los ojos que en el pasado habían contemplado a Rodrigo con adoración parecían fríos y distantes. Además, aquel día había ido vestida para matar. El traje negro le sentaba como un guante y Rodrigo no pudo evitar fijarse en sus curvas. La presencia de Esmeralda lo iba a poner todo patas arriba.

En los diez años que habían pasado desde entonces, Rodrigo se había asegurado que podía manejar aquel desdén y que había tomado la decisión correcta cuando la dejó marchar. Si ella lo odiaba, había merecido la pena por el bien de ambos. Sin embargo, en el momento en el que la vio, comprendió que se había estado mintiendo. La verdad era que sentía debilidad por Esmeralda y los hombres como él no podían permitirse que los manejaran sus vulnerabilidades. Su padre había sido así, incapaz de controlarse, sin disciplina, y eso le había costado todo a su familia. Rodrigo no permitiría que las pasiones rigieran su pensamiento.

–Nunca pensé que te gustara el teatro, Esmeralda.

Aquellas palabras le hacían parecer un canalla, pero tenía que hacerlo. Aquello no era un juego. Si Esme quería reclamar el puesto, la trataría como lo haría con cualquier otro competidor.

–Vaya, vaya, Rodrigo –dijo ella con desprecio–. Te disgusta que haya venido a arruinar tu coronación, ¿verdad? Supongo que a nadie se le había ocurrido que yo podría aceptar el trabajo. No pasa nada –añadió mientras se volvía a mirar a Carmelina, que prácticamente vibraba en su asiento al otro lado de la mesa–. Estoy encantada de anunciar a todos los presentes que voy a aceptar mi puesto como presidenta y directora ejecutiva de esta empresa.

Con eso, se giró para evitar a Rodrigo y se sentó en el asiento que él había estado a punto de ocupar.

–¿Vais a permitir que ocurra esta charada? –exclamó Carmelina escandalizada.

Al escuchar sus palabras, Rodrigo reaccionó. Se acercó a ella, decidido totalmente a controlar aquella situación. No tenía ni idea de a qué estaba jugando Esmeralda, pero no iba a consentirlo.

–Esmeralda, ¿qué demonios te crees que estás haciendo? Tienes que saber que esto no es nada apropiado. Hay límites. Hay procedimientos. Tú no comprendes…

–No –le espetó ella levantándose de la butaca–. Eres tú el que no comprende.

Estaba tan cerca que Rodrigo vio que una pequeña gota de sudor le humedecía la piel entre los senos. Se odió por la lujuria que experimentó por todo el cuerpo.

–Voy a aceptar mi nombramiento como presidenta y directora adjunta de Sambrano y si eso te afecta a ti o a los planes de alguno de los presentes… –añadió mientras miraba a sus hermanastros–, ese es vuestro problema, no el mío. Ahora, ¿de qué estábamos hablando? –preguntó mientras volvía a sentarse plácidamente en su butaca.

La arrogancia que Esmeralda mostró debería haberlo enfurecido, pero, sin embargo, una fuerte oleada de deseo se apoderó de él. Ansiaba poder tocarla, tomar aquellos labios y descubrir si aún sabían tan dulces como recordaba. No obstante, controló lo que sentía, algo que se le daba estupendamente, y reprimió todos sus sentimientos.

–No pienso perder este juego, Esmeralda. Estoy seguro de que has aprendido mucho sobre la industria buscando localizaciones –le dijo con un profundo desprecio–. Hay una gran distancia entre pensar que saber hacer algo y hacerlo en realidad. Y yo lo sé todo sobre esta empresa.

# Capítulo Tres

«Tranquila, Esmeralda. Tú puedes».

Esmeralda llevaba repitiéndose aquellas palabras desde el momento en el que atravesó la puerta principal de los Sambrano Studios. Se había imaginado que lo que ocurriría en el salón de juntas resultaría intimidante e incluso había esperado un cierto grado de confrontación, pero nunca lo turbador que sería estar allí y no tener a Rodrigo de su lado.

Arturo, el padre de Rodrigo, había sido un buen amigo de la madre de Esme. En realidad, había sido mucho más que un amigo. Cuando Arturo falleció, Rodrigo asumió ese papel. Durante años, fue el único canal de comunicación con Patricio Sambrano. Había sido su apoyo y después su amante. Después, él lo había echado todo por la borda por una equivocada lealtad con Patricio.

Respiró profundamente. Odiaba que aquella traición aún le doliera. Despreciaba que, después de todo lo que había ocurrido entre ellos, aún lo deseara. Seguía siendo tan guapo como siempre, con aquella piel bronceada que parecía iluminarse desde dentro. Los rizos que mantenía cortos y que dominaba con fuerza. Los gruesos y generosos labios, que se habían convertido en una línea triste y severa. No había nada que Esme deseara más que apretar sus labios contra ellos. Los ojos oscuros parecían reflejar su estado de ánimo y, a pesar de la ira, parecía verse en ellos un deseo que no podía ocultar. Para tratar de contenerse, se fijó en otros atributos que no le resultaban tan encantadores, como la insistencia en estar siempre impecable. Se atrevía a afirmar que el traje que llevaba en aquellos momentos había sido reservado con meses de antelación.

Ella sabía que, detrás de aquella fachada, el hombre al que ella había amado era un poco vanidoso con su cuerpo. No podía negar que se esforzaba mucho. Había sido base en el instituto y en la universidad. Esmeralda había ido a verlo jugar con su madre, que era la mejor amiga de la madre de él. Esmeralda también lo quería entonces, aunque de una manera muy diferente. Lo admiraba por cómo podía trabajar y estudiar al mismo tiempo. Por cómo apoyó luego a su madre cuando Arturo, su padre, perdió todo lo que tenían en el juego. Después, cuando empezó a trabajar para su padre tras terminar en la universidad. Entonces, ese amor se convirtió en algo diferente. Sin embargo, esa felicidad había sido breve y, al final, había terminado por romperle el corazón.

Había algo que no podía olvidar. Rodrigo podía ser muy cruel. Como el día en el que se enteró que su padre las había echado a su madre del apartamento en el que las dos habían vivido toda la vida. En vez de ayudar, Rodrigo le había dicho que no se podía permitir distracciones y ella, la relación que los dos tenían, era una distracción. Por eso no podría perdonarle nunca.

Abrió la boca para decirle muy claramente que no iba a permitir que él le arrebatara el puesto, dado que ella también había aprendido a ser cruel, pero alguien pronunció su nombre desde el otro lado de la sala.

—Esmeralda, date la vuelta y mírame.

Hacía mucho que no tenía noticias de Carmelina Sambrano. Esmeralda trató de mantener la máscara de desdén que había llevado hasta entonces. Sabía que Carmelina era malvada y que dudaría en humillarla. Era la hija bastarda que Carmelina había tratado de borrar de la vida de Patricio durante casi treinta años la que, en aquellos momentos, se enfrentaba a ella para amenazar todo lo que anhelaba. Sin embargo, por mucho que la insultara y la vilipendiara, Carmelina no podía cambiar el contenido del testamento de Patricio.

—Estoy encantada de hacerlo, Carmelina —dijo mientras se giraba lentamente para mirar a la viuda de su padre—. Quiero que me mires bien. Te has esforzado mucho por fingir que no existo, así que es hora de que te lo vayas creyendo. Sin embargo, ya va a ser un poco tarde para ignorarme, ¿no te parece?

—Te aseguro que no te vas a salir con la tuya —le espetó Carmelina mientras trataba de mantener el control.

—Eso ya lo veremos, ¿no te parece? A partir de ahora las cosas van a ser diferentes.

Animada al saber que Carmelina no tenía poder alguno sobre ella, se alisó el traje de pantalón. Entonces, se miró los zapatos de Gucci que se había comprado en un *outlet* y que, a pesar de todo, le daban un aspecto increíble. Tal vez nunca había ocupado un lugar en la familia Sambrano, pero podía representar el papel si así lo deseaba. Su madre se había asegurado de ello.

—Bueno —dijo al ver que todos los ojos estaban pendientes de ella—, ¿cómo vamos a hacerlo?

A pesar de que nunca había estado en aquella sala de juntas, conocía a todos los presentes, no solo porque aquella era la empresa de su padre, sino porque los apellidos latinos más importantes formaban parte de Sambrano Studios. Además, estaban los que solo ocupaban un lugar allí por su apellido. Perla y Ónix. No los había visto en persona desde que eran niños, pero veía mucho de sus propios rasgos en los rostros de ella. Perla tenía las mismas pecas en las mejillas que Esme.

–Señorita Sambrano.

Esmeralda se giró y reconoció a Octavio Núñez. Él había sido una institución durante décadas en la televisión española y había empezado a trabajar allí no mucho antes de que los estudios empezaran a emitir a nivel nacional. Había sido el primer locutor de noticias hispanoparlante en la historia de la televisión de los Estados Unidos. Era también primo de Carmelina y Esme no sabía lo que podía esperar de él.

–Sambrano–Peña –le corrigió Esme mientras levantaba la barbilla para mirar al hombre que se había dirigido a ella.

Él tenía una expresión reservada, no beligerante. Esme quiso mirar a Carmelina para ver cómo estaba mirando ella a su primo. Se sentía incómoda, sin saber qué esperar, cuando oyó un susurro a sus espaldas.

–Se odian. Octavio está en el lado opuesto a Carmelina.

Rodrigo.

Esmeralda bajó la cabeza, reconociendo así que lo había oído, pero no respondió. Octavio había vuelto a tomar la palabra.

–Bienvenida. Esto es una sorpresa. Después de que todos nuestros intentos por contactar con usted quedaran sin respuesta, la junta dio por sentado que no estaba interesada.

Carmelina hizo ademán de levantarse, pero algo se lo impidió. Entonces, Esme notó la mano de Perla sobre el brazo de su madre. Octavio no miró a su prima, sino que mantuvo la atención en Esmeralda. Le ordenó con un gesto que volviera a sentarse.

–El deseo de su padre de que asumiera el papel de presidenta y directora ejecutiva de la empresa fue una sorpresa para todos. Usted es muy joven. Sin embargo, cuenta con una impresionante experiencia en el mundo de la televisión y la cinematografía. No es un secreto que, en los últimos años, Patricio no informó de algunas cosas a esta junta, pero todos estamos comprometidos con lo que sea mejor para Sambrano. Dicho eso –añadió antes de aclararse la garganta–, su madre le dio a esta junta la libertad de hacer alguna estipulaciones sobre cómo saber si usted es la persona adecuada para este trabajo. Y hay algo más. Patricio pidió que su parte de las acciones, un veinticinco por ciento para ser exactos, permaneciera en un fondo hasta que usted decidiera cumplir sus deseos.

–¿Qué significa eso? –preguntó ella confusa. Ya no le preocupaba cómo sonaba ni el aspecto que tenía.

–Eso significa que, ahora, usted es la dueña del veinticinco por ciento de las acciones de Sambrado Studios –dijo Octavio con una sonrisa tranquilizadora mientras le entregaba una carpeta–. El otro cincuenta por ciento lo tienen sus hermanastros y la señora Sambrano tiene el resto.

Esmeralda se alegró de estar sentada porque si no hubiera sido así, probablemente se hubiera caído al suelo. Aquella empresa valía miles de millones. Esas acciones valían mucho dinero. Entonces, comprendió que solo serían suyas si cumplía con lo que su padre quería. Con Patricio, nada era gratuito.

–Esto es escandaloso. Alguien debió de influir en

Patricio. Al final, no estaba en sus cabales. ¡Es la única explicación! –gritó Carmelina mientras golpeaba la mesa con el puño–. ¡Ella no tiene nada que ver con Sambrano! No puede hacer esto. Estoy tratando de proteger el legado legítimo de mis hijos. ¡No voy a permitir que estas impostora sea el rostro de la empresa de mi esposo! Prefiero verlo todo ardiendo que permitir que ella se siente en su despacho.

El corazón de Esme latía con fuerza. Sentía odio por cada palabra que pronunciaba Carmelina. Ella siempre la había despreciado, incluso cuando era tan solo una niña. Sin embargo, Esme ya no era aquella niña y no iba a permitir que Carmelina le arrebatara aquello también. Se inclinó sobre la mesa, apoyó las manos y le habló directamente a la mujer que le había causado tanto dolor a ella y a su madre.

–No depende de ti. Son los deseos de *mi* padre.

Carmelina torció la boca al escuchar cómo Esme mencionaba su parentesco con Patricio.

–Yo no pedí ser su hija, al igual que tus hijos, pero aquí estoy. Por lo tanto, ahora todos vamos a aprender a vivir con el hecho de que yo formo parte de Sambrano Studios. Tanto si te gusta como si no, también es mi legado –afirmó. Esme se percató de las miradas de aprobación que vio en alguno de los rostros que se sentaban a la mesa–. Señor Núñez, ¿qué decía usted? –añadió. Se aseguró de mostrarse tranquila y relajada.

Octavio pareció apreciar el modo en el que ella había hablado.

–Como estaba diciendo, estaremos encantados de ver cómo usted acepta el puesto de presidenta y de directora ejecutiva si demuestra que es la persona adecuada para el trabajo –añadió. Miró a Rodrigo–. Esto es lo que vamos a hacer. Tiene una semana para presentar un plan estratégico de cinco años para el estudio. Dentro de una semana desde hoy, volveremos a reunirnos aquí.

Esme sintió que la excitación le recorría todo el cuerpo, al tiempo que se preguntaba cómo podría hacer algo así en tan solo una semana. Había tardado meses en preparar su guion para su episodio piloto, con lo que le sería muy difícil preparar en tan solo siete días un plan estratégico.

Sin embargo, cuadró los hombros ante el desafío. Sabía que la estaban poniendo a prueba.

—De acuerdo —afirmó.

—Excelente —replicó Octavio, que ya no parecía un enemigo.

—Necesitaré un espacio para trabajar y acceso a los archivos y horarios de programación. También tendré que tener reuniones con cada estudio de producción. Incluso los de cinematografía. Sé que están en la Costa Oeste, pero puedo concertar una videoconferencia con los jefes de todos los departamentos —dijo mientras se levantaba. Estaba lista para ponerse manos a la obra.

—Esmeralda.

Giró la cabeza al escuchar la voz de Octavio una vez más. Había algo en el modo en el que pronunciaba su nombre que le ponía el vello de punta.

—Rodrigo Almanzar —añadió—, que ha ejercido de sustituto de Patricio durante este último año y que fue nuestro vicepresidente durante ocho años antes de eso, será tu persona de referencia. También te asesorará sobre la clase de contenidos que nos gustaría ver.

Sintió que un escalofrío le recorría el cuerpo al recibir aquella noticia. Aquella era la razón por la que Octavio se había mostrado tan agradable y tranquilo.

No tenían intención alguna de que ella fuera la elegida para ocupar el puesto. Todo era un paripé. Iban a fingir que le daban una oportunidad mientras que Rodrigo se dedicaba a ponerle la zancadilla constantemente. Apretó los puños y trató de contener la ira.

–Si eso es lo que desea esta junta –dijo con frialdad mientras se volvía a mirar a Rodrigo–, estoy segura de que el señor Almanzar hará su deber, como siempre. Sean cuales sean las consecuencias.

–Puedes llamarme Rodrigo, Esmeralda –afirmó él. Estaba muy cerca de ella, tanto que Esme prácticamente podía sentir el calor que irradiaba de su cuerpo.

–Solo mis amigos me llaman Esmeralda y tú no eres mi amigo –le espetó antes de darse de nuevo la vuelta.

Octavio se aclaró la garganta.

–Confiamos en que Rodrigo haga lo mejor para el estudio –comentó. La finalidad que había en su voz hizo que Esme supiera que no serviría de nada protestar.

Volvió a mirar a su antiguo amante. Vio dolor en sus ojos, causado por las palabras que ella había pronunciado. Deseó que aquello no le afectara, pero también que Rodrigo Almanzar no fuera la persona con la que tenía que trabajar porque, más allá de lo que él estaba planeando hacer, eran los propios sentimientos de Esme su punto más débil.

–En es caso, me pondré a trabajar –observó mientras miraba a los presentes por última vez–. Nos vemos dentro de una semana.

Con eso, salió de la sala de juntas, seguida por Rodrigo. Si la vida da limones, lo que hay que hacer es limonada, pensó, y se juró que la próxima vez que saliera por aquella puerta, sería la nueva presidenta y directora ejecutiva de Sambrano Studios.

# Capítulo Cuatro

Rodrigo salió de la sala de juntas detrás de Esmeralda. Aún no se podía creer lo que acababa de escuchar. No sabía que aquel era el plan del consejo. Octavio no se había opuesto totalmente a los deseos de Patricio, pero algunos miembros del consejo se habían mostrado totalmente furiosos. Le habían dicho que iban a activar un plan de contingencia por si Esmeralda se presentaba. ¿Y esa era la brillante idea que se les había ocurrido? ¿Obligarle a ser quien la acompañara en aquel fiasco y así ser el objeto de la ira de Esmeralda cuando las cosas salieran mal? Porque, lo más probable, era que ella fracasara. Tener experiencia en la industria no suponía saber cómo manejar unos estudios que valían miles de millones de dólares.

—Esmeralda, espera —le dijo—. Tenemos que hablar.

—Necesito estar un minuto a solas, Rodrigo —replicó ella sin volverse. La voz le temblaba por la ira.

Rodrigo sintió un tremendo deseo de consolarla y reconfortarla. Esmeralda siempre había sido su debilidad. Por lo tanto, a lo largo de la semana durante la que tendrían que trabajar juntos, tendría que recordarse constantemente que ella era una competidora.

—Espera un momento, joya.

Tal y como había esperado, Esmeralda se detuvo en seco y se volvió parar mirarlo con gesto desafiante.

—No me vuelvas a llamar así, Rodrigo Almanzar.

Rodrigo sabía que había sido un golpe bajo utilizar el apodo cariñoso con el que se había referido a ella cuando estaban juntos. Y eso era lo que Esmeralda había sido para él, una joya.

Patricio Sambrano les había puesto a todos sus hijos nombres de piedras preciosas. Esmeralda, Ónix y Perla. Esmeralda había sido la primera, pero Patricio nunca había sabido ocuparse de ella como Esmeralda lo merecía. Rodrigo sí. Cuando solo era una niña, la había adorado y se había mostrado muy protector. Después, la había amado como mujer, que incluso a la edad de veinte años sabía muy bien quién era. Diez años de luchar por conseguir un sueño que parecía escurrírsele constantemente entre los dedos no había conseguido apagar su luz. De hecho, a los treinta parecía brillar aún más.

En aquel momento, la luz que emitían los ojos de Esme no era cálida, sino beligerante. Él le indicó una de las pequeñas salas de trabajo.

–Vamos a hablar ahí dentro –le dijo.

Sin embargo, Esme no se movió.

–No voy a ir a ningún sitio contigo –afirmó–. Tú eres has organizado todo esto.

Rodrigo la observó durante un instante. La mirada desafiante, el gesto testarudo de su postura… y un ligero temblor en los labios, que le indicaba que aquello estaba empezando a afectarle.

–No tenía ni idea de qué era esto lo que estaban planeando –dijo. Por la expresión que vio en el rostro de Esme, comprendió que ella no lo creía–. A pesar de lo que tú o el resto del mundo pueda opinar sobre mí, no me paso el día confabulando para tratar de quedarme con esta empresa.

—No tienes ni idea de lo que yo pueda opinar —replicó ella fríamente antes de darse la vuelta y entrar la sala.

Inmediatamente, Rodrigo se fijó en la curva de su cintura y en el abultamiento del trasero mientras entraba tras de ella y cerraba la puerta. Su aroma llenó la estancia. El mismo perfume con esencia de limón y jengibre que llevaba años utilizando.

—Sé que estás furiosa, pero no vas a ganar nada dejando que tus sentimientos se apoderen de ti. Y no me ha gustado que impliques que yo soy capaz de jugar sucio. Te aseguro que nunca te apuñalaría por la espalda, Esmeralda. Sabes que…

—¿Qué es lo que sé? —repuso ella, absolutamente furiosa—. ¿Que, después de que me prometieras mil veces que me protegerías, te libraste de mí en un segundo? ¿Que al final lo elegiste a él?

Rodrigo sintió aquellas palabras como un golpe físico. Quería decirle la verdad, explicarle cómo se habían torcido las cosas tan terriblemente aquel fin de semana de hacía ya tanto tiempo y cómo Patricio había caído presa de las mentiras y las confabulaciones de Carmelina.

—Yo nunca…

A pesar de la ira que sentía, de la necesidad de decirle la verdad, no pudo hacerlo. Se juró que nunca hablaría de lo ocurrido, ni siquiera para defenderse del desprecio de Esmeralda. ¿De qué serviría? Después de todos aquellos años, decirle a Esmeralda lo que había ocurrido solo conseguiría que empeoraran las cosas.

Sin embargo, en vez de marcharse de su lado, se acercó a ella. Su cuerpo se tensó con la necesidad de tocarla, de ver si sus caricias aún la afectaban como en el pasado. Si las manos en su cabello, su boca sobre la de ella aún hacía que se deshiciera por dentro. Desgraciadamente, eso no era lo que significaban el uno para la otra. Esa parte de su existencia se había roto irremediablemente. Rodrigo había desperdiciado la oportunidad de tenerla de esa manera.

—Podemos mantener esto a un nivel profesional. Yo quiero ser el director ejecutivo de Sambrano Studios. He trabajado para ello. Incluso creo que me lo merezco.

Esmeralda abrió la boca para hablar, pero lo que vio en el rostro de Rodrigo la hizo detenerse.

—Sin embargo, a pesar de sus carencias, yo respetaba a tu padre y jamás me interpondría a sus deseos. Si tú eres la mejor persona para el puesto, no voy a interponerme, pero tampoco te lo voy a regalar. De hecho, prepárate para luchar, porque eso es precisamente lo que pienso hacer.

—No necesito que me regales nada —le espetó ella—. Y también pienso luchar.

Esmeralda se había ido acercando a cada palabra que pronunciaba y, en aquellos momentos, estaban tan solo a centímetros de distancia. Rodrigo era mucho más algo que ella, dado que Esmeralda medía un metro sesenta escaso, pero lo que le faltaba en estatura, siempre lo había compensado con su personalidad.

—Eso también lo tengo claro —dijo él amargamente.

Esmeralda había rechazado todo intento de acercamiento por su parte a lo largo de los años. También se había negado a que su padre o él la ayudaran a salir adelante en la industria. Ella estaba decidida a alcanzar reconocimiento por sí misma y allí estaba, dispuesta a reclamar su sitio. Sabía que lucharía por ello como una guerrera. Así era su Joya.

Sabía también que tenía que dejar de pensar en ella en esos términos, sin embargo, ¿cómo iba a poder hacerlo cuando su cuerpo entero ansiaba poseerla y demostrarle que jamás había dejado de desearla?

—Siempre se te dio mucho mejor que a mí no permitir que tus pasiones se apoderaran de ti, pero yo he aprendido —le aseguró Esmeralda.

—Excepto en lo que se refería a ti. Siempre se me olvidaba cuando estaba contigo.

—Pues tienes una manera muy rara de mostrarlo, Rodrigo.

Esmeralda se acercó un poco más, de manera que sus cuerpos estuvieron a punto de tocarse. Rodrigo tuvo que apretar los puños para no tocarla.

—¿Me estás haciendo una proposición, Esmeralda?

En ese momento vio que, detrás de la frustración, se vislumbraba deseo. Lo notó en el modo en el que ella contenía la respiración cuando se inclinó hacia ella. En cómo su cuerpo trataba de acercarse al de él a pesar de querer mantener las distancias. Cuando Rodrigo le miró los gruesos labios, estos se separaron para él como si fuera la única agua que había visto después de estar días en el desierto.

—Esmeralda…

Rodrigo sintió que el corazón se le aceleraba en el pecho con rápida y urgente trepidación. Aquel beso lo cambiaría todo, pero no le importaba.

Le colocó una mano en la nuca y la acercó a su cuerpo.

—Me vuelves loco… —gruñó entre dientes, ansiando cerrar los pocos centímetros que aún los separaban.

—Odio desearte tanto… —admitió ella mientras le rodeaba el cuello con los brazos.

Rodrigo sintió que había perdido todo el sentido común. El deseo le hacía arder como una fiebre.

–Podría poseerte aquí mismo.

En aquel momento, Rodrigo sintió la presión de la puerta contra la espalda. Alguien la estaba abriendo desde el exterior. El golpe estuvo a punto de hacerle perder el equilibrio y caer encima de Esmeralda.

–¡Dios mío! Lo siento mucho, señor Almanzar. No me había dado cuenta de que había alguien aquí.

Rodrigo reconoció a la mujer, una asistente a uno de los consejeros más importantes. No recordaba su nombre, pero no importaba. Debería darle las gracias por haberle salvado de sí mismo.

–No hay problema. La señorita Sambrano–Peña y yo estábamos discutiendo algunos detalles para el plan estratégico que tiene que elaborar –dijo. Miró a Esme y vio que ella se había sonrojado. Apartó inmediatamente la mirada porque, si se centraba en la evidente excitación que ella sentía, podría llevarla a tomar más decisiones erróneas–. Si nos da un momento…

La actitud de la mujer indicaba que se había dado cuenta de que había interrumpido algo, pero reaccionó rápidamente.

–Por supuesto –dijo antes de volver a salir y cerrar la puerta.

–Esto no puede volver a ocurrir –afirmó Esmeralda cuando se quedaron solos.

Ya era demasiado tarde. El beso que habían estado a punto de darse había sido el intento desesperado por reclamar algo que hacía mucho tiempo ya que se les había escapado entre los dedos. La única manera era seguir hacia delante.

–No volverá a ocurrir –respondió mientras miraba

el reloj. Eran casi las siete de la tarde–. Te mostraré tu despacho y, mañana a primera hora, te mostraré parte del material que el consejo quiere que tomes en consideración.

Esmeralda asintió.

–Estoy segura de que estaré bien. Tan solo muéstrame dónde puedo trabajar y ya me ocupo yo desde ese momento.

Abrió la puerta y salió. Rodrigo la siguió. Se sentía algo turbado y muy frustrado sexualmente. Tanto si Esmeralda lo quería como si no, él iba a hacer su trabajo y parte de este era mostrarle a ella cómo tenía que hacer el suyo.

Después de todo, era su característica más conocida. Rodrigo nunca se desviaba de la tarea que tenía entre manos. Todo lo demás podía desmoronarse, pero él siempre cumplía. Aunque le costara su propia felicidad.

# Capítulo Cinco

—Solo estoy aquí para mirar estos archivos. Me resulta más fácil que estar yendo y viniendo. Te dejaré tranquilo en un momento.

Rodrigo se detuvo en seco cuando encontró a Esmeralda en su despacho con lo que parecía que eran todos los archivadores disponibles sobre la mesa de reuniones. Había llegado el día anterior por la mañana, como si lo ocurrido el día anterior nunca hubiera sucedido. Plácidamente, le había pedido que le mostrara las instalaciones. Él lo había hecho, dado que era su deber, y la había dejado instalada. Desde entonces, habían mantenido las distancias.

Bueno, al menos físicamente porque, hasta aquel momento, Rodrigo no había podido pasar más de un minuto sin pensar en ella. Desde donde estaba junto a la puerta, veía que ella estaba mirando noticias y programas desde 2001 y tenía notas en algunos otros. Parecía que llevaba horas trabajando, pero eran apenas las siete de la mañana.

—¿Cuánto llevas aquí? —le preguntó. Llevaba ropa diferente a la del día anterior, así que al menos debía de haberse ido a casa. En aquella ocasión, llevaba una falda lápiz en un tono burdeos oscuro y una blusa gris. Se había quitado los zapatos de altísimo tacón de Gucci. Estos aparecían sobre el suelo, a su lado. Llevaba el cabello recogido y aros dorados en las orejas.

Rodrigo estaba seguro de que ella sería buena para la empresa, aunque no fuera presidenta.

–No sé, tal vez algo más de una hora –respondió ella con gesto distraído. Entonces, levantó la mirada de las notas que estaba escribiendo y le miró.

Rodrigo vio que tan solo llevaba un poco de brillo en los labios. Tenía un aspecto fresco y joven, tan hermoso… Esmeralda era siempre hermosa… e intensa.

–Tengo muchas cosas que revisar. Aún no tengo una idea clara de lo que voy a hacer para la presentación y el tiempo va pasando. Hablaba en serio, Rodrigo. Voy a luchar.

–Nunca esperé que no lo hicieras.

Rodrigo decidió que tenía que tener mucho cuidado con Esmeralda. La cordialidad estaba muy bien, pero no podía olvidar ni por un solo instante que aquella era una lucha a muerte.

–Me gusta la competición –replicó él. Levantó la bolsa que llevaba en la mano–. Te he traído algo.

Esmeralda miró la mano llena de sospecha, pero cuando vio el logo sonrió.

–¿Has ido a La Nueva? –le preguntó mientras Rodrigo se acercaba y colocaba el paquete delante de ella, sobre la mesa.

–Está en mi barrio.

Esme lo miró llena de sospecha mientras miraba los contenidos.

–Me has comprado el bollo de queso y guayaba. ¿Cómo te has acordado? –le preguntó. Sonaba casi molesta de que él aún recordara su dulce favorito de la pastelería a la que habían ido de niños.

–En las miles de veces que fuimos, nunca pediste otra cosa.

Tal vez Esmeralda había olvidado que se conocían desde hacía mucho tiempo, pero él no lo olvidaría nunca. Los dos estaban vinculados el uno al otro y siempre lo estarían. Sus madres eran amigas, pero siempre había habido mucho más que eso. Además, en los momentos más difíciles, cuando el padre de Rodrigo lo había perdido todo en el juego, Ivelisse había sido la que había ayudado a su madre a recoger los trozos.

Siempre le había parecido mal que Esmeralda no formara parte de la vida de Patricio. Ella vivía en un pequeño apartamento e iba a una escuela pública de su barrio, mientras que sus hermanastros vivían en un ático en Park Avenue y estudiaban en internados de Suiza. A pesar de todo, y gracias a la protección de su madre, que le había apartado del mundo viciado de los Sambrano, era una mujer decidida y fuerte. Rodrigo esperaba que el duro exterior que presentaba encajara con el interior porque tendría que destrozar sus esperanzas sobre el puesto de presidenta. No había otra opción.

—No fuimos miles de veces —musitó mientras le daba un bocado al dulce.

A Rodrigo siempre le había gustado verla comer. Daba grandes bocados y los engullía con placer. Había habido una época en la que él había sido también lo que más placer le daba a ella, antes de que Rodrigo lo estropeara todo con su sentido del deber a pesar de quién pudiera salir herido en el proceso. Antes de que Patricio se negara a ver las mentiras de Carmelina.

Nunca olvidaría ese día. Se había inventado una historia en el trabajo para poder tomarse un día libre y pasar tres con Esme. El viernes, fueron a Laguna Beach para comer ceviche y tomar cerveza en un restaurante junto al mar. Después, estuvieron en la cama hasta bien entrada la tarde del día siguiente. Su relación era secreta porque los dos sabían que, cuando las familias de ambos se enteraran, todo se escaparía a su control. A pesar de todo, por aquel entonces, Rodrigo se había sentido esperanzado y había llegado a creer que el amor que sentían el uno por el otro podría soportar cualquier cosa. Se había equivocado.

El domingo por la mañana, la petición de ayuda de su madre en nombre de Ivelisse Peña terminó con la alegría de aquellos días. Gloria le dijo por teléfono que el viernes Ivelisse había recibido una nota en la que se le advertía que tenía una semana para desalojar el apartamento en el que vivía. La razón era que Carmelina había aparecido en la vida de Patricio y él había decidido dejar a la madre de su primera hija en la calle.

Sin decir a Esmeralda por qué, dado que Ivelisse le había suplicado que no le contara nada de lo que estaba ocurriendo a su hija, al menos hasta que tuvieran un lugar en el que alojarse, Rodrigo se había montado en el primer avión para regresar a Nueva York e interceder con Patricio. Lo encontró en su despacho, totalmente borracho, echando pestes sobre las pruebas de paternidad y afirmando que Ivelisse le había mentido. Cuando Rodrigo consiguió que él se tranquilizara lo suficiente para poder explicarse, Patricio le mostró una prueba de paternidad que Carmelina le había entregado como evidencia de que Esmeralda no era hija suya.

Como conocía perfectamente a Carmelina, Rodrigo se imaginó que todo era una mentira. Trató de llamar al laboratorio que supuestamente había hecho la prueba y confirmó que el lugar no existía. Sin embargo, el daño ya estaba hecho y todo se complicó aún más, dado que mientras Rodrigo se esforzaba por ayudar a Ivelisse, la verdad sobre su relación salió a la luz. Y también el precio que tuvo que pagar para asegurarse de que Esmeralda no se enteraba nunca de la verdadera razón por la que su padre había obligado a Ivelisse a abandonar su casa.

Rodrigo había arriesgado su trabajo, el tratamiento de su madre y la ayuda de Patricio para salir de la situación en la que se encontraba la familia Almanzar. Cuando su mentor se dio cuenta de que él estaba enamorado de Esme, le exigió a Rodrigo que terminara la relación, Patricio se puso furioso con Rodrigo porque este lo hubiera hecho a sus espaldas.

Rodrigo aceptó todos los insultos y las humillaciones, pero no pudo evitar caer en la trampa que Patricio le había preparado. Antes de que así ocurriera, le pidió a Patricio una última cosa, una garantía final de que Carmelina no podría volver a hacer lo que había hecho nunca más. Entonces, renunció a Esmeralda.

Si solo hubiera sido él, habría renunciado a todo para poder quedarse a su lado. Sin embargo, no pudo hacerlo entonces y ciertamente no podía hacerlo tantos años después. Al menos había logrado protegerla de la maldad de Carmelina y había salvado a su propia familia.

Diez años después, sabiendo todo el dolor que ambos habían soportado, se preguntó si había merecido la pena.

—No sabía que te habías mudado a esa zona —comentó Esmeralda, sacando a Rodrigo de su doloroso viaje por el pasado.

—Compré una casa en Sugar Hill hace un par de años —dijo mientras se tomaba su café con leche y veía cómo Esmeralda comía.

Ella lo miró como si no entendiera por qué había hecho algo así. Siete años atrás, después de que consiguiera el puesto de director de contenidos en Sambrano, Rodrigo se había comprado un ático en el centro de la ciudad. Se lo había comprado porque le parecía la clase de vivienda que tenía la gente de éxito, pero, en realidad, nunca encajó con él. Cuando la enfermedad de su padre regresó hacía un par de años, Rodrigo decidió comprarse esa casa para poder estar cerca de ella.

—Me resulta agradable estar de vuelta en el barrio.

Esme lo miró con aire de sospecha.

—Solo estás a diez manzanas de mi madre y de mí.

Rodrigo no sabía si aquel comentario era simplemente la afirmación de un hecho o un reproche, pero decidió cambiar de tema. Se sentó también, aunque a cierta distancia de Esme, para no sentir la tentación de volver a tocarla.

—¿Has visto la invitación de Octavio para la recepción de esta noche? —le preguntó. No podía dejar de mirar cómo ella se lamía los labios mientras devoraba el dulce. No sabía cómo iba a mantener la compostura aquella semana. A través de la tela, notó el encaje del sujetador, por lo que tuvo que cruzarse de piernas para no avergonzarse.

—Mírame al rostro, Rodrigo.

Rodrigo se sonrojó. ¿Cómo no iba a ponerse a admirar los atributos de Esme cuando el objeto de su deseo estaba sentada a tan corta distancia?

—Y sí, he visto la invitación. Pero yo no voy.

—Te aseguro que no es una sugerencia, Esmeralda. Tienes que ir. Todos los estarán allí.

—No tengo nada adecuado que ponerme para una recepción tan formal en *The Cloisters*, Rodrigo.

El lugar elegido para la fiesta era el museo de arte medieval que había en el norte de Manhattan. Rodrigo podía comprender que ella se sintiera algo intimidada, dado que, en lo que se refería a las fiestas, aquella era una de las más codiciadas.

–Te aseguro que esa actitud no te va a servir de nada, Joya. Acepta estas palabras como un consejo de buena fe, que lo es. No es inteligente que te pierdas la oportunidad de interactuar con los miembros del consejo. Será bueno que vean cómo te comportas y cómo podrías terminar representando al estudio. Ahora eres accionista y eso no cambiará, aunque no llegues a ser directora ejecutiva –le dijo. Ella abrió la boca para protestar, pero Rodrigo siguió hablando–. Esto no tiene nada que ver con que los dos seamos competidores, sino conque tú asumas tu lugar como parte de la familia Sambrano. Tienes que pensar en el futuro, Esmeralda. Ahora, posees un cuarto de una empresa que vale miles de millones. Esto no tiene nada que ver con conseguir un trabajo o que alguien vea tu episodio piloto. Estamos jugando en las grandes ligas y tienes que empezar a comportarte como si lo supieras. Solo te estoy dando un consejo, acéptalo.

–Veo lo que quieres decir, pero de verdad que no tengo nada que ponerme. Entiendo que no se me pudo avisar, dado que me presenté aquí antes de ayer, así que no es que esté loca ni nada parecido. Simplemente, no tengo tiempo de pasarme todo el día buscando un vestido.

–Déjamelo a mí –dijo Rodrigo antes de que pudiera contenerse–. Yo te encontraré un vestido. Así tú te podrás centrar en tu trabajo hasta que llegue el momento de prepararte.

Rodrigo ya se lo imaginaba. Delicado, caro y que se ciñera a cada una de sus curvas.

—Como te parezca. Yo no tengo tiempo de ir de compras cuando apenas tengo cinco días para crear una visión estratégica completa para el estudio. No tengo tiempo de juegos.

—Te aseguro que no es ningún juego —comentó él tras soltar una carcajada—. Y nadie va a tener un final de cuento de hadas.

Esmeralda no comprendió las palabras de Rodrigo, pero no iba a permitir que estas la distrajeran de su trabajo. Además, no tenía intención alguna de acudir a la recepción con él, por muy guapo que estuviera con el traje que llevaba puesto. Ningún hombre tenía derecho a estar tan guapo a las siete de la mañana.

Había estado a punto de besarlo. Llevaba diez años diciéndose que no quería tener nada con él, que lo despreciaba por haberla traicionado y que, si lo volvía a ver, le diría claramente todas las maneras en las que le había hecho daño. Entonces, habían bastado unos segundos a solas para que Esme se desmayara a sus pies. Lo que debería hacer era recoger todos sus papeles y marcharse a su despacho al otro lado del pasillo.

En vez de hacerlo, lo miró fijamente mientras él se tomaba el café.

—¿Sigues tomándolo tan dulce?

El muy canalla le guiñó un ojo. Era un hombre muy guapo.

«Céntrate, Esmeralda. Céntrate».

La presentación. Eso era sobre lo que debería estar hablando con Rodrigo y no pensar en el tacto de sus manos o de sus labios. Sintió una extraña sensación en el vientre cuando recordó lo cerca que había estado de besarlo. Respiró profundamente y trató de centrarse. Se suponía que Rodrigo tenía que ayudarla, por lo que podría hacerle alguna pregunta. Sí. Eso era lo que tenía que hacer.

–¿Te puedo hacer una pregunta? –le dijo–. ¿Dónde fueron todos los latinos de origen africano?

Sambrano había empezado como un estudio que producía contenidos para todas las comunidades latinas. Había programas para los latinos negros, para los indígenas, porque todos ellos querían verse reflejados en la pantalla. En realidad, no era de extrañar, dado que Patricio era negro y, para él, celebrar sus orígenes había sido al menos en un principio una parte fundamental de su estudio. Sin embargo, en los últimos años, eso parecía haber cambiado y Esmeralda no podía entender por qué. Esmeralda quería saber por qué su padre, que tan fervientemente había querido representar a todos los rostros de la comunidad latina, había traicionado su propia visión.

Rodrigo consideró la pregunta durante un instante antes de responder.

–Dependiendo de a quién le hagas la pregunta, la respuesta será diferente.

–Quiero oír qué es lo que respondes tú.

Él se rebulló en su asiento. Su cuerpo se había tensado. Resultaba evidente que no sabía muy bien cómo responder aquella pregunta sin señalar a nadie.

–Carmelina siempre tuvo más influencia sobre Patricio de lo que era aconsejable. Él era un hombre orgulloso, pero sus inseguridades sobre su falta de estudios le afectaban mucho. Carmelina sabía cómo sacarle partido a eso. Ella no hacía más que hablarle de sus estudios, del pedigrí de su familia y Patricio terminaba por aceptar sus consejos, aunque fuera en contra de lo que él pensaba. Así al menos fue como empezó. Ella siempre tenía montones de ideas –añadió sacudiendo la cabeza–, y la mayoría de ellas implicaban convertir a Sambrano en una copia de los canales estadounidenses y borrar la cultura latina para tener el mismo tipo de programación, pero en español. Yo traté de recordarle a Patricio los valores centrales de los estudios, que eran hacer películas y televisión para que la gente pudiera identificarse. Sin embargo, Carmelina era implacable. No comprendió nunca que nuestro mayor valor era nuestra autenticidad.

Esme sintió una profunda amargura. ¿Cómo había podido dejar su padre que Carmelina destruyera su autenticidad? ¿Y por qué había permitido Rodrigo que eso ocurriera?

–¿Acaso no eres tú el director de contenidos? ¿Cómo pudiste permitir que le influyera de esa manera? –le preguntó. Se sentía molesta al saber que su padre se había dejado llevar por la avaricia de su esposa, molesta también porque la hubieran dejado a ella fuera de todo y, sobre todo, de que Rodrigo lo hubiera permitido con tal de mantener el sueldo multimillonario que recibía.

Él la miró fijamente antes de responder. Evidentemente, estaba considerando muy cuidadosamente sus palabras.

–Estoy seguro de que es muy agradable entrar aquí y poder juzgar a la gente, pero no sabes cómo ha sido esto. Yo no soy Ónix ni Perla, ni siquiera tú. No tengo el apellido Sambrano. Tu padre perdió el rumbo, pero nunca admitió que se había equivocado. Eso significó que todos nosotros solo podíamos tratar de mitigar los daños y esperar que él terminara viendo su error. Entonces, cayó enfermo –añadió. Su rostro trasmitía tensión y frustración, además de una profunda pena por lo ocurrido–. Si dependiera de Carmelina, este lugar no sería ni una sombra de lo que era. La única razón por la que queda algo es porque yo he luchado con uñas y dientes para salvarlo. Ella no ha intentado obligarme a ser cómplice de sus planes. Al contrario de lo que te digan todos los rumores, no estoy a la venta.

Rodrigo se puso de pie y arrojó la taza de café vacía a la papelera. Entonces, se acercó a ella.

–Esa es una de las razones por las que yo debería estar al mando de este estudio –dijo. Todo resto de amigable conversación había desaparecido por completo–. No tienes ni idea de a lo que te estás enfrentando, Esmeralda. Se está peleando por el futuro de esta empresa y si crees que voy a dar un paso atrás solo porque tú estés implicada, es que no me conoces.

–Créeme si te digo que ya contaba con que tú me apuñalaras por la espalda.

Rodrigo dio un paso atrás como si ella le hubiera abofeteado, pero se recuperó rápidamente. Inmediatamente, se apoyó sobre la mesa con el rostro retorcido por la ira.

–Al contrario de la esposa de Patricio y de sus hijos, a mí me importa lo que ocurre en este lugar. Tal vez tú, ahora que tienes tus acciones, quieras asegurarte de que consigues tus dividendos…

Aquel había sido un golpe bajo, pero sirvió para recordarle a Esmeralda que Rodrigo no estaba de su lado.

–Nunca he contado con el dinero de Patricio Sambrano –le espetó ella poniéndose de pie también. Si Rodrigo quería jugar sucio y decirle palabras que le hicieran daño, ella tenía diez años de reproches para él–. Tú más que nadie deberías saberlo porque, si no recuerdo mal, ocupabas un asiento de primera fila cuando mi padre nos puso a mi madre y a mí de patitas en la calle. ¿O acaso se te ha olvidado eso, junto con todo lo demás?

Rodrigo respiró profundamente y Esmeralda supo que había dado en el clavo. Se sonrojó. Sí. Debería avergonzarse de sí mismo.

–Fuiste tú la que cortó todo contacto conmigo, Esmeralda –dijo él entre dientes–. Yo nunca dije que no pudiéramos ser amigos… Yo nunca…

–¿Tú nunca qué, Rodrigo? ¿Nunca me dijiste que me amabas, te acostabas conmigo y me ignorabas al día siguiente? ¿Tampoco me traicionaste por dinero o poder? ¡Ah, espera! –exclamó ella muy dramáticamente mientras le señalaba con el dedo–. Eso fue exactamente lo que hiciste.

El rostro de Rodrigo se endureció. Esmeralda sintió que el pecho le dolía por lo que estaba haciendo. Se sentía mal por sus palabras, pero no parecía poder detenerse. Era como si llevara con aquel veneno dentro durante diez años y, en aquellos momentos, había empezado a salirle de dentro y tenía que purgarse por completo.

–Mi padre me hizo daño y me abandonó, pero no esperaba otra cosa de él. ¿Pero tú? Tú me arrancaste el corazón.

Esmeralda salió del despacho antes de que Rodrigo pudiera responder y, sobre todo, antes de que él pudiera ver las lágrimas que le caían por las mejillas. En cuanto llegó a su despacho, se preguntó cuánto estaba dispuesta a perder tan solo por ganar aquel juego.

# Capítulo Seis

–¿Qué se supone que es todo esto?

Rodrigo aún estaba rumiando la conversación, discusión o lo que hubiera sido, por lo que el hecho de que Esmeralda se presentara en su despacho con aspecto enojado y empujando una percha entera repleta de vestidos de noche solo sirvió para empeorar su mal humor.

–Es una selección de vestidos para que elijas uno para la recepción de esta noche –respondió, sin levantar la mirada del correo que estaba escribiendo.

Un inversor más, que parecía haber salido de ninguna parte, quería comprar el estudio. Solo a Carmelina podía habérsele ocurrido algo así. Era muy insistente. Desde el momento en el que se leyó el testamento de Patricio, había estado tratando de poner a Rodrigo de su lado. Ciertamente, sería como pactar con el diablo.

–Ya te he dicho que no iba a ir.

Rodrigo siguió tecleando.

–También hay una maquilladora disponible si la necesitas –replicó. Cuando por fin levantó los ojos, vio a Esmeralda totalmente furiosa junto a su escritorio–. ¿Te ha llevado Marquito los zapatos? –añadió, ignorando la mirada asesina que ella le estaba dedicando.

–¿Eso es lo que había en esa caja tan grande? –preguntó–. Espera un momento, ¿Marquito está aquí?

Rodrigo deseó que el pecho no se le inflamara de alegría al escuchar el afecto con el que Esmeralda hablaba de su hermano pequeño. Marcos era un famoso estilista, al que reclamaban todas las celebridades. Rodrigo le había pedido ayuda a su hermano hacía un par de horas y parecía que había cumplido.

–¿Acaso me he equivocado de talla? –le preguntó, aunque lo dudaba. Tenía todas y cada una de las curvas de Esmeralda grabadas en la memoria–. Marquito no está aquí. Ha enviado todos los vestidos por mensajería.

–Oh –dijo ella, verdaderamente desilusionada. Siempre se había llevado muy bien con Marcos y había sido la primera persona a la que había acudido cuando vivió momentos de angustia y confusión. Rodrigo siempre le estaría agradecido por ello.

–Lo siento. ¿Hay algún problema con los vestidos?

–No, son perfectos, lo que hace que todo esto resulte aún más irritante.

–De acuerdo, entonces, ¿cuál es el problema? –insistió Rodrigo. Se sentía de mal humor por el hecho de que Esmeralda estuviera en su espacio.

Ella levantó los brazos y se acercó al escritorio. Tenía la boca fruncida en una adorable expresión de irritación. Rodrigo tuvo que recordarse que debía contenerse. Ocurriera lo que ocurriera aquella semana, supondría un punto de inflexión entre ellos. Si Esmeralda conseguía el trabajo, Rodrigo se quedaría totalmente devastado. Si era él quien lo conseguía, Esmeralda tendría otra razón más para odiarle.

–Escucha, te agradezco mucho que trates de darme mi propia experiencia *Pretty Woman,* pero ya te he dicho que no voy a ir a esa fiesta.

Rodrigo deseó de todo corazón que su miembro traidor no se irguiera al escuchar la sensual voz de Esmeralda.

–No merece la pena perder toda una tarde tomando champán cuando podría estar trabajando –añadió ella.

Antes de que Rodrigo pudiera responder, la última persona a la que deseaba ver entró en el despacho, como si hubiera sospechado que estaban ahí juntos.

–Vaya, vaya, qué bonita reunión. Rodrigo, ¿ahora te gastas el dinero de la empresa en vestidos? Pensaba que el buen suelto que te pagábamos era por trabajar.

Carmelina Sambrano sabía menos de televisión y cine que una empleada de guardería y, sin embargo, se consideraba una experta en el mundo de la comunicación.

A Rodrigo le sorprendió que se hubiera tomado tanto tiempo en empezar a molestar a Esme. La miró y vio que ella estaba mirando a Carmelina con ojos entornados. No había amor entre ambas y Esmeralda tampoco sabía lo bajo que había llegado a caer Carmelina para apartarla de su padre. Rodrigo le había prometido a Ivelisse que nunca se lo diría y él no iba a incumplir su palabra.

Sin embargo, en aquellos momentos, Esmeralda estaba dispuesta a arrebatarle el premio que Carmelina llevaba años tratando de controlar. Carmelina no era tonta, pero se desesperaba más y más a cada día que pasaba. Y una Carmelina desesperada era peligrosa.

–¿Qué es lo que quieres? –le espetó, sin enmascarar el desprecio que sentía por ella.

Carmelina iba vestida con uno de sus habituales conjuntos de falda y americana, evocando el estilo de Jacqueline Onassis. Sin embargo, no importaba cuánto dinero se gastara en ropa de diseño. Carmelina hacía que todo tuviera un aspecto barato.

–Solo he venido a decirte personalmente que he prohibido que se utilicen imágenes privadas de mi esposo en esta farsa –dijo. Entonces, se volvió hacia Es-

meralda–. Si no sabes nada sobre tu padre, es porque él
así lo quería. Vas a tener que seguir intentando quedarte
con su dinero sin ver sus entrevistas.

–Carmelina, ten cuidado con lo que dices –le advirtió Rodrigo.

Sin embargo, Esmeralda no se inmutó.

–Yo no he pedido imágenes –le dijo en tono indife-
rente–. Tengo material más que suficiente para trabajar.

–Fui yo el que pidió que esas grabaciones estuvieran disponibles –replicó Rodrigo–. Son de un documental que estábamos planeando como parte del treinta
y cinco aniversario del estudio que se celebrará el año
que viene. No pudimos acabarlo.

El dolor que Rodrigo aún sentía cuando pensaba en
Patricio se apoderó de él mientras hablaba con Esme.
Vio también cómo los ojos de ella se llenaban de tristeza ante la mención del fallecimiento de su padre, todo
lo contrario que la actitud desdeñosa de Carmelina.

–¿Te está ayudando mucho, dándote consejos y sugerencias? –le preguntó Carmelina con amargura–. El
honorable Rodrigo Almanzar, que le dio la espalda a su
propia familia para robarle a mi hijo su legítimo lugar. No
confíes en él, querida. Este hombre sería capaz de traicionar a su propia madre para mantener este despacho.

La voz de Carmelina rezumaba desprecio, pero Rodrigo había aprendido hacía mucho tiempo a no permitir que sus palabras le afectaran. Lo único que le importaba era que no le clavara sus garras a Esmeralda. Eso
no pensaba tolerarlo.

Desgraciadamente, Carmelina no había terminado.

–Él es con quien tienes que tener cuidado, ¿sabes?
Yo no necesito a Sambrano –comentó con una sonrisa,
parecida a la de una hiena en busca de su presa–. Nunca

he necesitado a Sambrano Studios, dado que Patricio se casó conmigo por mi dinero –comentó con una carcajada–. Hago esto para preservar el legado de mi esposo y por lo que, por derecho, les pertenece a mis hijos, que son *legítimos*.

–Carmelina, márchate –rugió Rodrigo lleno de furia. Podría echarle tantas cosas en cara sobre los líos de los que había tenido que sacar a su hijo a lo largo de los años…

–Yo también tengo derecho a esta empresa –afirmó Esmeralda muy tranquilamente, como si las palabras de Carmelina no la hubieran afectado.

–He dicho que te marches, Carmelina –insistió Rodrigo. Su voz era ya más amenazante.

Carmelina se encogió de hombros y sonrió.

–Vaya, vaya, qué impaciente. No te preocupes. Ya me marcho –comentó mientras se dirigía hacia la puerta. Entonces, se detuvo frente a la percha llena de vestidos–. No hay traje de alta costura que sirva para ocultar el hecho de que eres la hija bastarda de Patricio.

Esmeralda apartó la mano del perchero y se acercó a Carmelina. La sonrisa que había en sus labios era peligrosa, fría, de una manera que Rodrigo no había visto nunca.

–Vaya, en ese caso, si la gente está hablando de mí, tal vez deba hacer acto de presencia en la recepción –replicó Esmeralda mientras se cruzaba de brazos y miraba fijamente a Carmelina–. Si crees que el hecho de venir aquí a insultarme va a distraerme del deseo de querer arrebatarte todo esto, estás muy equivocada. Ahora, si me perdonas, tengo que probarme estos vestidos.

–Esmeralda, quédate donde estás –le ordenó Rodrigo–. Carmelina, si has terminado ya, Esmeralda y yo tenemos cosas de las que hablar.

–No te vas a salir con la tuya –le advirtió Carmelina a Esmeralda antes de marcharse.

Rodrigo sintió que el corazón le latía en el pecho como un tambor, pero no tenía que ver con Carmelina, sino con Esmeralda. Ni el tiempo ni la distancia habían supuesto que el deseo que sentía por ella disminuyera. Verla así, enfrentándose tan orgullosa y tan valiente con Carmelina, dispuesta a ocupar el lugar que le correspondía hizo que, a pesar de lo mucho que había estropeado la relación que había entre ambos, sintiera una enorme admiración por ella.

–Sigue siendo una mujer horrible, ¿verdad? –preguntó Esme con voz temblorosa cuando Rodrigo cerró la puerta del despacho. Ella había aguantado el tipo, pero eso no significaba que no la hubiera afectado.

–Peor aún –afirmó Rodrigo, agotado también–. Olvídate de ella. A pesar de lo que Carmelina pueda pensar, no tiene poder alguno para anular las decisiones del consejo. Tú y yo somos los candidatos a suceder a Patricio y ella solo dispone de un voto en esa decisión.

–Bueno, tres si cuentas a sus hijos.

Rodrigo no pudo negar que aquello era probablemente verdad. A Perla y a Ónix no les importaba lo más mínimo lo que le ocurriera al estudio mientras alguien siguiera pagando sus facturas.

–Espero que no dependa todo de tres votos. Carmelina tiene muchos enemigos en el consejo, así que olvidémonos de ella de momento. Tengo algo que mostrarte.

Rodrigo levantó la mano para tomar la de ella, pero la dejó caer, sometiendo una vez más la imperiosa necesidad de tocarla. Se dirigió a una puerta oculta que había en la pared paralela a su escritorio y empujó el panel. Este se deslizó para dejar al descubierto el dormitorio que Patricio se había hecho construir. Rodrigo no tenía ni idea de por qué hacía aquello. No había motivo para que se lo mostrara en aquellos momentos.

–Madre mía –dijo Esmeralda asombrada mientras miraba el pasillo que conducía a un espacioso dormitorio que tenía también su propio cuarto de baño–. Por favor, dime que no se trata de una especie de picadero. No podría soportar esa imagen de mi padre.

Rodrigo soltó una carcajada.

–No puedo confirmar ni negar lo que ocurría en esta habitación, pero lo que sí sé es que Patricio la construyó hace ya mucho tiempo. Le encantaba imitar lo que ocurría en las telenovelas que producía –comentó. Frunció el ceño al recordar la noche en que su mentor le enseñó aquella habitación. Patricio le había confesado que, tan solo seis meses después de su matrimonio, sentía la necesidad de distanciarse de Carmelina. Vivía para su trabajo, por lo que se había construido una suite donde podía quedarse cuando necesitaba centrarse en Sambrano–. Su matrimonio con Carmelina nunca fue muy feliz. Fue más bien un acuerdo de negocios y supongo que, en un principio, los beneficiaba a los dos. Sin embargo, en los últimos diez años, vi que Patricio se convertía en un hombre más duro… más amargado. Los dos sacaban lo peor el uno del otro. Siempre decía que la única persona que podía recordarle quién era antes de construir todo esto era tu madre.

–No se la merecía –susurró Esmeralda. No se atrevía a entrar en la habitación.

–Eso es cierto y creo que recordar cómo terminaron las cosas entre ellos fue algo de lo que Patricio se arrepintió siempre. Puedes cambiarte ahí –dijo mientras la invitaba a pasar–. Decide qué vestido quieres ponerte.

Yo también me voy a cambiar ahí –añadió, mientras señalaba un portatrajes que colgaba del perchero que había junto a la puerta del despacho.

Esmeralda no parecía muy convencida, pero cuando él metió los vestidos en el dormitorio, ella lo siguió.

–Mi asistente te puede conseguir una maquilladora.

–Creo que yo me ocuparé de mi cabello y de mi maquillaje, pero gracias por el vestido. Creo que tienes razón. Necesito mostrar al consejo y a Carmelina que no pienso ignorar mis responsabilidades. Estoy aquí para trabajar y para reclamar lo que me corresponde. Si esto significa tomar champán y canapés, eso será lo que haré.

Con eso empujó la percha de la que colgaban lo vestidos hasta el centro del dormitorio y cerró la puerta. Rodrigo asumió que iba a regresar a su despacho hasta que llegara el momento de prepararse. Sin embargo, ella se apoyó contra la puerta y se volvió para mirarlo. Había algo en sus ojos que Rocío no era capaz de descifrar.

–¿Por qué estás siendo tan amable conmigo?

Aquella era la pregunta del millón. Rodrigo podría decirle muchas cosas, como que se lo debía a Patricio o que era muy profesional, pero todo serían mentiras. La verdad era como una daga sobre su lengua, afilada y mortal.

–Soy amable con todo el mundo –mintió.

–Claro…

La astuta sonrisa que se reflejó en su rostro despertó de nuevo el deseo en Rodrigo. Dios, la deseaba tanto… La necesidad de tomarle entre sus brazos era una fuerza tangible, pero era el momento de hacer gala de su profundo estoicismo. Regresó a su escritorio.

–Avísame cuando necesites cambiarte para que yo pueda darte el espacio que necesitas –dijo evitando mirarla a los ojos.

–Claro –replicó Esmeralda. Se dirigió hacia la puerta. Parecía tan incómoda como él–. Tengo que hacer algunas cosas antes de empezar a prepararme. ¿Podrías comprobar el boceto que te he enviado? Me gustaría empezar a trabajar en el concepto que tengo esta misma noche. Solo porque me vaya a tomar unas cuantas horas para participar en este show no significa que no vaya a regresar aquí después para trabajar.

Rodrigo asintió antes de que Esmeralda se marchara. Nadie tenía por qué saber que no podía apartar los ojos de la gloriosa vista de aquel trasero perfecto. Estaba metido en un buen lío. Llevaba toda la vida trabajando para conseguir un sueño y este corría el peligro de esfumarse ante sus ojos solo porque la única persona a la que se imaginaba entregándole todo era también la que se interponía entre ese sueño y él.

# Capítulo Siete

–Maldita sea…

Esmeralda dejó escapar otro suspiro de frustración cuando intentó subirse de nuevo, sin conseguirlo, la cremallera del vestido. Resultaba muy extraño estar en aquella habitación, un lugar al que su padre se escapaba cuando las cosas no iban bien en su vida familiar. Nunca había llegado a tener aquel nivel de intimidad con él cuando estaba aún con vida. Sobre la cómoda, había algunas fotografías. Incluso de ella. Eso la sorprendió. Una era de su segundo cumpleaños, cuando Patricio aún aparecía en ocasiones especiales. Había otra de su graduación en el instituto. La más reciente era de cuando recibió un premio por un corto que presentó en el Festival de Cine de Tribeca.

Ver que ocupaba un lugar junto a sus otros dos hijos le produjo una extraña sensación. Además, había una fotografía en la que estaba con su madre, lo que significaba que Patricio no la había olvidado, aunque en ocasiones se hubiera comportado como si ella no existiera. No sabía qué pensar al respecto, y lo peor de todo era que la única persona con la que quería hablar sobre ello era la única junto a la que no debía estar. Maldito Rodrigo por haberla defendido aquella tarde. Por haberle conseguido aquellos maravillosos vestidos. Por tener una boca pecaminosa y unos hombros de impresión. Y, sobre todo, por hacerla sentir de nuevo tan confusa.

–No, no es el momento de llorar –se dijo frustrada. Parpadeó para evitar que cayeran las lágrimas que amenazaban con estropear el perfecto maquillaje.

Además, seguía sin poder subirse la cremallera del vestido. Miró el reloj que había junto a la cama y vio que eran casi las seis. Decidió que iba a necesitar ayuda. Se dirigió a la puerta de la habitación y la abrió lentamente.

Rodrigo estaba de espaldas a ella, mirando por los enormes ventanales la puesta de sol en Manhattan. Estaba espectacular con aquel traje. Con Rodrigo Almanzar, todo ocupaba su lugar, todo estaba perfecto. Durante muchos años, había significado mucho para ella y, si era sincera consigo misma, aún lo significaba. Sin embargo, no podía apartarse de lo que el destino le había reservado.

Sabía que la pelea entre ambos arruinaría la relación que había entre ellos para siempre. Rodrigo se sentiría traicionado y la odiaría. ¿Acaso no era eso lo que Esmeralda había deseado siempre, tener la oportunidad de vengarse de él? Arrebatarle el puesto de presidente de Sambrano Studios era la venganza perfecta.

–Rodrigo –dijo suavemente.

Él se dio la vuelta. Parecía un dios, con su hermoso rostro iluminado por la cálida luz del atardecer. Aquella noche, llevaba un esmoquin azul oscuro que le hacía parecer un modelo de Tom Ford. Esmeralda no pudo evitar devorarlo con la mirada mientras él se acercaba. No se le pasó por alto que los ojos de Rodrigo ardían también.

Cuando llegó por fin a su lado, el corazón le latía tan fuerte que Esmeralda lo sentía en la garganta. Se sentía desnuda, por lo que decidió ocultarse de él. Volvió a entrar en el dormitorio secreto de su padre porque se sentía demasiado expuesta en el despacho, donde cualquiera podría verlos. Rodrigo la siguió sin pronunciar palabra. Ella no se atrevió a darse la vuelta. Cuando por fin llegó a la cama, le preguntó sin darse la vuelta:

—¿Me puedes subir la cremallera?

—Has escogido el verde —respondió con voz ronca.

Efectivamente, Esmeralda se había decantado por un vestido color esmeralda, con falda de vuelo y sin mangas firmado por Christian Siriano. Uno de los objetivos en la vida de Esmeralda había sido poder ponerse una de sus creaciones. Oyó que él se acercaba y que respiraba profundamente. Sintió su calor cuando Rodrigo dio un paso más.

—Este color te sienta a la perfección, Joya…

Rodrigo le agarró la cintura y trazó la piel desnuda de Esmeralda con un dedo que podría haber sido un fuego abrasándole la piel. Ella no protestó. No se movió. Se había dicho muchas veces que Rodrigo no significaba nada y, sin embargo, un roce de su dedo le hacía olvidarse de todo. Quería apoyarse sobre él, dejar que las fuertes manos le rodearan la cintura. Ansiaba reclinar la cabeza sobre su hombro… pero él se limitó a abrocharle el vestido y a dar un paso atrás.

—Date la vuelta. Quiero verte.

Esmeralda debería sentirse molesta de que él le diera órdenes. Debería pedirle que se marchara porque ya no le necesitaba. Debería proteger su corazón, pero, sin poder contenerse, se dio la vuelta. Lo que vio en sus ojos podría haberlos convertido fácilmente en cenizas a ambos.

—Hermosa mi Joya… —susurró con la voz ronca por el deseo. Esmeralda supo en aquel momento que ella le daría todo lo que él le pidiera. Rodrigo la tomó entre sus brazos, por lo que ella tuvo que echar la cabeza hacia atrás para poder mirarlo–. Tenerte tan cerca y no poder tocarte es un infierno.

Su voz era ronca. Comenzó a acariciarle suavemente la mejilla con los nudillos de la mano. Ella cerró los ojos al sentir el contacto. La cercanía con Rodrigo la abrumaba.

–Quiero besarte, Esmeralda…

Ella sacudió la cabeza, a pesar de que un pequeño gemido de frustración se le escapó de los labios.

Ya le había rodeado el cuello con los brazos

–Si vamos a hacerlo, Rodrigo, hagámoslo…

Sin dudarlo, Rodrigo le aplastó los labios con los suyos. El mundo pareció desaparecer a su alrededor. La lengua se encargó de robarlo. Fue como si no hubiera pasado ni un solo día desde la última vez que se besaron. Esmeralda se apretó contra él mientras Rodrigo le besaba delicada y repetidamente el cuello. Ella sabía que aquello era el colmo de la estupidez y que los dos estaban jugando con fuego. Si alguien se enteraba, probablemente arruinaría todas sus posibilidades de conseguir la aprobación del consejo. Sin embargo, resultaba difícil pensar cuando él no dejaba de susurrarle al oído hermosas palabras de afecto. Preciosa… Amada mía…

Era una locura que Rodrigo le dijera que le pertenecía, pero lo que era peor era que Esmeralda gozaba al respecto. Lo deseaba tan desesperadamente que la piel le ardía, el cuerpo se le tensaba y se relajaba al mismo tiempo bajo sus hábiles caricias.

–No me sacio de ti… Nunca he podido… –susurró él. Parecía asombrado, como si no pudiera comprender por qué se encontraba en aquella situación.

En realidad, eran dos. Esmeralda sentía lo mismo. Sabía que deberían parar para ir a la fiesta y, además, ella tendría que retocarse el maquillaje. Sin embargo, en vez de detenerse, echó la cabeza hacia atrás y permitió que él le deslizara los labios por el cuello y que le mordisqueara suavemente la piel mientras, con una mano, le apretaba el trasero y con la otra le bajaba uno de los tirantes del vestido.

–¿Puedo besarte aquí? –le preguntó mientras le acariciaba con el aliento la parte superior de los senos.

–Sí…

Esmeralda sabía que aquella era una mala decisión, pero no podía parar. Rodrigo le deslizó los labios sobre la piel hasta que rozó el borde del escote del vestido. Entonces, lamió la sensible piel. Esmeralda se quedó sin palabras por el placer que sentía. Se apretó la entrepierna con una mano por el deseo que sentía hacia él.

–Me vuelves loco… –murmuró Rodrigo mientras la apretaba contra su cuerpo.

Su erección era tan potente que Esmeralda la notaba contra el vientre a pesar de la ropa. Ella sintió que la boca se le hacía agua al pensar que podría tomarla entre sus labios. Estaba a punto de sugerírselo, pero, justo cuando estaba a punto de perder por completo la cabeza, una voz femenina llamó a Rodrigo y evitó, como si fuera su ángel de la guardia, que ella lo estropeara todo.

# Capítulo Ocho

–Exnovia –le recordó Rodrigo a Esmeralda por quinta vez desde que llegaron a The Cloisters.

Rodrigo debería haberse alegrado de que Jimena, su ex, se hubiera presentado tan oportunamente, salvándole así de la estupidez que estaba a punto de cometer. No comprendía qué era lo que le pasaba. Desde que Esmeralda entró en la sala de juntas, había hecho una estupidez tras de otra, lo peor de todo era que no se arrepentía de nada.

–Pues parecía estar muy cómoda contigo a pesar de ser una ex…

Rodrigo se volvió a mirar a Esmeralda, que, en aquellos momentos, estaba contemplando el hermoso jardín en el que se iba a celebrar la recepción. The Cloisters se había construido a imagen y semejanza de una abadía francesa. La recepción se celebraba en la rosaleda, que estaba iluminada por cientos de pequeñas luces y que le daban un aspecto imponente. Sin embargo, Esmeralda no se sentía muy impresionada. Estaba de mal humor desde que salieron a la recepción.

No. Lo que estaba sintiendo en el pecho no era satisfacción por verla celosa. Sin embargo, Esmeralda siempre había sido la piedra contra la que Rodrigo se chocaba, la persona que le empujaba a olvidarse de las reglas. Esmeralda había sido la única persona que sabía reconocer el precio que él había tenido que pagar

61

por mantener unida a su familia cuando su padre perdió todo lo que tenían en los casinos. Esmeralda había sido también la única que se presentó en el hospital cuando su madre empezó con la sesiones de quimioterapia el mismo verano en el que los dos se convirtieron en algo más que amigos. Ella había sido su refugio y él había querido desesperadamente ser el de Esmeralda. Sin embargo, tan solo había conseguido desilusionarla.

—Somos amigos, Esmeralda.

Ella frunció los labios.

—Solo somos un par de adultos que tuvieron una relación y que, cuanto todo llegó a su fin, rompieron amigablemente —comentó Rodrigo mientras se encogía de hombros. Le gustaba que ella se mostrara posesiva—. Además, somos colegas. Ella es una de las asesoras legales de Sambrano y, sinceramente, estamos mejor como amigos. Los dos estamos plenamente comprometidos con nuestros trabajos y somos buenos compañeros.

—Eso es lo que dices tú…

Cuando se ponía así, Esme estaba muy sexy. Rodrigó deseó poder llevársela a un rincón oscuro y hacerle olvidar todo lo ocurrido. ¿Cómo podía estar tan disgustada por lo ocurrido? Tal vez Jimena le había dicho algo.

—¿Te dijo Jimena algo inapropiado cuando me excusé para ir al aseo?

Rodrigo se aclaró la garganta. Recordó que, cuando Jimena los sorprendió besándose, tuvo que marcharse al aseo para no avergonzarse. Vio aliviado cómo Esme negaba con la cabeza.

—No. Nada de eso. No se ha mostrado muy simpática, pero tampoco hostil. No sabía que ese era tu tipo —comentó ella antes de tomar una copa de Moët de la bandeja de uno de los camareros y darle un sorbo.

Una vez más, el miembro de Rodrigo pareció cobrar vida propia. Resultaba difícil que no fuera así cuando ella lo miraba de aquella manera, con sus sensuales ojos oscuros y la boca ligeramente entreabierta.

–¿Mi tipo?

–Sí. De las que pertenezcan a una familia latina de buena posición–. Llevamos aquí menos de diez minutos y ya te has encontrado con tres personas con la que fuiste a Yale.

Esmeralda se sentía algo fuera de lugar. Siempre le había ocurrido. Si ella fuera suya, Rodrigo se aseguraría de que todos los presentes supieran que ella era una reina. Sin embargo, no era así. Ya no.

–¿Te refieres a la gente pretenciosa que se cree que son mejor que nadie? –replicó él con una sonrisa.

–Sí, algo así –dijo Esmeralda, sonriendo también.

Rodrigo sintió algo muy parecido a la felicidad en el pecho. Necesitaba deshacerse de la necesidad de reconfortar a Esmeralda. Era un papel que ya le había costado demasiado.

–Es el mundo en el que estás luchando por entrar. No lo olvides.

La respuesta fue dura y Rodrigo vio exactamente el momento en el que ella asimilaba sus palabras. La suavidad de sus labios desapareció y estos se convirtieron en una línea tensa. Sus ojos, que hasta hacía unos segundos habían mostrado curiosidad, se entornaron.

–Créeme si te digo que soy muy consciente de los compromisos que implica. He visto cómo ocurría.

Con eso, miró a Rodrigo y, sin decir una palabra más, se marchó de su lado.

El rostro de él se tensó. El pulso se le aceleró y la vergüenza se apoderó de él. Bien. Así era como debería sentirse. Le daría la ayuda que le habían ordenado que le proporcionara. Sin embargo, no podría volver a haber nada entre ellos. En lo que se refería a Esmeralda, para Rodrigo no había terreno neutral. Además, si quería ser el próximo presidente y director ejecutivo de Sambrano Studios, debería ser inflexible.

—Ya ha visto su error…

En vez de responder a Jimena, dio un largo sorbo a su copa mientras observaba cómo Esme se marchaba.

—No me haces gracia. Además, ¿acercarte así a la gente, sin que te vea, es tu nueva manera de divertirte? —le preguntó. Se volvió a mirar a Jimena malhumorado.

Ella sonrió y trató de quitarle el vaso.

—En las bandejas de los camareros hay más.

—Vaya, vaya… Qué enojado… Veo que esa mujer aún es capaz de afectarte como antes. Y tú la defiendes como un halcón.

—No sé de qué me estás hablando —respondió. Parecía enojado. Notó que no era la única persona consciente de que Esmeralda Sambrano era la mujer más hermosa de toda la fiesta. La gente se volvía para mirarla. Cuando llegó a la barra del bar, no pasó ni un segundo antes de que los hombres empezaran a rodearla. Ella se mostró cortés, pero manteniendo las distancias—. Solo me estoy asegurando de que habla con las personas adecuadas.

Al escuchar aquel comentario, Jimena soltó una carcajada. Rodrigo estaba mintiendo y los dos lo sabían.

—Claro. Siempre tan profesional… Es guapa, no lo que me había esperado. Sin embargo, es demasiado pura, Rodrigo. No podrá nadar con estos tiburones.

—Por supuesto que podrá. No estaba seguro de que estuviera a la altura, pero es una luchadora. Deberías haberla visto hoy manteniendo un cara a cara con Carmelina. La gente la subestima porque no es cínica, porque no es a lo que están acostumbrados. Sin embargo, es inteligente y tiene hambre de progresar. Está dispuesta a trabajar lo que haga falta para conseguir lo que quiere. Así es como se podrá salir con la suya.

–Bueno, tengo que decir que inteligente, hambre de progreso y dispuesta a trabajar no son conceptos que yo suela asociar con los hijos de Sambrano –comentó Jimena. No sentía simpatía ni por Carmelina ni por los hijos de esta. Los tres habían sido un verdadero dolor de cabeza para el departamento legal del estudio–. Sé que quieres ese puesto pero ¿estás dispuesto a ver cómo la destruyen Carmelita y compañía? Porque te aseguro que la viuda va a hacer todo lo posible para proteger su legado. Si tratas de romperla, ella lo hará primero. Así ocurrió con Patricio –añadió Jimena, susurrando. Tenía razón, la enfermedad había devorado a Patricio, pero su esposa había acelerado el proceso.

Rodrigo, por su parte, no apartaba la mirada de Esmeralda a pesar de estar hablando con Jimena.

–Me aseguraré de que Carmelita no utiliza ninguno de sus trucos, pero esto es una competición y yo no soy el protector de Esmeralda.

Jimena volvió a soltar una carcajada.

–¿Estás seguro de eso?

–Hablo en serio, yo…

No pudo terminar la frase porque, en ese instante, Ónix Sambrano se aseguró de que los ojos de todo el mundo estuvieran pendientes de Esmeralda y de él.

Esmeralda miró a su alrededor y vio que Carmelina y Ónix, su hijo, estaban hablando en un rincón. Tenían los hombros muy tensos y las cabezas juntas, como si estuvieran tratando de hablar y que nadie los escuchara. Esmeralda tomó un sorbo de champán mientras los observaba, intrigada por la incomodidad que transmitían, tan diferente de la calidez y la facilidad de trato que ella compartía con su madre.

Estaban en medio de una acalorada conversación y no había afecto por ninguna parte. De repente, Ónix se apartó de su madre. Parecía muy enfadado mientras se alejaba de ella. Carmelina lo miraba fijamente. Fuera lo que fuera lo que había ocurrido entre ellos, no había sido un momento agradable entre madre e hijo. Carmelina no tardó en marcharse.

Esme se giró para observar el jardín y vio a su hermanastra. Al contrario de Esmeralda, que se parecía mucho a su padre, Perla Sambrano era rubia y esbelta, con un aspecto casi frágil. Era muy hermosa, con una espesa melena rubia y unos penetrantes ojos grises. Aquella noche, iba vestida impecablemente con un vestido púrpura de corte imperio y parecía estar tratando de captar la atención de un hombre que ni siquiera se había percatado de su presencia. Después de intentarlo unas cuantas veces más, Perla se alejó de él. Mientras se dirigía a la salida, pareció fijarse en Esme. Se detuvo un instante, sin saber qué hacer. Esme sintió que el corazón se le aceleraba en el pecho. Perla la miró con tanta intensidad que, por un segundo, Esme pensó que se iba a acercar a ella para decirle algo. No fue así. Perla bajó la mirada y se marchó.

Esme estaba tratando de considerar lo que acababa de ocurrir cuando su teléfono comenzó a sonar. Lo sacó del bolso y miró con tristeza los mensajes que tenía de su madre y de sus tías. Les había enviado un *selfie* para que vieran el vestido que llevaba puesto y las respuestas iba desde emojis que representaban fuegos artificiales a palabras como «bellísima». Le alegró recordar que tenía personas que la querían.

–Vaya, vaya, vaya… pero si es el secretillo de mi padre. ¿Te estás cansando ya de fingir que este es tu sitio?

Esme tardó un instante en reaccionar. Entonces vio a Ónix, que se estaba acercando a ella con paso inestable, mientras todos lo miraban. Esmeralda sintió que se sonrojaba y quiso escapar de allí. No le gustaba montar un espectáculo. Sin embargo, si Ónix pensaba que podía insultarla sin que ella se defendiera, estaba muy equivocado.

–Me alegro de verte, Ónix. ¿Has tenido que anular parte de tu apretada agenda haciéndote fotos con los famosos para poder estar aquí esta noche? –le espetó.

–Espero que estés disfrutando del champán gratis, porque no vas a poder saborearlo mucho más tiempo.

Por el modo en el que hablaba, arrastrando las palabras, resultaba evidente que era él quien estaba disfrutando de la barra libre.

–Tú jamás serás presidenta de Sambrano. Mi madre se encargará de eso –le espetó con un feo gesto en la boca. La miraba con verdadero desprecio. La odiaba de verdad, algo que en realidad no debería haber sorprendido a Esmeralda. En las ocasiones en las que su madre la había enviado a pasar unos días en la casa de su padre, Ónix prácticamente la había ignorado.

Era tan solo un par de años más joven que Esmeralda y, por aquel entonces, los dos habían sido muy pequeños. Sin embargo, Esmeralda nunca olvidaría cómo la miraba él, como si ella fuera algo desagradable y asqueroso, algo que no le gustaba que estuviera en su espacio. Parecía que aquel sentimiento había ido creciendo a lo largo de los años. Aquel detalle la dejó sin palabras. Había esperado desafío, cierta rivalidad territorial, pero aquel nivel de odio le hizo daño. Saber que personas que compartían su sangre la despreciaban tanto sin conocerla… Le dolía mucho, pero no iba a permitir que nadie se percatara.

–Siento informarte, hermano, pero Sambrano Studios también es mío. Eso es lo que quería nuestro padre. Los dos tenemos las mismas acciones –le dijo mientras levantaba la copa como si estuviera brindando por una buena noticia–. Eso significa que vas a tener que acostumbrarte a verme por aquí.

Aquellas palabras solo consiguieron que Ónix se enfureciera aún más.

–Este no es tu sitio. ¡Tú no eres su hija! –le espetó acercándose peligrosamente a ella. Antes de que pudiera dar un paso más, Rodrigo apareció y le agarró tan fuerte de los brazos que estuvo a punto de hacerlo caer.

–¡Ni lo pienses! –le gritó Rodrigo. Empezó a empujarle y a tirar de él para sacarlo de la sala.

Esmeralda echó a andar tras ellos. Ónix trataba de resistirse, pero le resultó imposible. No era un hombre de mucha altura, con lo que ciertamente no era rival para casi un metro noventa de sólido músculo.

–¡Suéltame! –protestaba Ónix.

La sala quedó sumida en un absoluto silencio. Tan solo se escuchaban las rabiosas protestas de Ónix y el sonido que hacían los zapatos de tacón de Esmeralda al andar. Todo el mundo se había quedado paralizado. Esmeralda se habría debido imaginar que aquello podría ocurrir, pero la reacción de Rodrigo era inesperada. Él odiaba los escándalos.

De reojo, vio que Perla observaba la escena. Durante un instante, se preguntó si Carmelina se uniría al circo, pero Rodrigo se apresuró a sacar a Ónix de la sala. Entonces, lo empujó contra la pared.

–Rodrigo, déjalo ya –le suplicó ella desde una distancia segura, consciente de que no era aconsejable interponerse entre los dos hombres.

Fue como hablar con una pared. Rodrigo la ignoró por completo. Si la gente pudiera ver en aquellos momentos al frío y compuesto señor Almanzar…

–¿Es que has perdido la cabeza, Ónix?

–¡Quítame las manos de encima! –chillaba Ónix, tratando de zafarse de Rodrigo sin conseguirlo. Cuando vio que sus esfuerzos eran inútiles, miró a su alrededor buscando ayuda. Cuando vio a Esme, la expresión de desprecio volvió a su rostro.

–Ah, ya lo entiendo… Los dos estáis confabulando juntos en todos esto –comentó con una risotada–. Vaya, cielo, te has enganchado al tren equivocado. Este es un cabrón de sangre fría que solo piensa en él mismo. Si cuentas con él para que te ayude, entonces no tenemos nada de lo que preocuparnos.

–Supongo que tienes algo en contra de la gente que trabaja para ganarse la vida, *hermanito*.

Esme sabía que lo mejor era callarse y dejar que Rodrigo se ocupara de Ónix, pero le enfureció escuchar cómo su hermano hablaba de Rodrigo cuando él había hecho tanto por mantener a flote la empresa de su padre.

–Tú no sabes nada sobre mí. Sobre ninguno de nosotros. No eres parte de esta familia –replicó Ónix. El feo gesto de desprecio desapareció cuando Rodrigo volvió a zarandearle y a empujarle contra la pared.

–¡No hables con ella! ¡Eres un mierda y no vales ni siquiera para lamerle los zapatos!

Ónix palideció al escuchar aquellas palabras. Rodrigo estaba a punto de perder el control y, cuando lo hiciera, el lío iba a ser monumental. Ónix se aseguraría de que todo el mundo supiera lo que había ocurrido y, en cierto modo, se culpaba por ello. Se acercó todo lo que pudo para parar la pelea.

–Rodrigo, por favor… Detente –dijo con toda la tranquilidad que pudo reunir–. No merece la pena. Él no tiene nada que perder. Nosotros, sí.

Después de unos instantes, Rodrigo dio un paso atrás y soltó a Ónix. Este se tambaleó un poco, pero enseguida volvió a las andadas.

–Si te estás acostando con él, mi consejo es que lo dejes ahora mismo. Te va a vender en un abrir y cerrar de ojos para seguir en lo más alto.

–¿Quieres que te dé una paliza, Ónix? –le espetó Rodrigo–. Estoy muy cansado de todos vosotros….

Ónix se limitó a sonreír. Probablemente los dos serían capaces de seguir así toda la noche, pero Esmeralda ya había tenido más que suficiente. «Todos vosotros…». El odio que se había reflejado en la voz de Rodrigo fue como una bofetada para ella. Se refería a los Sambrano. Es decir, también a ella.

–No te he pedido que te implicaras en todo esto, Rodrigo. Puedo cuidarme sola.

No le dio siquiera la oportunidad de responder. Se dirigió hacia la puerta. Estaba cansada. Tenía que volver a centrarse en lo que tenía que hacer: demostrar al consejo que era la única que podía ponerse al mando del imperio de su padre.

# Capítulo Nueve

–¿Por qué te marchaste de esa manera, Esmeralda? –le preguntó Rodrigo con voz dura cuando entró en su despacho.

Sonaba así incluso para sus propios oídos. Había perdido el control en la fiesta. Se había comportado como un completo Neandertal, pero, en realidad, ni siquiera se arrepentía. Bueno, eso no era del todo cierto. Se arrepentía de haber avergonzado a Esmeralda. Sentía haber empeorado aún más la situación para ella, pero, al ver a aquel ser despreciable arremetiendo contra ella, no había podido contenerse.

–¿Y para qué me iba a quedar, Rodrigo? –replicó ella. Parecía harta y Rodrigo no podía culparla–. Como ves, estoy trabajando. ¿Qué estás haciendo aquí? Pensé que ya habías tenido suficiente de los Sambrano por esta noche.

Y así era. Rodrigo estaba totalmente harto de Ónix, de Carmelina y de todas sus tontería. Sin embargo, en vez de irse a casa como una persona sensata, había terminado allí. Durante el trayecto, se había dicho en innumerables ocasiones que iba a su despacho solo para terminar algo de trabajo. Sin embargo, se había estado mintiendo. Había ido a buscar a Esmeralda, esperando encontrarla en su despacho. Había estado magnífica. Se había defendido con determinación cuando cualquier otra persona habría salido corriendo.

–Sí que estoy cansado del drama de los Sambrano. Pensé que después de lo que ha ocurrido querrías marcharte a casa.

–¿Por qué? No voy a permitir que los insultos de mi hermano me acobarden. Carmelina se aseguró de que yo supiera durante toda mi vida cuál era mi lugar, pero, a pesar de todo, sigo aquí –respondió. Se reclinó sobre el respaldo de su butaca. Hablaba con voz tranquila, pero había una tirantez en su voz que revelaba que la escena que había ocurrido en la recepción la había turbado bastante–. No pienso darles a ninguno de ellos la satisfacción de pensar que me han hecho daño. Lo siento, Rodrigo, vas a tener que esforzarte un poco más por mantener ese despacho.

–Yo no tengo que esforzarme.

Rodrigo sonaba enojado y cansado, pero Esmeralda no se dejó afectar. Estaba sentada muy recta frente a sus tres monitores, tecleando incansablemente. Entonces, se dio cuenta de que Esmeralda aún no se había cambiado de ropa. Se había retirado el maquillaje y se había recogido el cabello en lo alto de la cabeza. Tras quitarse los zapatos, se había puesto a trabajar.

Centrada. Decidida. Segura del camino que tenía que tomar. No había permitido que nada de lo ocurrido la distrajera. Sintió que él, en cierto modo, había perdido esa habilidad a lo largo del camino. Para el mundo, Rodrigo parecía estar hecho de piedra, pero se sentía cansado. En ocasiones, le costaba recordar por qué adoraba aquel trabajo. Estar al frente de unos estudios de televisión proporcionaba poder y prestigio, pero, cuando todo el mundo pensaba que se había conseguido ese trabajo besando culos, uno tenía que reivindicarse constantemente. Estaba cansado de tener que enfrentarse al desprecio de la gente que no podría sobrevivir ni un solo día haciendo lo que él hacía. En eso, Esmeralda y él tenían algo en común.

Patricio había ignorado a su hija durante toda la vida, aunque, de los tres hijos, era ella la que había heredado su determinación y su ambición y la única que quería trabajar en la televisión. Sin embargo, ella también tenía que demostrar su valía.

–¿En qué estás trabajando? –le preguntó mientras se quitaba la americana y se acercaba para mirar a los monitores. Necesitaba una distracción.

Esmeralda levantó la mirada un instante. A Rodrigo no se le pasó por alto que la mirada cayó un segundo justo donde él se había desabrochado la camisa. Por su parte, él le miró los labios y sintió que la boca se le hacía agua al recordar el beso que habían compartido aquella noche. A pesar del agotamiento, el deseo recorrió su cuerpo al pensar que podría volver a hacerlo. Cubriría aquella deliciosa boca con firmes y apasionados besos. Entonces, la tomaría entre sus brazos, haría que ella le rodeara la cintura con las piernas y la poseería allí mismo, contra la pared. Se perdería en su delicioso cuerpo, gozando de él, hasta que los dos estuvieran agotados.

«Céntrate, Rodrigo. Ella se está portando de un modo muy profesional y tú deberías hacer lo mismo».

Acercó una silla y tomó asiento junto a Esmeralda. Entonces, se remangó la camisa.

–Dime qué es esto –comentó señalando la pantalla.

Esmeralda le dedicó una mirada de sospecha.

–¿Estás hablando en serio?

–El consejo ya sabe que puedo hacer el trabajo. Quieren ver si lo puedes hacer tú.

Ella lo miró fijamente y, entonces, pareció relajarse. Se dispuso a responder lo que él le había preguntado.

–Voy a proponer que recuperemos algunos de los programas por los que Sambrano se hizo famoso en sus inicios. ¿Te acuerdas de aquellos programas de comedia que hacían con humoristas de toda América Latina? También había pensado que podríamos tener un canal dedicado exclusivamente a comida latina. Y no estoy hablando solo de tacos y de ceviche, que son las únicas cosas que todo lo que mundo cree que comemos. Estoy pensando en competiciones de repostería, en especialistas en pastelería garífuna, quechua... Maestros parrilleros argentinos. Quiero que se vean representados todos los países, todas las regiones y todas las culturas.

Con cada palabra que ella pronunciaba, el cerebro de Rodrigo parecía ir despertándose un poco más. Se dio cuenta de que se sentía intrigado. Lleno de energía.

–Hay varios chef latinos que tienen muchísimos seguidores en Instagram. Me apuesto lo que sea a que les encantaría trabajar con nosotros, ¿sabes?

Rodrigo frunció el ceño mientras ella le iba mostrando todo lo que había preparado. El material era excelente. Innovador, pero en línea con el estilo de los estudios. El tipo de ideas que él había tratado de implementar en sus primeros años en Sambrano, pero a las que había renunciado una y otra vez.

Bueno, en realidad no eran como sus ideas. Lo que proponía Esmeralda era mucho más arriesgado. Lo que él había propuesto eran pasitos de bebé para volver a las raíces de Sambrano. Esmeralda proponía saltos. Él había sugerido un programa de cocina y ella proponía un canal entero. Entonces, miró al archivador que ella tenía sobre el escritorio y se quedó helado.

–¿Qué es eso?

Esmeralda miró lo que él estaba señalando y sonrió. Parecía que la ira y el resentimiento de antes habían desaparecido.

–No tiene carta de presentación, así que no sé quién es el redactor. Casi tiene once años, pero el concepto es básicamente un prototipo de lo que me gustaría proponer –le dijo. Rodrigo sintió que el corazón se le aceleraba–. Escucha esto: «Tenemos que continuar cumpliendo la promesa que les hicimos a nuestros espectadores, desde la Patagonia a la Baja California. Cuando sintonicen los canales de Sambrano, se sentirán como en casa». ¿Qué te parece? –añadió, con una radiante sonrisa–. Esa es nuestra misión. Tenemos que reflejar toda nuestra cultura. Crear incluso un canal de historia latina. Programas dedicados a las comunidades latinas LGBTQ+. Quiero que todo el mundo se vea representado. Para dejar huella en la actualidad, Sambrano tiene que ampliar sus miras. Tú ya trabajabas aquí por aquel entonces. ¿Sabes quién pudo redactar este documento y si sigue trabajando aquí? Me encantaría hablar con él o con ella para saber por qué estas ideas nunca se implementaron.

Rodrigo dudó un instante, temeroso de confesar su secreto.

–Fui yo.

Estuvo a punto de soltar una carcajada cuando Esmeralda lo miró con incredulidad. No podía culparla. Ni él mismo recordaba ya al ayudante de contenidos de veinticinco años que redactó aquel documento.

–¿Tú? –le preguntó ella muy sorprendida.

–¿Tan difícil te resulta creer que sea yo el que haya escrito todo eso?

–No seas tonto… Simplemente me ha sorprendido. Eso es todo –respondió ella–. Siempre me has parecido… muy contrario al riesgo.

–Quieres decir aburrido.

–No. Lo que quería decir más bien es que eres sólido, confiable. Una persona que se ciñe a lo que funciona. Eso era lo que me gustaba sobre ti. Tu firmeza.

Rodrigo sintió que el pecho se le henchía al escuchar aquellas palabras y notar la sinceridad que había en ellas. Esmeralda nunca decía nada que no pensara de verdad. Ella nunca mentía, ni siquiera para proteger su orgullo. Decidió mantener la boca cerrada dado que sentía que su propia oleada de confesiones. Nada bueno podría salir de eso.

Se quedaron unos segundos así, mirándose. La necesidad que experimentaba siempre que estaba cerca de Esmeralda pareció abrasarle el vientre, como si se tratara de un anillo de fuego. Llevaba diez años diciéndose que había terminado con ella. Que la relación entre ambos había sido un error. Que Esme solo había estado interesada en él como herramienta para vengarse de su padre. Que no había nada entre ellos y que los dos estaban mejor solos. Cada una de esas mentiras se convirtió en polvo cuando volvió a verla y se vio inmediatamente reemplazada por aquel incontenible deseo.

–¿Y qué le pasó al hombre que escribió todo esto? –le preguntó Esmeralda.

–Ese hombre aprendió que el idealismo no llevaba a ninguna parte. Que para llegar a lo más alto tenía que ceder.

Y en aquellos momentos, cuando estaba en lo más alto, se preguntó si aquel habría sido un precio demasiado caro.

–Creo que estás mintiendo.

–Me conoces mucho menos de lo que piensas, Esmeralda –replicó él. Tenía un nudo en la garganta de todo lo que estaba sintiendo.

–Sé que el mismo hombre que escribió este documento es el mismo del que me estaba enamorando. Sé que, aunque dejaste que mi padre y su visión del mundo te absorbieran, eres el hombre que ayudó a tu familia cuando lo perdieron todo. Tal vez le hayas dado la espalda a ese hombre, pero sigue ahí –dijo, mientras le apretaba encima del corazón con un dedo.

Rodrigo se puso de pie. Estaba temblando por el modo en el que le habían afectado aquellas palabras.

–Me marcho ya.

–¿Y sabes qué más sé? –le preguntó. Rodrigo se detuvo en seco–. Que te mueres por terminar lo que empezamos en esa habitación tan sórdida esta misma tarde. Y lo último que sé es que… yo te lo permitiría. Lo único que tienes que hacer es preguntar.

Rodrigo sintió que el miembro se le endurecía al escuchar aquellas palabras.

Se volvió para mirarla y vio que ella se estaba mordiendo el labio inferior, al tiempo que se metía un mechón detrás de la oreja mientras esperaba la reacción de Rodrigo. Siempre había sabido que se dejaría llevar si ella se lo pedía. Se había sentido mareado ante aquella posibilidad. Y ella acababa de hacerlo.

Allí estaba, diez años más tarde, más viejo, pero, evidentemente, no más sabio, a punto de lanzarse de nuevo al mismo abismo.

# Capítulo Diez

—Si empezamos, no pienso detenerme hasta que no te haya poseído, Esmeralda —le advirtió.

Avanzó hacia ella. En menos de un segundo, había pasado de sentir un profundo cansancio a una excitación que le restallaba bajo la piel como si fuera eléctrica. Algunas cosas no cambiaban nunca y Esmeralda tenía la habilidad de hacerle olvidar que debía comportarse de una manera medida y estoica.

—¿Acaso te ha parecido que yo dudaba, Rodrigo?

Él no respondió. Simplemente, se inclinó sobre ella y la levantó. Tras dejar escapar un grito de sorpresa, ella le rodeó la cintura con las piernas y se sujetó con fuerza.

—¿Por qué no puedo resistirme? —añadió Esmeralda. Comenzó a besarle el cuello mientras las manos se ocupaban ya de los botones de la camisa.

Rodrigo gruñó cuando ella le mordió suavemente. Echo a andar rápidamente a su despacho con cuidado de no estrellarse contra una puerta de cristal. Las luces de todo el edificio estaban apagadas, a excepción de las del despacho de Esmeralda y las luces de emergencia que lo conducían a su despacho y al dormitorio que había dentro de este. Patricio probablemente se estaba revolviendo en su tumba en aquellos momentos.

Estaba cansado de contenerse, de no tener lo que deseaba. Solo se había soltado un poco con Esmeralda, cuando estuvieron juntos por primera vez, pero hacía ya mucho tiempo desde la última vez que había experimentado aquella clase de urgencia. Se sentía como si, durante aquellos últimos diez años, hubiera estado andando solo por el desierto. Había sabido perfectamente lo que se estaba perdiendo, pero su deseo de no faltar nunca a su deber le había apartado de ella. Había sido injusto que Patricio le pidiera que se alejara de ella. Sin embargo, ya nada importaba.

Llegó hasta la puerta de la suite y accionó el mecanismo que abría la puerta. Esme trató de poner los pies en el suelo.

–No te muevas –le dijo, justo antes de lamerle los labios, como si quisiera enfatizar así sus palabras.

–¿Por qué me pone tan caliente esta faceta tuya? –le preguntó ella, mientras deslizaba una mano hasta la entrepierna y le agarraba con fuerza el miembro a través de los pantalones–. Hmm, parece que estás listo…

Esme le mordió el lóbulo de la oreja justo cuando Rodrigó encontró una superficie adecuada y la colocó encima. Ella siguió rodeándole la cintura con las piernas, pero, en aquellos momentos, Rodrigo ya tenía las manos libres, por lo que las dejó explorar a su gusto.

–Sigue así y no tardarás en descubrirlo –le advirtió él, provocando que Esmeralda soltara una pícara carcajada.

–Eso es precisamente lo que estoy pensando, Rodrigo…

Él se retiró un instante. Había una pequeña luz encendida en el cuarto de baño, y él podía ver perfectamente sus ojos felinos, brillando como brasas en la oscuridad, rebosante del calor que siempre había sido capaz de convertirlo en cenizas.

–Aquí es donde quiero estar –respondió él, tocándole el centro de su feminidad. Esmeralda se retorció de placer, gimiendo para que no parara. Rodrigo quería verla perdiendo totalmente el control–, pero, primero, voy a hacerte gritar…

Levantó una mano hasta uno de los pechos y le pellizcó suavemente el pezón, tal y como recordaba que la volvía loca. Esmeralda tenía la respiración acelerada.

–… una vez que haya sentido cómo te corres en mi lengua…

–Rodrigo…

Esmeralda sonaba muy excitada. El impulso de darle todo lo que ella le pidiera era muy fuerte, pero quería tomarse su tiempo, saborearlo y hacer todo lo que tanto había anhelado todos aquellos años. Con increíble cuidado, le tomó el rostro entre las manos y lo unió con el suyo, hasta que los labios de ambos pudieron tocarse. Entonces, sacó la lengua y los lamió lentamente.

–No me des largas, maldita sea… –protestó Esmeralda.

–Qué impaciente eres, Joya –susurró él. Entonces, le dio un apasionado beso, duro y firme. Prácticamente le comió la boca. Sentía una gran avaricia y ya sabía que nunca se saciaría de Esmeralda. Se había estado conformando con sobras, cuando sabía que aquella era la única comida que le saciaba.

Deslizó las manos para bajarle la cremallera del vestido y, rápidamente, hizo lo mismo con el sujetador.

–Dime lo que quieres… –le preguntó mientras le acariciaba los pechos desnudos. La firmeza de su erección era ya increíble. No se pudo resistir a deslizar la lengua sobre un pezón y luego sobre el otro. Sabía que podría devorarla y que, sin embargo, no sería suficiente.

–Tú… –musitó ella. Le agarró la mano y la colocó sobre su caliente sexo.

–¿Es ahí donde me quieres? –le preguntó mientras deslizaba la mano por debajo del vestido, buscando el lugar que ella le había indicado.

Sintió la suavidad de su piel mientras avanzaba por los muslos. Contuvo el aliento cuando llegó a la entrepierna y descubrió que ella ya lo estaba esperando.

–¿Dónde están tus bragas, Esmeralda?

Ella sonrió.

–Me duché antes de la recepción y no tenía una muda limpia –comentó, como si no tuviera importancia alguna, pero Rodrigo notó que estaba muy contenta consigo misma por la reacción que había provocado en él.

Bruscamente, Rodrigo la ayudó a ponerse de pie para quitarle el vestido. Estaba a punto de arrojarlo al suelo cuando ella se lo impidió.

–No, no hagas eso. Es un Siriano. Colócalo suavemente sobre el sillón.

A Rodrigo le resultó muy difícil centrarse en aquella tarea con Esmeralda totalmente desnuda a su lado, pero hizo lo que ella le había pedido. Entonces, la tomó de la mano y la condujo a la cama.

–Eres tan hermosa… –comentó cuando ella se tumbó de espaldas, ofreciéndose a él. Le separó las piernas y la admiró durante un instante. La había echado tanto de menos. Diez años era mucho tiempo. Aquella piel morena, impecable, dispuesta frente a él para que pudiera tocarla, lamerla… Con dos dedos, le separó los pliegues y colocó los labios justo sobre el clítoris. Entonces, comenzó a mover la lengua rápidamente para saborearla…

–No pares….

A Rodrigo siempre le había encantado lo exigente que ella era. Su timidez siempre desaparecía cuando disfrutaba del sexo, cuando las manos y los labios de Rodrigo la tocaban. Sabía que podía hacer que ella se perdiera en su propio placer. Esmeralda gruñía de gozo. Le había agarrado el cabello con las manos y se movía contra él mientras Rodrigo le daba placer. Los gemidos y los suspiros hacían que la sangre le abrasara. El sabor de su sexo resultaba embriagador. Esmeralda no tardó mucho en comenzar a temblar contra sus labios y dejar que sus gritos de placer apagaran el silencio que reinaba en la suite.

–He echado de menos esos labios… –susurró ella, prácticamente sin aliento, mientras le deslizaba las manos por los hombros y le arañaba suavemente con las uñas.

–Yo lo he echado de menos todo –confesó. Se perdió en las caricias de Esmeralda mientras que le besaba la cálida piel e iba subiendo por su cuerpo.

Rodrigo había tenido otras amantes. Entonces, ¿por qué le parecía que llevaba una década sin disfrutar del calor de un cuerpo humano? Era como si su piel estuviera reseca, totalmente árida, y las manos de Esmeralda fueran lluvia.

–Te necesito, Rodrigo, por favor…

Las palabras parecieron resonar con fuerza en el dormitorio. Rodrigo sintió que su cuerpo se tensaba cuando ella le desabrochó los pantalones. Cuando abrió los ojos, vio que ella lo miraba fijamente, sin ocultar el deseo que estaba experimentando en aquellos momentos. En un abrir y cerrar de ojos, Rodrigo se tumbó encima de ella. Su cuerpo, más grande, cubría totalmente el de Esmeralda. Piel sobre piel. Unidos. No había nada que pudiera impedir lo que estaban a punto de hacer.

Echó mano a la mesilla de noche, donde tenía su bolsa de aseo, y sacó un preservativo. Se lo puso mientras ella se contoneaba sobre la cama, dándose placer. Sus gemidos de placer resonaban en la estancia de tal manera que Rodrigo supo que, si no la penetraba pronto, entraría en combustión. En cuanto estuvo preparado, volvió a besarla. Dejó que las lenguas se enredaran y se deslizaran gloriosamente.

–Más… –le exigió cuando Rodrigo se colocó a la entrada de su cuerpo–. Ahora, Rodrigo…

Él no pudo negarle lo que le pedía y la penetró.

–Dios… –gimió. El corazón le latía con fuerza en el pecho mientras que el placer le atenazaba la espalda como una mano invisible–. Eres perfecta… Quiero estar dentro de ti para siempre…

Con una mano, los movió a ambos hasta que las caderas de Esmeralda estuvieron en la postura perfecta para que él pudiera hundirse por completo en su cuerpo.

–¡Sí! –gritó de placer Esmeralda. Rodrigo se movía con fuerza dentro de ella, pero Esmeralda aceptaba cada uno de sus envites. Entonces, él colocó una mano entre ambos y comenzó a estimularle suavemente el clítoris, desesperado por sentir cómo las paredes de su cuerpo se tensaban alrededor de su miembro.

–Voy a correrme –gimió ella. Su cuerpo vibraba en torno al de Rodrigo. Muy pronto, el orgasmo de él no tardó en llegar. Los dos compartieron apasionados y bruscos besos.

Sí, aquello era precisamente lo que le había faltado. Por muy muy desastroso que pudiera ser, con Esmeralda cálida y saciada entre sus brazos, no podía encontrar motivo alguno para arrepentirse.

# Capítulo Once

—Hola, mamá —dijo Esme. Respondió el teléfono con un profundo bostezo.

—*Mija*, anoche no te oí llegar a casa y esta mañana ya te habías marchado cuando me levanté.

—Llegué muy tarde. No quería despertarte.

Esmeralda se sonrojó al pensar en la razón por la que había llegado a casa casi a las dos de la madrugada.

—Terminé regresando al despacho después de la recepción para…

Se aclaró la garganta al pensar en una imagen de Rodrigo con la cabeza entre sus piernas. Cerró los ojos, esperando que desapareciera, pero las escenas de la noche anterior se le reproducían de nuevo en la cabeza, creando una serie de imágenes no muy adecuadas para un entorno de trabajo.

Había sido una locura acostarse con Rodrigo, pero aún podía sentir las deliciosas agujetas provocadas por la noche anterior. Sí. Había sido una locura, pero una locura tan agradable… Aún recordaba el modo en el que la había poseído, con su enorme torso cubriéndola mientras se hundía repetidamente dentro de su cuerpo. A lo largo de los años, se había convencido de que estar con Rodrigo no había sido tan especial como recordaba, que había idealizado el tiempo que pasaron juntos porque él había sido su primer amor y había terminado creando una fantasía en su cabeza. Se había convencido de que nadie podría ser tan bueno. Se había estado mintiendo. Los recuerdos palidecían al lado de la realidad.

El amante amable y atento de veintiséis años con el que ella había estado a los veintiuno seguía existiendo, pero el nuevo Rodrigo era mucho más hábil. Tenía el torso esculpido como mármol bronceado. Era como un dios en carne y hueso que la había hecho temblar entre sus manos.

—Esmeralda Luisa Sambrano-Peña…

La voz de su madre la sobresaltó. Se había quedado totalmente absorta en sus fantasías sexuales mientras su madre estaba al otro lado de la línea telefónica.

—Lo siento, mami… Es que tengo muchas coas que hacer. Necesito como ocho semanas y tengo cuatro días, por lo que me siento muy presionada.

—Lo entiendo, Esme, amor, pero no empieces a dudar de ti misma. Llevas años trabajando muy duro para conseguir una oportunidad como esta. Sabes perfectamente lo que tienes que hacer. ¿Te ha vuelto a molestar esa mujer?

—No. No he visto a Carmelina —dijo con un suspiro. Le había contado a su madre por mensaje de texto lo ocurrido con Carmelina en el despacho de Rodrigo, pero no pensaba contarle la escena que Ónix le había hecho en la recepción. No quería preocuparla. Sin embargo, la pregunta de Ivelisse le recordó que estaba sola. Por muy agradable que hubiera sido sentir que Rodrigo estaba de su lado, ella estaba intentando arrebatarle a él su trabajo. Por lo tanto, no estaban en el mismo equipo. Tenía que centrarse de nuevo o terminaría con la oportunidad que tenía en aquellos momentos de hacer realidad por fin sus sueños profesionales. Había disfrutado su encuentro con Rodrigo, pero no podía volver a ocurrir nunca más. Esperaba que, repitiéndoselo con la suficiente frecuencia, terminara creyéndoselo.

—Bien. Si te vuelve a molestar, díselo a Rodrigo. Es un buen hombre y te ayudará.

Esme cerró los ojos. A pesar de todo lo ocurrido, su madre aún sentía debilidad por él. Su madre no había sido capaz de hablar mal de él. Ni una sola vez.

—Estoy tratando de quedarme con su puesto, mami. No es exactamente mi aliado. Y eso no por no hablar de cómo me trató hace diez años.

—Deberías darle algo más de crédito. No es un mal hombre. Simplemente es leal hasta la médula.

—Sí, y su lealtad no tiene que ver conmigo. Por lo tanto, necesito mantenerme en guardia. Eso significa que Rodrigo Almanzar es mi enemigo hasta que tenga asegurado el puesto.

—Buenos días también para ti, señorita Sambrano–Peña…

«Mierda».

—Ah, hola… –replicó ella, totalmente avergonzada.

Por el gesto que había en el rostro de Rodrigo, debía de haber escuchado las últimas palabras que Esmeralda le había dicho a su madre. Maldición. Qué bocazas. Aquella no era la manera adecuada de mantener las cosas civilizadas entre ellos. Por supuesto, no quería volver a repetir lo ocurrido la noche anterior, pero tampoco quería que él se pusiera furioso con ella. Si primero se acostaba con él y luego hablaba mal a sus espaldas, no era un desarrollo de relación muy adecuado. Se señaló los auriculares para indicarle que estaba hablando por teléfono.

—Es mi madre –susurró–. Deja que termine la llamada.

El rostro de Rodrigo había vuelto a recuperar la expresión pétrea, inescrutable. La pasión que había visto en sus ojos la noche anterior se había visto reemplazada por una dura mirada.

–No he venido a charlar contigo. Solo quería recordarte que vamos a reunirnos con la directora financiera en diez minutos.

Esmeralda sintió un golpe en el corazón al oír el modo tan distante en el que Rodrigo la había hablado. Como si la noche anterior no hubiera ocurrido. ¿No era eso lo que quería? Se lo había asegurado cientos de veces desde que se separaron la noche anterior y parecía que los dos pensaban exactamente lo mismo. Genial, ¿no? Exactamente lo que necesitaba que ocurriera.

–¿En tu despacho? –le preguntó a duras penas.

Rodrigo frunció el ceño y, durante un instante, Esmeralda pensó que él iba a decir algo sobre la noche anterior. No fue así. Se limitó a pronunciar un cortante sí antes de volver a marcharse.


La reunión fue brutal y no por las razones que Esme había anticipado. Magdalena Polanco, la directora financiera, estuvo genial y le dio a Esmeralda una detallada explicación de todos los costes de producción del estudio, tal y como ella le había pedido.

Desgraciadamente, la actitud de Rodrigo la volvió loca. Prácticamente no la había mirado durante toda la reunión. Cuando Esmeralda le hacía alguna pregunta, él respondía con monosílabos o dejaba que fuera Magdalena quien respondiese. Muy irritante.

¿Iba a comportarse así durante los próximos cuatro días porque ella estaba tratando de mantener la relación entre ambos totalmente profesional? ¿Qué diablos le ocurría? Los dos eran adultos. Se habían dejado llevar un poco después de un día muy estresante. Al menos podrían mantener la cordialidad. Por supuesto, todo sería mucho más fácil si él no fuera tan guapo…

–¿Señorita Sambrano–Peña?

Maldición. Lo había vuelto a hacer.

–Sí, lo siento –respondió tratando de sonreír–. ¿Qué decía?

–Solo quería saber si tenía más preguntas para mí.

–No. Muchas gracias. Tengo todo lo que necesito por el momento. Si tengo alguna pregunta más, la puedo llamar, ¿verdad?

–Por supuesto –contestó Magdalena con una afectuosa sonrisa–. Ya tiene todos mis datos de contacto y Rodrigo sabe cómo encontrarme si se trata de algo urgente.

–Dile a Guille que lo llamaré esta semana. Quedamos en ir a echar algunos tiros.

Magdalena sonrió a Rodrigo.

–Mi hijo pequeño era compañero de Rodrigo en la facultad –le informó Magdalena a Esmeralda–. Es el que me recomendó para este trabajo, ¿sabe?

Esme se preguntó si Magdalena le estaba haciendo saber de aquella manera de parte de quién estaba. Por el modo en el que miraba a Rodrigo, dedujo que no se trataba de eso. El afecto entre ellos era verdadero.

–Bien hecho. Veo que haces un trabajo estupendo.

–Ha luchado por muchas personas en el tiempo que lleva aquí –le dijo a Esme antes de salir del despacho.

–Veo que tienes muchos admiradores por aquí –le dijo a Rodrigo en cuanto se quedaron solos.

Rodrigo levantó la cabeza para mirarla.

–¿Ahora estás celosa de Magdalena? Tiene nietos de tu edad.

–¿Celosa? Por favor, qué presumido eres.

–Suenas celosa –insistió él. Sonrió e, inmediatamente después, se mordió el labio inferior. Esmeralda deseó poder inclinarse sobre él y chupárselo, sentarse a horcajadas sobre sus piernas y besarle hasta que perdiera el sentido–. Pensaba que yo era el enemigo.

Esmeralda se encogió de hombros tratando de fingir una indiferencia que no sentía.

–Y, en cierto sentido, lo eres. En estos momentos estamos enfrentados y los dos haríamos muy bien no olvidándolo.

Rodrigo arqueó las cejas al escuchar aquellas palabras. Parecía tan compuesto, tan seguro de sí mismo en aquel momento… Era la viva imagen del director ejecutivo y presidente, del hombre que debería ocupar aquel despacho. Aquella insidiosa inseguridad se apoderó de ella. Quería dirigir aquella empresa, demostrarles a todos que su padre no se había equivocado al elegirla a ella, pero no podía dejar de preguntarse si de verdad tenía lo que hacía falta para quitarle el trabajo a Rodrigo.

Justo en aquel momento, el teléfono de Rodrigo comenzó a sonar. Después de mirarlo, se puso de pie y le indicó a Esmeralda la puerta.

–Vete a tu despacho y toma lo que necesites para el resto del día. Vamos a ir a un sitio.

–¿Qué quieres decir? –preguntó ella, molesta por las órdenes.

–Quiero que veas una cosa.

Esmeralda se sintió molesta, pero no quiso que él se percatara. Se esforzó por dedicarle una sincera sonrisa.

–¿No me vas a dar al menos una pista? Ya sabes que odio las sorpresas.

–Vas a tener que confiar en mí, Joya –respondió él, tras dar un paso hacia ella. Se había inclinado tanto sobre ella que prácticamente le acariciaba la oreja con los labios.

Estaba tan cerca que Esmeralda sintió el calor que emanaba de su cuerpo. Lo maldijo en silencio cuando salió del despacho. Rodrigo había dejado escapar una carcajada y ella estaba temblando. Debería haberle dicho que se dejara de juegos, pero, cuando se volvió a mirarlo, vio que él distaba mucho de sentirse relajado. Tenía tensión en los hombros y cautela en la mirada. Se estaba conteniendo, como si esperara que ella le dijera que no iba a volver a confiar en él. Esmeralda pensó en la cómoda amistad que él tenía con Jimena, con Magdalena, que lo respetaba profundamente a nivel personal y profesional. Decidió que sí, a pesar de todo, seguía confiando en Rodrigo Almanzar. Había una razón muy sencilla para ello. Su madre tenía razón. Rodrigo era un buen hombre.

# Capítulo Doce

–¿El Grand Palace? ¿Pero está abierto en días laborales a la hora de comer?

El chófer había detenido el coche frente a la entrada principal del teatro. Ella tenía un aspecto tan delicioso con el ceño fruncido… La tentación de inclinarse sobre ella y borrarle el gesto de asombro con un beso fue una tentación.

–Está abierto para nosotros. Hay algo que quiero que veas.

Rodrigo abrió la puerta del coche, pero ella se negó a moverse.

–No. Primero quiero que me digas qué estamos haciendo aquí.

–Terca.

–Tú sí que eres terco. Dímelo.

Rodrigo sacudió la cabeza y sonrió. Entonces, le agarró la mano.

–Ven. Hay alguien esperándonos –le dijo mientras señalaba al comisario, que los esperaba pacientemente a la puerta del teatro.

–Está bien.

Rodrigo salió del coche y la ayudó a ella a hacer lo mismo. Cuando los dos estuvieron ya sobre la acera, él tuvo que obligarse a soltarle la mano.

–Señor Almanzar, señorita Sambrano.

El comisario les dio la bienvenida.

–Sambrano-Peña –le corrigió Esmeralda.

Rodrigó le dio la mano al comisario y realizó las presentaciones.

–Esmeralda, este es Huchi Piera, el conservador y archivero del teatro. Ha sido muy amable al prepararnos unas proyecciones que creo que te serán de mucha ayuda para tu presentación.

Esmeralda sonrió agradecida. Rodrigo había realizado aquella gestión para ayudarla.

Rodrigo, por su parte, deseó poder decirle lo que él realmente estaba pensando. Se había despertado deseándola. No se podía sacar de la cabeza ni por un segundo lo ocurrido la noche anterior. Que había estado a punto de masturbarse en el despacho porque aún tenía el olor de su cuerpo en las manos. Que estaba desesperado por saber si ella también lo pensaba. También quería preguntarle si lo que le había oído decir a su madre era cierto. Se limitó a señalar la entrada.

–¿Vamos? –sugirió, con voz más ronca de lo que le habría gustado.

Esmeralda lo miró con los ojos llenos de emoción. Parecía también agradecida de que él la hubiera llevado hasta allí. Todo eso hacía que a Rodrigo le costara más aún controlar sus instintos y colocarle la mano en la cintura para que Piera y todo el mundo vieran que Esmeralda era suya.

–Por aquí, señorita Sambrano-Peña –les dijo Piera–. ¿Ha estado aquí antes en un espectáculo? –le preguntó mientras cruzaban el enorme vestíbulo.

–Sí, muchas veces –respondió ella mientras miraba a su alrededor. El Grand Palace era un precioso teatro, muy antiguo–. Es un edificio precioso. La última vez que estuve, traje a mi madre a ver a Johnny Ventura.

Piera asintió al escuchar el nombre del legendario cantante de merengues dominicano.

—Esos eran unos espectáculos fantásticos.

—Yo no pude venir. Quería, pero… –dijo Rodrigo. Se interrumpió al darse cuenta de que iba a decir que estaba trabajando. No quería hablar del despacho– no conseguí entradas.

—La próxima vez, deje que su novia se ocupe de las entradas. Mi esposa es mucho más organizada en ese tipo de cosas que yo.

Aquellas palabras lo sorprendieron tanto que Rodrigo se tropezó y estuvo a punto de caer de bruces.

—No es mi novia –le dijo a Piero.

En cuanto pronunció las palabras, supo que había cometido un error. Esmeralda se tensó al escuchar el tono seco de su voz.

—Vaya, cualquiera diría que te ha acusado de algo –replicó–. No estamos saliendo. De hecho, tampoco se puede decir que seamos muy amigos.

—Perdón –repuso Piera, mientras se detenía junto a unas puertas–. El error es mío, pero creo que deberían considerarlo. Hacen una estupenda pareja.

Rodrigo tragó saliva y señaló la puerta a la que habían llegado.

—¿Es aquí?

—Sí, todo está preparado para ustedes –contestó el conservador con una sonrisa. Le guiñó un ojo a Rodrigo, como si los dos estuvieran compartiendo la misma broma privada. Entonces, se volvió a Esmeralda–. He dejado copias de algunas antiguas fotografías que tenemos de cuando su padre hizo *Navidad para el pueblo* aquí en el teatro –añadió con una sonrisa al mencionar los conciertos gratuitos que Patricio patrocinó para la comunidad latina de la ciudad de Nueva York–. Su padre era un gran hombre y un verdadero defensor de nuestra cultura. Él salvó al teatro en los noventa cuando las autoridades lo querían derribar. ¿Lo sabía?

Esme abrió la boca, atónita, y se volvió a Rodrigo.

—No tenía ni idea.

Rodrigo sintió un picor en la garganta al ver la reacción de Esmeralda. Se había concentrado tanto en superar aquella semana que se había olvidado de que aquello no era tan solo una competición para Esmeralda, sino también una oportunidad para reclamar por fin una parte de ella que se le había negado durante toda su vida.

Piera sonrió amablemente a Esmeralda.

—El señor Sambrano ayudó a muchos grupos que trataban de conservar y documentar la diáspora. Eso será lo que le mostrarán las imágenes. Es una pena que no se terminara el documental.

—¿Vamos a ver imágenes del documental? Pensaba que… –dijo ella, mirando a Piera y a Rodrigo.

—Ya me ocupo yo, gracias, señor Piera.

El hombre inclinó brevemente la cabeza antes de señalar a unas puertas que eran visibles desde allí.

—Mi despacho está ahí. Pueden venir a verme cuando hayan terminado. Hemos dejado todo preparado, pero están solos aquí. Si necesitan algo, pueden llamar desde el teléfono que encontrarán en el interior. Solo tienen que marcar el cero. Ha sido un placer conocerla, señorita Sambrano-Peña.

Con eso, el señor Piera se marchó.

—Después de ti.

Rodrigo le indicó la puerta a Esmeralda. Ella le miró con los ojos entornados, pero la curiosidad pareció adueñarse por fin de ella y entró.

–¿Es esto lo que Carmelina juró que yo no tocaría?

–Exactamente –respondió él con una sonrisa.

–Di por sentado que ella habría llamado a todos los que podrían haberme permitido ver las imágenes para advertirles.

–Carmelina cree que el único modo de ganar es amenazando a la gente –dijo él–. La gente la obedece no por respeto, sino por miedo. La única manera en la que alguien como yo se puede adelantar es recordando que las relaciones son la mayor cualidad que tengo –comentó. Miró a su alrededor mientras que Esmeralda digería sus palabras–. Hace unos años, cuando el teatro necesitaba fondos para comprar equipos que ayudaran a convertir los archivos en un espacio con la climatización controlada, yo les ayudé. Cuando Carmelina prohibió al estudio que te diera acceso a las imágenes, recordé que Piera había pedido copias para guardarlas en el archivo. Así que le pedí un favor.

–Vaya, qué ladino eres, Rodrigo Almanzar –replicó ella, sonriendo.

–No solo soy una cara bonita, Esmeralda –bromeó, mientras le colocaba una mano en la espalda y la llevaba a la parte delantera de la sala. Había una mesa con todo lo que él había pedido.

Esmeralda se quedó atónita cuando lo vio.

–¿Mofongo y champán?

–Es la hora de comer y El Malecón está al otro lado de la calle. Era tu plato favorito.

Esmeralda chascó la lengua y se acercó a la mesa. Allí, se inclinó sobre el plato e inhaló su aroma. Delicioso.

–Resulta muy difícil recodar que se supone que somos enemigos cuando eres tan amable conmigo.

Rodrigo era incomprensible para ella. Primero parecía totalmente horrorizado de que los consideraran pareja y luego la llevaba a una proyección privada, con su plato favorito y champán.

–¿A quién se le ocurre emparejar los plátanos con Möet, Rodrigo? –añadió, fingiendo una contrariedad que no sentía mientras que él le servía un poco de champán.

–Solo a los dominicanos con clase.

Rodrigo le ofreció una copa de champán. Esmeralda sonrió y se la llevó a los labios. Pensó que las burbujas parecían metérsele en la boca antes de que el líquido tocara sus labios. Eso era lo que le pasaba con Rodrigo. Cargaba su cuerpo de energía. Con una mirada de Rodrigo, Esmeralda se olvidaba de todas las razones por las que él no era una buena idea. Sin embargo, no podía negar que Rodrigo sabía perfectamente lo que le hacía vibrar más que nadie. Aquel almuerzo tan ridículo y perfecto a la vez era prueba de ello. Una vez más, las preguntas se le acumularon en la garganta.

«¿Vamos a volver a alejarnos el uno del otro otra vez? ¿Vamos a dejar que mi victoria nos robe todo esto? ¿Acaso no sientes tú también que nuestro mundo se puso patas arriba anoche?».

Se guardó todas las preguntas para sí. No iba a abrirse en canal para ver cómo Rodrigo elegía Sambrano Studios… una vez más.

–Supongo que es la hora de comer, sí, así que vamos a comer –comentó demasiado alegremente.

Tomó uno de los platos y se sirvió un poco del mofongo. Se sentó en un taburete que él le había acercado.

–Sé lo que ocurre cuando tienes hambre –afirmó él.

–Tonto… –dijo ella antes de tomar un poco de mofongo–. Hmm… está buenísimo.

Rodrigo asintió. Parecía estar muy satisfecho consigo mismo mientras la veía comer. Esmeralda sintió que la mirada de él le caldeaba la piel, pero se limitó a sentarse con su almuerzo. Cuando Esmeralda terminó de comer, se sirvió una segunda copa de champán y se dirigió a una de las cómodas butacas de cuero que había frente a la enorme pantalla.

Rodrigó terminó de comer y apartó la mesa. Entonces, apagó las luces. Quedaron sumidos en una absoluta oscuridad antes de que la pantalla se iluminara.

—Estoy muy nerviosa —confesó ella.

—Vas a ver cómo te gusta, Joya —dijo él tomándole la mano.

Aquel gesto fue exactamente lo que Esmeralda necesitaba. Con la fuerte mano de Rodrigo se sintió totalmente preparada. Rodrigo había sido su apoyo en muchas ocasiones.

—¿Lista? —susurró Rodrigo.

Esmeralda asintió con los ojos llenos de lágrimas. La voz de su padre le impidió tener que decir nada más. Se reclinó sobre su butaca para ver la historia de lo que su padre había construido. Sintió un torbellino de emociones, tristeza y arrepentimiento por lo que nunca pudo decirle o preguntarle. Deseó que él hubiera sido un hombre diferente, pero, además, de la desilusión, sintió también una profunda admiración y una innegable afinidad con un hombre que había soñado a lo grande y había hecho realidad esos sueños. Esmeralda haría lo mismo.

Rodrigo había estado en lo cierto. Aquello era precisamente lo que necesitaba ver para conseguir las piezas que le faltaban para unir perfectamente lo que iba a presentar al consejo. Sabía que lo que ella deseaba era lo que había buscado el Patricio de los primeros tiempos. Aunque su padre la había defraudado, le había dejado un legado que merecía la pena conservar. Además, quería terminar lo que Patricio había deseado hacer: que los Sambrano Studios fueran una representación de todo lo que eran los latinos.

Se volvió hacia Rodrigo y sintió una enorme oleada de gratitud. Nadie más habría hecho eso por ella. Él había sabido que Esmeralda necesitaba ver aquellas imágenes y había hecho lo que era mejor para ella, aunque eso significara dinamitar sus propias posibilidades para conseguir el puesto de presidente.

Era un buen hombre. Antes de que pudiera cambiar de opinión, se inclinó sobre él y le dio un beso.

–Gracias –susurró contra sus labios.

Sin perder ni un solo instante, Rodrigo la hizo levantarse y sentarse sobre su regazo para poder profundizar el beso. Muy pronto, el sencillo abrazo de agradecimiento se convirtió en algo mucho más tórrido y urgente.

El pecho le rugía con un fuente sentimiento de posesión. Le agarró con fuerza la cintura.

–Rodrigo… –susurró ella. Casi no recordaba dónde estaba. Se rebulló encima de él, encontrando que su erección se frotaba contra lo más íntimo de su cuerpo. Solo unas capas de ropa la separaban de lo que tanto necesitaba. Se colocó encima de él a horcajadas, con las rodillas a ambos lados de sus fuertes muslos y comenzó a moverse encima, de una manera posesiva y urgente.

–Desabróchate la blusa –le ordenó él. Esas tres palabras hicieron que a Esmeralda se le humedeciera la entrepierna–. Quiero verte los pechos.

–Alguien podría entrar… –musitó Esmeralda mientras se desabrochaba el primer botón.

–No va a entrar nadie, a menos que yo los llame. Al contrario de ti, la gente suele obedecer mis órdenes –añadió. Le miró los pechos mientras deslizaba una mano por debajo de la falda de vuelo y la hacía subir desde la rodilla hasta la entrepierna. Allí, deslizó los dedos por el borde de las braguitas–. ¿Me quieres aquí? –le preguntó mientras le acariciaba el sexo por encimera de la delicada tela de la ropa interior.

–Sí…

–Noto lo húmeda que estás…

La voz de Rodrigo rezumaba sexo y ese punto de posesión que a ella le volvía loca. Rodrigo la tocaba como si fuera su dueño y por eso conseguía que ella no se desenganchara de él.

–Tócame… –gimió ella mientras la dureza del encaje le estimulaba el clítoris. Movía las caderas intuitivamente contra la mano de Rodrigo.

Bruscamente, él le apartó las bragas y, con dos dedos, comenzó a separarle hábilmente los pliegues del sexo para encontrar inmediatamente el clítoris y estimularlo hasta que Esmeralda sintió que la piel le ardía de placer.

–Bájate el sujetador… Quiero chuparte los pezones…

–Ahh…

Esmeralda era incapaz de formar palabras. Su cuerpo estaba en llamas de necesidad y placer. Debería molestarle cómo Rodrigo era capaz de volverla loca con solo una caricias, pero se bajó los tirantes del sujetador y tiró de este, tal y como él le había pedido. Se sentía expuesta, pero quería lo que él le estaba dando, lo necesitaba. Aquel acto era ilícito y excitante, no podía parar.

–Ponme las manos sobre los hombros e inclínate hacia mí. Sí… –murmuró él, en voz baja, caliente–. Sí que necesitabas esto, sí…

Así era. Esmeralda lo necesitaba desesperadamente. Rodrigó le lamió el valle entre los pechos mientras le daba placer con las manos, haciéndole temblar de placer.

–Siempre has sido muy sensible aquí –musitó mientras le lamía los pezones y los chupaba, sin dejar de acariciarla hasta que el mundo entero se redujo al placer que él le estaba dando–. Córrete para mí, Joya… –le exigió.

Esmeralda no tardó. Los temblores recorrieron su cuerpo cuando un potente orgasmo se apoderó de ella. Le rodeó el cuello con los brazos y apretó el rostro contra el hueco del hombro. Se había estado engañando cuando se aseguró que había superado lo suyo con Rodrigo y comprendió que el único modo en el que aquella mentira podría sobrevivir sería si no volvía a verlo nunca más. Mientras Rodrigo siguiera reclamándola, ella sucumbiría.

–Estamos hechos un asco –musitó sin apartar los labios de la piel de Rodrigo. Él la estrechó con fuerza y soltó una carcajada.

–Estoy seguro de que Piera nos vetaría de por vida por mancillar la santidad de su sala de proyecciones privada –comentó él con sorna.

–Somos extremadamente indecentes –afirmó ella–. Estos interludios van a hacer que me resulte más difícil quitarte tu trabajo.

En el momento en el que aquellas palabras salieron de la boca de Esmeralda, Rodrigó se tensó y soltó el abrazo.

–Sí. Creo que nos hemos dejado llevar un poco. Tenemos que dejar de hacerlo –dijo él con voz dura mientras Esmeralda se esforzaba por volver a colocarse el sujetador y abrocharse la blusa–. Me alegro de que comprendas que esto no cambia nada. Te ayudaré a encontrar la información que necesites, Esmeralda, pero no tengo intención alguna de renunciar a ser el próximo presidente.

Aquello fue como un jarro de agua fría, pero Esmeralda necesitaba escuchar aquellas palabras. Era parte de lo que eran ambos. En ese momento, se sintió muy molesta con su padre por haberla puesto en aquella situación y deseó, deseó de verdad, que, por una vez, Rodrigo la eligiera a ella. Sin embargo, sabía que Rodrigo no lo haría nunca. Sambrano Studios era el amor de su vida, lo único por lo que sacrificaría todo una y otra vez. Jamás renunciaría a ello.

Esmeralda se alisó la falda y se sintió muy avergonzada al notar que tenía una parte húmeda. Había estado tan excitada que había llegado a mojar la tela de la falda. Se sintió muy frustrada. Rodrigo no dejaba que la lujuria interfiriera con sus planes y ella tenía que hacer lo mismo. Agarró el bolso y se dirigió hacia la puerta. Entonces, se volvió para mirarlo. Se sintió frustrada por odiarle a pesar de seguir deseándole, por ansiar cómo él le hacía sentir incluso cuando lo despreciaba.

–Mi plan sigue siento ser presidenta, Rodrigo. Unos orgasmos no me van a hacer cambiar de parecer.

# Capítulo Trece

Esmeralda había salido a toda velocidad del teatro después de darle a Piera las gracias. Se metió en el coche sin decir una sola palabra.

–¿Podrías pedirle al chófer que me dejara por favor en mi apartamento? Ya tengo lo que necesito y puedo trabajar el resto del día desde casa. No quiero regresar a los estudios.

–¿No me vas a decir nada más?

Normalmente, que alguien no quisiera hablar con él no incomodaba en absoluto a Rodrigo, pero, como siempre, su reacción a todo lo que tuviera que ver con Esmeralda distaba mucho de la normalidad.

Se sentía fuera de control. La frustración crecía dentro de él. Estaba desconcertado y se arrepentía de haber estropeado el momento por reaccionar como lo había hecho ante las palabras de Esmeralda. Debería dejarlo estar, dejarla en su casa y seguir con su día.

–Manny, vamos a llevar a la señorita Esmeralda a su casa. 419 de Riverside Drive.

Esmeralda giró la cabeza bruscamente al escuchar su dirección. Rodrigo comprendió su error.

–¿Cómo sabes dónde vivimos?

No iba a decirle la verdad. Revelarle cómo sabía su dirección cuando él no había puesto allí nunca el pie, que ella supiera, se añadiría a la larga lista de razones que Esmeralda tenía para odiarle.

–Debo de habérsela oído a mami –mintió.

–Claro –dijo ella, creyendo la excusa–. Gloria podía venir de visita antes de que se pusiera demasiado débil.

Cuando la madre de Rodrigo estaba perdiendo la batalla contra el cáncer hacía años, Ivelisse fue un gran apoyo para ella. Además, Marquito le había dicho que Esmeralda fue al velatorio de su madre durante unas horas, precisamente cuando él se tuvo que ausentar para hacer algo para Patricio. Incluso en el funeral de su madre, Rodrigo había tenido que poner a los estudios primero.

–Mi madre la echa mucho de menos –susurró Esmeralda con la voz ronca por la emoción.

Algo se rompió dentro de Rodrigo cuando la vio tan afectada por la muerte de su madre. Nunca hablaba de sus padres. Había dejado incluso de mencionar el nombre de su padre por la afición de este al juego y el daño que causó por ello a la familia. Después, su madre cayó enferma. Si había alguien que supiera lo que su madre había significado para él, era Esmeralda.

El estrés sufrido y el miedo al pensar que se quedarían en la calle, que su madre moriría por no recibir cuidados le había obligado a agachar la cabeza y a ponerse a hacer lo que era necesario. Se había hecho indispensable para Patricio hasta que consiguió un sueldo de ocho cifras antes de cumplir los treinta años.

El coche se detuvo. Habían llegado al edificio en el que ella vivía. Solo había estado una vez, pero todo lo que tenía que ver con Esmeralda estaba grabado en su memoria.

Sin decir ni una sola palabra, Esmeralda abrió la puerta y se bajó. Aunque sabía que tal vez sería mejor dejarla ir, Rodrigo salió del coche y echó a andar tras ella.

–¿Ni siquiera me vas a decir adiós, Esmeralda?

–Adiós –replicó ella.

Cuando llegó al portal, marcó el código de entrada y, muy pronto, los dos estuvieron en el vestíbulo de entrada. Rodrigo no sabía lo que estaba haciendo, pero no podía permitir que ella se marchara así, sin más.

–Estás siendo poco razonable. Esta es mi vida –le dijo él mientras Esmeralda seguía andando.

Ella se detuvo en seco y se dio la vuelta tan rápidamente que estuvieron a punto de chocarse.

–Y esta es *mi* vida, Rodrigo. No pedí ser la hija de Patricio ni le dije lo que tenía que escribir en su testamento. Quiero esto, Rodrigo. Tengo ambiciones. ¿Acaso no crees que a mí también me gustaría que las cosas fueran diferentes? Yo… Siento que esto sea lo que nos ha tocado a los dos y, realmente, pensé que podríamos… que tal vez…

Fuera lo que fuera lo que iba a decir, las palabras quedaron sin pronunciar.

–No importa lo que pensé –añadió.

Se dio la vuelta y se dirigió hacia el ascensor mientras que Rodrigo se quedaba inmóvil. No podía echar a andar tras de ella, pero tampoco quería marcharse sin arreglar lo que estaba ocurriendo. Quería saber lo que ella no había dicho, pero, en cuanto la puerta del ascensor se abrió, la oportunidad de una conversación entre ellos desapareció en medio de una cacofonía de voces familiares diciendo *hola* y *mija*. Ivelisse y las tres tías salieron del ascensor y lo miraron fijamente.

–Niña, ¿por qué no me habías dicho que iba a venir Rodrigo? –le preguntó Ivelisse a Esmeralda mientras le daba un fuerte abrazo a Rodrigo. Casi no le llegaba ni a los hombros.

Ella le colocó las manos a ambos lados de la cara para hacer que se inclinara y que ella pudiera besarlo en cada mejilla.

—Ivelisse, nos hemos visto hace poco…

—Demasiado tiempo. Tienes la misma cara que tu madre, ¿verdad? —les preguntó a sus hermanas, que rápidamente se acercaron para abrazarlo también—. ¿Qué tal está tu hermano?

Rodrigo aprovechó par dar un paso atrás.

—Marquito está bien. Le encanta su trabajo —dijo con una sonrisa que estaba seguro de que no le llegó a los ojos. Tenía que marcharse. Entrar detrás de Esmeralda había sido una idea terrible—. Escucha, Ivelisse, me ha encantado verte, pero tengo que marcharme. Solo he venido a acompañar a Esmeralda.

Ivelisse era una mujer muy perspicaz y, al escuchar la mención del nombre de su hija, pareció agudizar aún más los sentidos. Inmediatamente, empezó a mirarlos alternativamente.

—No voy a dejar que te marches de este edifico hasta que subas a casa y te tomes un cafecito con nosotras. Esmeralda, ¿qué estás haciendo ahí en el rincón con esa cara de enfadada? Ven, *mija* —le dijo, mientras le indicaba que se acercara.

—Tengo el chófer esperándome —respondió Rodrigo, imaginándose que Esmeralda no quería que él estuviera allí, cerca de ella.

Sin embargo, Ivelisse se mantuvo inflexible.

—Rebecca, ve a decirle al chófer de Rodrigo que va a subir de visita.

Así fue cómo Rodrigo se encontró sentado en el salón de Esmeralda, tomando café y bollitos dominicanos en medio de su jornada laboral.

# *Capítulo Catorce*

Esmeralda deseó que el suelo se abriera y se la tragara entera. Estaba segura de que olía a sexo y, en aquellos momentos, estaba rodeada de sus madre, de todas sus tías y de Rodrigo, que seguramente también olía a sexo. Estaban sentados en el diván de su madre, mientras que las cuatro mujeres iban y venían colocando viandas para el huésped de honor.

–Esmeralda, *mamita*, ¿qué te han hecho esos pastelillos? Deja de mirar mi comida como si te ofendiera…

–Lo siento, mami –respondió Esmeralda.

Sabía que, si no dejaba de mirar enojadamente todo lo que estaban poniendo encima de la mesa, su madre se daría cuenta de que pasaba algo. Y era muy capaz de preguntarle delante de todo el mundo. Tomó un pastelillo de queso. Estaba enfadada, pero también hambrienta por lo que el pastelillo al menos la pondría de mejor humor. Cuando fue a reclinarse sobre el sofá, tocó accidentalmente el muslo de Rodrigo con la mano, el mismo muslo fuerte y musculoso sobre el que había estado sentada a horcajadas hacía menos de una hora.

–Voy a marcharme pronto –le susurró él al oído–. No quería comportarme como un grosero con Ive.

–No importa –respondió ella–. Además, no creo que hubieran aceptado un no por respuesta.

En aquel preciso momento, su madre salió de la pequeña cocina con una bandeja cargada de humeantes tazas de café con leche. Rodrigo se levantó en cuanto la vio y extendió los brazos para tomar la bandeja.

–Deberías haberme llamado, Ivelisse. Te habría ayudado a sacar la bandeja.

Ivelisse sonrió, pero le entregó encantada la bandeja.

–Siempre has sido un muchacho muy atento –comentó mientras le daba un beso en la mejilla y comenzaba a repartir las tazas. Hubo algo que llamó la atención a Esmeralda sobre el rostro de su madre. Como siempre que Rodrigo estaba presente, parecía arrepentida.

–Rebecca, ¿cómo van las clases? ¿Sigues en el Gregorio Luperón? –le preguntó Rodrigo a una de las tías de Esme.

–Bueno, son como una montaña rusa –respondió Rebecca con una carcajada–. Enseñarles a esos chicos de ciencias que las artes también son importantes cuesta bastante, pero yo no dejo de intentarlo.

–Si hay alguien capaz de conseguirlo, esa eres tú –replicó él con una afectuosa sonrisa.

Rodrigo tenía encandiladas a las cuatro mujeres. Esmeralda no podía culparlas. Rodrigo era un dios de carne y hueso.

–Tal vez pueda darte esperanza –añadió después de tomar un pastelito–. Mi pupilo acaba de empezar su primer año en la universidad de Nueva York, haciendo la carrera de Estudios Cinematográficos, y fue a Luperón.

–¿Sigues haciendo eso? –le interrumpió Esmeralda–. Me refiero a lo del programa de Gran Hermano –añadió sin poder contenerse.

Rodrigo se volvió para mirarla.

–Sí.

–Llevas con ese programa desde la universidad.

–Sí. En realidad, empecé una iniciativa en Sambrano para gente que estuviera interesada en ser mentores. Al principio, fue solo en las oficinas de Nueva York, pero fue tan bien que ahora se hace también en Miami y en Los Ángeles. En total, seremos como unos doscientos mentores.

–Eso es maravilloso, Rodrigo –comentó Ivelisse, que siempre había sido su fan número uno.

Las tías también se unieron a los elogios. Muy pronto, Rodrigo las tuvo a las cuatro comiendo de su mano. Sin embargo, no porque fuera falso o manipulador, sino porque le importaban aquellas mujeres. Había crecido con ellas y tenían una historia común, una historia que Esmeralda se había obligado a no pensar. Sin embargo, eso no significaba que no existiera.

Esmeralda habría preferido que fuera algo parte de su pasado, pero, en cuestión de días, Rodrigo se había convertido en una presencia en su vida que no podía ignorar. Lo peor era que no sabía cómo alejarse de él. Aunque estaba furiosa, no podía negar lo agradable que era tenerlo allí, en su casa, en su mundo, con su madre y con sus tías. Un mundo del que él siempre había formado parte.

–¿Dónde están todos los pósteres de Keanu Reeves y de Juanes? –le preguntó Rodrigo con una sonrisa burlona en el rostro mientras le daba un suave codazo.

–Soy una mujer hecha y derecha ya, Rodrigo. Los amoríos de mi adolescencia son historia pasada –respondió ella. Le indicó que se acercara al escritorio que había junto a la ventana–. Ven, deja que te muestre algo.

El dormitorio de Esmeralda resultaba de lo más sexy. Estaba decorado en tonos azules oscuros y dorados y con una enorme y acogedora cama. Ya no era el dormitorio de una niña, al igual que todo lo que a Rodrigo le gustaría hacerle sobre aquella cama. Solo para adultos.

Por una vez, agradeció el diminuto espacio que había en los apartamentos de Nueva York. Le daba la excusa perfecta para volver a acercarse a ella. En la hora que llevaban allí, la actitud de Esmeralda había vuelto a ser más cercana. Además, Rodrigo no podía negar que había sido muy agradable pasar un rato con Ivelisse y sus hermanas. Se había centrado tanto en su trabajo que se había olvidado quién había sido en el pasado. Antes de que todo se estropeara con sus padres, con Esmeralda, su vida no había tenido como único objetivo acumular poder en Sambrano. Su vida había sido eso, la familia.

Le habían bastado tres días con Esmeralda para que la barrera que había creado a su alrededor comenzara a desmoronarse poco a poco con cada uno de los besos que compartían. En vez de protegerse, de tratar de mantener las distancias, lo único que Rodrigo quería era acercarse más a ella. No tenía ni idea de cómo lo haría, cómo conseguiría mantenerla a ella y a su trabajo, pero, con cada segundo que pasaba, estaba más seguro de que encontrar la manera era la clave para todo.

Se acercó tentativamente a ella. Tenía el torso a pocos centímetros de la espalda de Esmeralda. En vez de apartarse, ella se reclinó sobre Rodrigo. Casi instintivamente, el le rodeó la cintura con el brazo y le apretó los labios sobre el cuello, lamiéndole delicadamente la cálida piel.

–Se suponía que te iba a mostrar algo… –protestó ella mientras deslizaba los dedos por el teclado. No obstante, se dio la vuelta entre los brazos de Rodrigo.

Él comenzó a besarla desde la boca hasta la parte superior de los pechos, lamiéndole la piel mientras ella suspiraba de placer.

–En lo que se refiere a ti, carezco por completo de control –gimió. A pesar de que su madre y sus tías estaban en el salón, le era imposible contener la pasión que mostraba Rodrigo hacia ella.

–Déjame verte, Joya… –la animó. Ella cumplió rápidamente sus deseos y dejó al descubierto los hermosos pechos–. Hmm, tócatelos… muéstrame dónde quieres que te acaricie, cariño…

Rodrigo se moría por tocarla, pero el juego en el que Esmeralda se daba placer a sí misma mientras que él observaba siempre había sido un favorito entre ambos.

Ella le agarró la mano y se la guio hasta un erecto y grueso pezón. Rodrigo se lo apretó suavemente entre los dedos y vio cómo ella gemía de placer.

–Me encanta verte así… –susurró. «Creo que no puedo vivir sin esto».

Se acercó para besarla y ella le respondió con la misma pasión. Deslizó la lengua junto a la de Rodrigo, saboreándolo mientras los dientes mordisquearon los labios. Rodrigo no tardó en lamentarse de haberse empezado algo que no podía terminar.

Se apartó con la respiración entrecortada.

–Necesito volver a poseerte otra vez.

Ella asintió frenéticamente mientras se inclinaba de nuevo hacia él para besarlo.

–No puedo desaparecer esta noche otra vez –dijo ella–, pero tal vez mañana… –le prometió. Rodrigo asintió.

–Me encantaría…

Estaba a punto de volver a besarla para demostrarle lo mucho que la deseaba, cuando su teléfono comenzó a sonar. Era el tono que había elegido para amigos y familia, que en aquellos momentos eran tan solo una selecta minoría. Debía de tratarse de algo urgente si lo llamaban en vez de enviarle un mensaje.

Le dio a Esmeralda un suave beso en la mejilla y se apartó de ella con gran pesar.

–Lo siento, tengo que contestar.

Esmeralda asintió y comenzó a colocarse de nuevo la ropa.

–Deberíamos parar, de todos modos. Mi madre me va a hacer mil preguntas y no quiero salir de aquí con aspecto de haberte dejado meterme mano…

–Lo que he hecho –bromeó él. Entonces, sonrió y sacó el teléfono para aceptar una llamada de… ¿Jimena?

–¿Qué ocurre? –le preguntó mientras Esmeralda le indicaba que iba a volver a salir para estar con su madre y sus tías. Apenas había cerrado la puerta cuando Jimena comenzó a relatarle una frenética historia sobre Carmelina–. Tranquila. No entiendo nada de lo que me estás diciendo.

–Lo siento. Es que estoy muy nerviosa.

Rodrigo suspiró. El corazón se le había acelerado en el pecho al pensar en lo que Jimena, que era la persona más tranquila que conocía, fuera a decirle. Si ella estaba nerviosa, seguramente estaba ocurriendo algo muy malo.

–Cuéntame.

–Acabo de recibir una llamada muy interesante de uno de mis amigos, que trabaja en el departamento jurídico de Global Networks. Se dice que Carmelina y sus hijos tienen mañana una reunión con Burt Deringer.

Rodrigo sintió que el pelo se le ponía de punta al escuchar el nombre del presidente de la empresa que había tratado de comprar Sambrano. Sabía que Carmelina era mala, pero venderlos a Deringer era diabólico.

–Parece que le va a vender sus acciones y, aparentemente, también las de Perla y Ónix.

Deringer había tratado de comprar Sambrano seis años antes. El dinero que ofreció era increíble, pero cuando presentó sus planes para los estudios, Patricio dio marcha atrás. Tenían la intención de destripar toda la programación y quitar todos los matices culturales. No tenían interés alguno en mantener la marca de Sambrano. Solo querían hacerse con todo lo que pudieran comprar. En aquel momento, apenas un año después de la muerte de su esposo, Carmelina trataba de venderlo todo a la última persona a la que Patricio hubiera querido al mando.

–¿Cómo puede hacer algo así?

–Porque es una zorra hambrienta de dinero.

–No, es más que eso. Prefiere arruinar los estudios a permitir que Esmeralda esté al frente de Sambrano. Se lo ha dicho repetidamente en los últimos días. Yo pensé que solo por imaginar, no trataría de hundir la empresa, pero me he equivocado –añadió. Sacudía la cabeza con incredulidad mientras caminaba de arriba abajo por el pequeño espacio que había entre la cama y el escritorio de Esmeralda. La cálida y agradable sensación de hacía unos minutos se había transformado en miedo y náuseas.

–No me puedo creer que Perla vaya a hacer algo así…

–No es tan mala como Ónix –afirmó Rodrigo–, pero siempre ha permitido que Carmelina le diga lo que tiene que hacer. Quedan las acciones de Esmeralda, que Carmelina no puede tocar, pero técnicamente, no la necesita para vender el resto.

–No. Tiene tres votos –replicó Jimena muy preocupada mientras confirmaba lo que los dos sabían.

La única disposición que tenía Sambrano referente a la venta de acciones a una parte ajena a la empresa era que tres de los cuatro socios mayoritarios estuvieran de acuerdo con la venta. Tal y como estaba la situación en aquellos momentos, con Ónix y Perla de parte de su madre, Esmeralda no podría impedir que la viuda de su padre vendiera la empresa delante de sus narices.

La furia de Rodrigo se acrecentó al comprender lo que Carmelina estaba planeando. No solo se libraría de Esmeralda, sino también de él. La ira le ardió en las entrañas como si fueran leños ardiendo.

Esmerada al menos se merecía la oportunidad de poder opinar sobre el futuro de la empresa de su padre. Aquello era algo que jamás se había cuestionado, aunque Rodrigo seguía decidido a mantener su trabajo. Tampoco había deseado él nunca verla fuera totalmente fuera de la empresa. Sin embargo, si Carmelina se salía con la suya, no habría manera de salvar Sambrano.

Miró hacia la puerta y escuchó a las cinco mujeres charlando alegremente. Entonces, se juró que haría todo lo necesario para evitar que Carmelina pudiera echar a Esmeralda.

–Espera un momento –dijo Jimena sacándole de sus pensamientos–. Acabo de recibir un mensaje muy enigmático de Magdalena. Le he contado lo de la reunión con Deringer y ha estado investigando un poco.

–¿Qué dice? –le preguntó Rodrigo.

–Me pide que vaya a su casa en una hora –contestó Jimena. Rodrigo podía escuchar perfectamente cómo ella tecleaba en su ordenador–. Dice que ha pedido algunos favores y tiene información sobre la situación financiera de Carmelina.

Rodrigo había oído más que suficiente. Después de prometerle a Jimena que se reuniría con Magdalena y con ella en el ático de la primera, salió rápidamente del dormitorio. Vio que Esmeralda sonreía, dado que había estado charlando alegremente con sus madre y sus tías. En aquel momento, Rodrigo se juró que no iba a permitir que Carmelina volviera a hacerle daño.

–Tengo que marcharme –le dijo a Esme, que se había puesto de pie al verlo salir del dormitorio.

–¿Te encuentras bien? –le preguntó ella. Probablemente había notado la tensión que emanaba de él.

Durante un segundo, Rodrigó pensó contárselo. Tal vez sería bueno que ella supiera lo que estaba ocurriendo, pero entonces, comprendió el golpe que aquello significaría para ella cuando supiera que Carmelina ni siquiera había considerado jugar limpio. Además, él seguía siendo el director ejecutivo de la empresa y su deber era solucionar aquel problema. Por mucho que deseara poder pasar más tiempo con ella, tenía trabajo que hacer.

–Estoy bien –mintió–. Ha ocurrido algo de lo que tengo que ocuparme. Te veo en la oficina mañana.

Esmeralda asintió lentamente, pero parecía dudar de lo que él le decía. Se había dado cuenta de que ocurría algo, pero no quería husmear.

–Está bien, yo voy a terminar mi presentación esta noche. ¿Crees que podrías echarle un vistazo mañana por la mañana?

–Claro. La miraré en cuanto llegue.

Tras despedirse con besos y abrazos de las cinco mujeres, volvió rápidamente a su coche. El teléfono volvió a sonar. Sintió que se le hacía un nudo en el estómago al ver el nombre de Carmelina en la pantalla.

–¿Cómo has podido hacer algo así? –le gritó al teléfono antes de que ella tuviera oportunidad de decir palabra.

–Vaya, Rodrigo. ¿Tienes de verdad la habilidad de mostrar tus sentimientos?

Rodrigo respiró profundamente para tratar de controlar la ira que lo consumía en aquellos momentos.

–¿De verdad vas a ser capaz de arrojar por la borda el trabajo de toda una vida de tu marido solo para que Esmeralda no tenga oportunidad de ser la directora ejecutiva?

–No me interesa hablar de estos detalles por teléfono, querido, pero tengo una oferta que hacerte.

–¿Por qué crees que yo iba a estar de acuerdo contigo en algo? –le espetó lleno de rabia.

–Porque puedo hacer que conserves tu trabajo y, más importante aún, ese sueldo de cincuenta millones de dólares por el que siempre dices que sacrificaste tantas cosas.

Ahí estaba. Rodrigo siempre se había imaginado que Carmelina sería capaz de hacer algo así. Pensaba que por fin tenía el cebo que lo atraería a su lado. Rodrigo apretó los dientes al escuchar el desprecio de la voz de Carmelina. Como si él no se hubiera ganado hasta el último centavo. Como si aquello no fuera una mínima fracción del dinero que había hecho ganar a Sambrano a lo largo de los años.

–Deringer ha accedido a mantenerte a ti como director ejecutivo si ayudas a facilitar las negociaciones. Con tu apoyo tras la venga, el consejo se mostrará más dócil.

Rodrigo sintió náuseas. Carmelina creía de verdad que podría comprarle, que él sería capaz de traicionar a Patricio, a Esmeralda y a sí mismo por dinero.

En realidad, Carmelina no entendía la lealtad, no sabía lo que era apoyar algo porque se creía en ello. Solo creía en una cosa: en sí misma. Solo le importaba ganar. Y Rodrigo se encargaría de derrotarla en su propio juego.

# *Capítulo Quince*

—¿Dónde demonios está?

Esmeralda estaba tratando de no dejarse llevar por el pánico, pero hacía ya dieciocho horas que Rodrigo se marchó precipitadamente de su apartamento y que había dejado de responder a sus mensajes.

Después de que él se marchara tras ver algo en su teléfono que le hizo irse sin explicación alguna, Esmeralda había decidido olvidarse de lo que estaban haciendo antes y se puso a trabajar. Había utilizado los archivos del señor Piera y había estado trabajando toda la noche en su presentación. Estaba contenta con el resultado, segura de que el consejo apoyaría su plan. Era osado y más ambicioso que nada que el estudio hubiera hecho en décadas, pero creía que era la llave que transportaría a Sambrano al futuro. Desgraciadamente, no tenía a nadie que le diera una segunda opinión. Rodrigo le había prometido que estaría allí para ver su trabajo, pero nadie lo había visto ni había tenido noticias de él en toda la mañana.

Tal vez la estaba ignorando porque iba a dejarla entrar en la reunión del consejo para darse de bruces con la realidad. ¿Acaso había sido una estúpida al pensar que significaba algo el modo en el que Rodrigo se había comportado con su madre y sus tías, al creer que todo aquello cambiaba el hecho de que él aún esperaba que ella fracasara?

Trató de permanecer centrada en los hechos, no en los sentimientos. Se le daba bien su trabajo y conocía el mercado, la industria. Sabía que lo que había preparado era bueno.

—No necesito a Rodrigo —se dijo por millonésima vez desde que llegó al despacho a las ocho de la mañana—. Lo he conseguido —añadió, en voz algo más alta.

—¿Que lo has conseguido? A mí me parece que los nervios te están ganando la partida.

Esmeralda giró la cabeza y vio a Ónix. No trató en ningún momento de ocultar su animosidad.

—¿Por qué estás aquí?

—Bueno, he venido a ver si Rodrigo te había hablado sobre la reunión con los compradores.

—¿Compradores? ¿De qué estás hablando? —preguntó ella perpleja.

—Vaya, ¿no te lo ha dicho? Va a reunirse con Global Networks. Han hecho una oferta para comprar los estudios. Va allí con mi madre. Además —añadió acercándose un poco más, para dejar que el último chisme que tenía para compartir con ella ejerciera su impacto—, quieren que él sea el director ejecutivo, así que está totalmente de acuerdo.

—Estás mintiendo…

—¿Sí? ¿Ha tenido alguien noticias de él hoy? —le preguntó con una profunda crueldad—. Normalmente, está en su escritorio a las siete de la mañana, pero nadie ha sabido de él desde ayer. Pregúntale a su asistente.

Tenía razón. Esmeralda se quedó sin respiración. La traición de Rodrigo le dolió como si alguien le hubiera clavado un cuchillo en el vientre, pero no estaba dispuesta a permitir que Ónix fuera testigo de su amargura. Recobró rápidamente la compostura y trató de enviarle una mirada de desprecio a su hermano.

¿Cómo había podido Rodrigo hacerle algo así? ¿Había estado compinchado con Carmelina desde el principio a pesar de que no hacía más que repetirle que la viuda de su padre era una víbora? Una y otra vez le había asegurado que no interferiría, que quería el puesto de director ejecutivo solo si lo conseguía con justicia. Tal vez pensaba que ella no lo merecía, que había tratado de reclamar el puesto injustamente, distrayéndolo con un comportamiento poco profesional, con sexo y tórridos encuentros. Probablemente Rodrigo estaba utilizando su comportamiento poco profesional como excusa para echarla de la empresa en aquellos mismos momentos.

–Fuera de mi despacho, Ónix. Al contrario que tú, yo tengo trabajo que hacer. Si Rodrigo está confabulando con tu madre, que tenga buena suerte. Hace solo dos días, ella me decía que Rodrigo no era nadie y hoy está haciendo tratos con él. Me parece que se merecen el uno al otro.

–Si fuera tú, empezaría a recoger todas mis cosas…

–Por si se te ha olvidado, sigo siendo la dueña del veinticinco por ciento de las acciones de la empresa.

Para su sorpresa, aquel comentario pareció hacerle sentir aún más pagado de sí mismo. Soltó una carcajada.

–Hoy te vas a llevar muchas sorpresas… –dijo él maliciosamente antes de marcharse.

Esmeralda sintió que se le hacía un nudo en la garganta. No permitiría que nadie la viera llorar. Se había jurado que no volvería a derramar ni una sola lágrima por Rodrigo Almanzar. No iba a romper su promesa.

Esmeralda había creído que su corazón no podría sufrir más por aquel hombre. Se había equivocado.

Después de besarla, de besar a su madre y a sus tías, Rodrigo se había marchado de su apartamento para irse a reunir con Carmelina Sambrano y encontrar la manera de librarse de ella. Cerró la puerta y sacó su teléfono móvil para marcar rápidamente el número de la única persona que sabía que podría ayudarla a decidir lo que debía hacer.

–Mami…

Esmeralda casi no pudo pronunciar la palabra por el alivio que sintió al escuchar la voz cariñosa y familiar de su madre.

–*Mija*, ¿qué ocurre?

Esmeralda dejó escapar un tembloroso suspiro. Sabía que siempre podía contar con su madre. Ella era su roca, la persona que permanecía a su lado pasara lo que pasara.

–No estoy muy segura de lo que está ocurriendo, mamá, pero Ónix acaba de estar aquí y me ha dicho que Rodrigo y Carmelina se van a reunir con un comprador externo. Según él, Rodrigo está trabajando con ella para conseguir quedarse como director ejecutivo y librarse de mí –susurró. Sintió un profundo dolor al pronunciar aquellas palabras en voz alta. No se podía creer que hubiera vuelto a confiar en Rodrigo–. No puedo creer que me la haya vuelto a jugar…

–Esmeralda, respira, mi amor. ¿De qué estás hablando? ¿Qué es lo que ha ocurrido? –le preguntó su madre. Tenía la voz muy tensa.

—Rodrigo va a vender el estudio para quedarse como director ejecutivo.

Esme apretó los ojos con fuerza cuando escuchó que su madre contenía la respiración. Por fin había comprendido lo que ocurría.

—Ay, *mija*. ¿Estás segura? No me puedo creer que haya sido capaz de algo así.

—Pues créetelo, mami. Comprendo que Carmelina esté confabulando en mi contra, incluso lo esperaba, pero saber que Rodrigo está compinchado con ella… Debería haberme imaginado que no había cambiado. Ni siquiera sé por qué me sorprende. Ya me lo ha hecho antes.

Esme oyó que su madre contenía el aliento. Durante un momento, se preguntó si lo mejor sería marcharse. Agarrar el bolso y el ordenador y dejarlo todo atrás.

—Tal vez sea lo mejor. Tal vez tenga que renunciar…

—Esmeralda, voy a contarte algo ahora y necesito que comprendas que te lo he ocultado porque pensaba que era lo mejor.

—Mami, ¿de qué estás hablando? —le preguntó su madre. Jamás había oído hablar a su madre en un tono de voz tan serio.

—Necesito contarte la verdad sobre la razón por la que tu padre nos echó de ese apartamento y por qué Rodrigo desapareció ese fin de semana.

Esmeralda se tensó al escuchar las palabras de su madre. El miedo le atenazaba el estómago.

—Te dejó porque su madre lo llamó y le dijo lo que Patricio iba a hacer. Él se montó en un avión para venir a ayudarme.

—¿Cómo has dicho? ¿Y por qué no me lo dijo, mamá?

–Por aquel entonces debía tener mucho cuidado, Esmeralda. Tenía mucho que perder –dijo Ivelisse con un suspiro de agotamiento–. Aún no sé cómo lo consiguió, pero en veinticuatro horas ese muchacho me encontró este apartamento, calculó el pago de la reserva y me envió un camión de la mudanza para que recogieran nuestras cosas y las trasladaran aquí –añadió. Chascó la lengua, un sonido que Esmeralda sabía que su madre solo hacía cuando estaba pensando–. Juré que nunca te lo diría, pero creo que es importante que sepas a lo que te enfrentas. Tu madre me envió esa carta de desahucio después de que Carmelina le mostrara una prueba de paternidad falsa, una prueba que parecía confirmar que tú no eras su hija…

La voz de Ivelisse se quebró mientras Esmeralda quedaba sumida en el silencio durante unos instantes. Sabía que Carmelina era mala, pero aquello era totalmente monstruoso.

–¿Que hizo qué? –gritó Esmeralda, sin poder creer lo que estaba oyendo.

–Ella falsificó una prueba de paternidad –le contestó su madre, con voz triste–. Eso fue después de que Patricio accediera a pagarte el máster en la universidad de Nueva York. Carmelina sabía que estabas recibiendo una educación que podría ponerte en posición que hacerte con la empresa algún día y, como la zorra maliciosa que es, trató de sabotearte.

Esmeralda se dejó caer en uno de los sillones de su despacho, incapaz de creer lo que su madre acababa de decirle.

–No lo comprendo… ¿Y mi padre creyó en su palabra?

–No voy a presentar excusas en nombre de Patricio,

porque él debería haberse imaginado que todo era falso, pero, aparentemente, Carmelina tenía papeles. Rodrigo fue quien descubrió que ella lo había falsificado todo. Aún no sé cómo. Estuvo investigando y descubrió que los laboratorios que supuestamente habían hecho la prueba no existían. Y tu padre, que no había nada que odiara más que parecer tonto, se puso furioso con Carmelina –comentó, con una amarga carcajada–. En realidad, se puso furioso con todo el mundo. Retiró la carta de desahucio, pero, para entonces, Rodrigo ya me había encontrado esta casa y así se quedó todo.

Esmeralda escuchó otro largo y pesado suspiro mientras ella misma trataba de procesar lo que su madre acababa de contarle.

–*Mija*, Rodrigo se aseguró de que Carmelina no pudiera volver a hacer nunca algo así. Ese muchacho se enfrentó a tu padre y se arriesgó a perder su trabajo para asegurarse de que tu lugar como hija de Patricio no se volviera a cuestionar nunca. Rodrigo no es perfecto, pero no creo que el hombre que fue capaz de hacer eso por nosotras pudiera traicionarte de esa manera. Y mucho menos con esa mujer.

Esmeralda se sentía incapaz de procesar todo lo que acababa de averiguar en los últimos cinco minutos. El resentimiento y el dolor a los que se había aferrado durante diez años se había basado en una mentira. Rodrigo no se había puesto del lado de su padre, sino que había estado ayudando a su madre. Había estado cuidándola.

–¿Y por qué no me lo dijo nadie? ¿Por qué rompió conmigo?

Ivelisse volvió a suspirar.

–Me suplicó que no te dijera que nos había ayudado. Sobre la ruptura, no lo sé, cielo. Se encontraba en una situación muy delicada. Tienes que recordar que estaba empezando a despuntar en el estudio. Acababa de terminar la universidad, tenía créditos que pagar… Su madre estaba enferma y Patricio seguía ayudándolo a pagar las deudas que el idiota de Arturo había ido acumulando. Quién sabe lo que pasó entre los dos. Patricio no se tomaba bien que la gente se enfrentara a él y creo que habría considerado una afrenta que Rodrigo estuviera saliendo contigo a escondidas y que me ayudara a mí. Tal vez se distanció de ti para apaciguar a tu padre. No lo sé.

—Aunque eso sea cierto, ¿por qué no me lo dijo? Me habría dolido perderlo, pero al menos lo habría comprendido.

Su madre hizo un sonido reconfortante con la voz.

—Todo saldrá bien, *mija*. Sé que los dos lo solucionareis todo.

Esmeralda tenía los ojos llenos de lágrimas. No podía dejar de dar vueltas a todo lo que su madre le había contado.

—En ese caso, tengo que averiguar qué es lo que está pasando. Tengo que encontrar a Rodrigo.

—Creo que es una buena idea. Y recuerda, cielo, tienes derecho a estar en esa empresa y tienes gente de tu lado. Nunca lo olvides.

En realidad, Esmeralda se sentía sola en aquel edificio, como si no hubiera ni una sola persona que la apoyara, pero escuchar las palabras de su madre la reconfortó. Justo en el momento en el que estaba a punto de despedirse de su madre, recibió una llamada. Miró la pantalla. Se trataba de un número desconocido.

—Me está llamado alguien, mami.

–Está bien. Llámame en cuanto sepas algo.

Después de prometerle a su madre que así lo haría, respondió la otra llamada.

–Esmeralda Sambrano-Peña –dijo secamente.

–Habla con Jimena Cuevas.

La voz del teléfono parecía la de una mujer, pero, evidentemente, quien hablaba estaba tratando de camuflarla para que no la reconociera.

–¿Quién es? –preguntó ella muy irritada–. ¿Por qué tengo que hablar con Jimena?

–Ella te dirá lo que tienes que saber –replicó la voz, pero sin ofrecerle nada más.

–Por favor, ¿con quién estoy hablando? –insistió con urgencia. Sin embargo, después de unos instantes, se dio cuenta de que no había nadie al otro lado de la línea telefónica.

Sin pararse a pensar si se trataba de alguien que le estaba tomando el pelo, tomó el ascensor y se dirigió al departamento jurídico. La asistente personal de Jimena trató de impedirle el paso, pero Esmeralda entró sin detenerse en el despacho.

–Esmeralda –dijo Jimena. Si le había sorprendido que Esmeralda se presentara así en su despacho, no lo demostró–. Entra, por favor… –añadió con voz simpática.

–¿Sabes dónde está Rodrigo? –le preguntó Esmeralda sin preámbulo alguno.

–Cierra la puerta…

En aquella ocasión el tono de su voz sonaba más serio. Cuando Esme hizo lo que ella le había pedido, Jimena no se anduvo por las ramas.

–Rodrigo está tratando de evitar que Carmelina y sus hijos vendan las acciones a una tercera parte.

–¿Evitar dices? Pero si Ónix me dijo que…

Jimena negó con la cabeza y torció la boca ligeramente al escuchar el nombre del hermano de Esmeralda.

–Rodrigo tuvo que hacerles creer que formaba parte del plan. Se van a reunir con los compradores en menos de una hora. Espero que Rodrigo tenga lo que necesita para impedírselo. Toma –añadió mientras escribía algo en un *post-it* y se lo entregaba a Esmeralda–. Ahí es donde se van a reunir.

–Voy inmediatamente.

–Estupendo –afirmó Jimena con aprobación–. Haré que mi asistente te pida un coche.

–No hace falta. Solo está a unas manzanas de distancia de aquí. Tardaré más en coche. Además, así tendré la oportunidad de calmarme un poco.

Jimena la miró con aprobación.

–Tienes agallas, pero no tienes reacciones explosivas –afirmó–. Serás buena para él.

Esmeralda no contestó. Hizo ademán de marcharse, pero la voz de Jimena la detuvo en seco.

–Se enfadará porque te lo haya contado, pero ya va siendo hora de que Rodrigo se entere de que no puede hacer todo solo.

# *Capítulo Dieciséis*

–Sabía que vendrías. Le dije a esa chica que tú solo eres leal contigo mismo.

Rodrigo respiró profundamente y entró en la pequeña sala de conferencias en la que Carmelina estaba esperando para vender el legado de su esposo. Rodrigo la miró y a duras penas pudo contener la bilis que le subió hasta la garganta. Carmelina había sido una mujer muy hermosa cuando era joven, con su pálida piel y sus maravillosos ojos azules, pero no había envejecido bien. Tenía el rostro robotizado e hinchado por sus varias intervenciones estéticas. Llevaba puesto uno de sus clásicos trajes de Chanel, que era elegante y muy caro. Sin embargo, en ella producía el efecto contrario.

–Veo que has tomado la decisión de vender el estudio tú sola.

–Así es –replicó, muy orgullosa de sí misma.

Creía de verdad que había engañado a Rodrigo. Después de muchos años en los que trató de manipularle, había pensado que había encontrado lo único por lo que él sería capaz de traicionar a Sambrano. Ese había sido siempre el problema de Carmelina: estaba demasiado interesada en sí misma como para fijarse que no tuvo el mundo se movía por las mismas motivaciones que ella. Había invitado a Rodrigo allí, pensando que lo tenía entre sus garras. No tenía ni idea de lo equivocada que estaba.

–¿No te pareció adecuado consultar al consejo sobre tu plan de vender tres cuartas partes de las acciones?

Carmelina se encogió de hombros mientras se servía sacarina en el té helado que iba a tomarse.

–No necesito consultar al consejo. Lo único que necesitaba era tres de los cuatro accionistas mayoritarios y ya lo tengo –dijo con gesto triunfante. Entonces, sonrió, lo que provocó una enorme sensación de náusea en el cuerpo a Rodrigo–. Esto no tiene nada que ver con el dinero, sino con preservar la respetabilidad de nuestro nombre.

–Basta ya, Carmelina. Los dos sabemos que esto tiene que ver con el odio y con el dinero. No te puedes librar de Esmeralda, así que prefieres ver cómo se destruye la empresa de Patricio…

–Supongo que eres más inteligente de lo que pareces, Rodrigo…

Él decidió ignorar aquella puya y optó por mantener el control.

–¿Y no te importan las ramificaciones de todo esto?

–Lo único que me importa es asegurarme de que nunca vuelvo a ver a esa mujer ni a oír su nombre.

Rodrigo ya no lo pudo aguantar más.

–Esmeralda es parte del estudio porque Patricio lo decidió así. Fue su última voluntad, por el amor de Dios. ¿Tan muerta estás por dentro que no te importa lo que deseara tu esposo?

–Patricio siempre fue demasiado sentimental. Yo soy la única que está dispuesta a hacer lo que es necesario. Esto es lo mejor.

Así era como Carmelina se había salido con la suya a lo largo de todos aquellos años. Se le daba muy bien persuadir a la gente. Sonaba convincente al hablar porque, para ella, si lo decía en voz alta, era cierto.

Miró a Rodrigo de arriba abajo, como si lo encontrara verdaderamente carente de valía.

–Sin embargo, eso es algo que alguien como tú no entenderá nunca.

Diez, incluso cinco años antes, aquellas palabras le habrían escocido. En cierto modo, Carmelina tenía razón, no había suficiente ropa de marca en el mundo que pudiera ocultar el hecho de que, si no hubiera sido por la ayuda de Patricio, su familia habría terminado en la calle. Sin embargo, a Rodrigo no le avergonzaba quien era y tenía la conciencia bien tranquila. Él nunca se habría aprovechado de nadie para llegar donde estaba. En aquellos momentos, tenía suficiente dinero como para no tener que volver a preocuparse de nada el resto de su vida. Rodrigo sabía exactamente lo que hacía falta para permanecer en lo más algo cuando todos querían verlo caer. Lo que Carmelina no sabía era que estaba a punto de derrotarla en su propio juego.

–Debe de ser Deringer y su gente –dijo Carmelina poniéndose de pie al ver que la puerta se abría–. E intenta parecer que no estás a punto de ir al cadalso, ¿de acuerdo, Rodrigo?

En ese momento, entraron tres hombres en la sala. Uno de ellos era Deringer, los otros seguramente sus abogados.

–Adelante, caballeros –dijo Carmelina sonriendo. Se realizaron las presentaciones cuando un apresurado Ónix entró en la sala–. Ah, ya están mis hijos aquí. Ya podemos empezar.

Ónix tenía el ceño fruncido y su rostro transmitía preocupación. Carmelina mantuvo los ojos en la puerta mientras Ónix le hablaba al oído, como si estuviera esperando que entrara alguien más.

Rodrigo sonrió, consciente de lo que estaba a punto de producirse. Captó el momento exacto en el que Carmelina se dio cuenta de lo que ocurría. La mujer torció la boca, pero trató de disimular. No quería que Deringer se diera cuenta de que había un problema. Rodrigo decidió entrar a matar.

–Perla no va a venir, Carmelina –dijo Rodrigo, en el mismo tono empalagoso que Carmelina había utilizado.

Al escuchar las palabras de Rodrigo, ella giró la cabeza y lo miró con suspicacia.

–Claro que va a venir –le espetó de muy malas maneras. Entonces, se contuvo al recordar que no estaban solos.

–¿Ocurre algo? –preguntó uno de los dos hombres que flanqueaban a Deringer. El magnate no había levantado la mirada de lo que estaba haciendo en el teléfono. Aparentemente, solo estaba allí para firmar los papeles y seguir con su día. El hecho de que Carmelina estuviera dispuesta a entregarle todo lo que su marido había trabajado tanto por conseguir a alguien que solo lo considerara otra pieza de su tablero de ajedrez provocó la ira de Rodrigo.

–Solo un pequeño problemilla con mi hija, pero haremos que venga enseguida –le aseguró Carmelina al hombre, mientras que Ónix la observaba con expresión aterrorizada.

–Bueno, yo diría que es algo más que un pequeño problemilla –afirmó Rodrigo–. Ya no dispones del setenta y cinco por ciento de las acciones para poder venderlas.

Carmelina dejó escapar una carcajada histérica y se apresuró a acercarse a Rodrigo para hablar con él.

–¿De qué estás hablando? Mis hijos y yo estamos dispuestos a vender a Global Networks. Tenemos tres de los cuatro votos de los accionistas mayoritarios.

–No –le corrigió Rodrigo mientras sacaba los papeles de su maletín–. Esta misma mañana, Perla me ha vendido sus acciones y por lo tanto su voto, por la suma de doscientos millones de dólares.

Rodrigo había tenido que liquidar prácticamente todo lo que poseía y había reclamado todos los favores que le debía desde hacía años, pero había merecido la pena por ver el gesto que apareció en el rostro de Carmelina cuando comprendió que Rodrigo la había derrotado en su propio juego.

–Ya no tienes los votos suficientes para venderle nada a Global Networks –concluyó provocando en Carmelina un desesperado grito de furia.

–¡No puedes hacer esto! ¡No eres nadie, nada más que un empleado! ¡Esta empresa les pertenece a mis hijos!

Carmelina miró a Deringer, que se había puesto en pie y había empezado a recoger sus cosas como si estuviera a punto de marcharse.

Rodrigo levantó una mano para detener las mentiras de Carmelina.

–Vas a vender la empresa porque estás arruinada. Las inversiones que tu padre ha hecho en los últimos diez años han terminado con la fortuna familiar y le has estado proporcionando dinero de Patricio para mantenerlo a flote. Ahora, querías vender la empresa para seguir inyectando dinero en un pozo sin fondo.

En aquel momento, la puerta se abrió. Entraron Esmeralda y Octavio Núñez, que parecían dispuestos a entrar en batalla.

–¡Tú! –exclamó Carmelina mientras se abalanzaba sobre Esme–. No voy a dejar que me quites lo que me pertenece. ¡No voy a permitirlo! Prefiero vender el estudio por partes que dejarte ganar. Patricio se dejó engatusar por esa cazafortunas cuando le dijo que se había quedado embarazada, pero yo puedo demostrar que no eres hija de Patricio –añadió, gritando totalmente desesperada mientras Deringer y los suyos se disponían a marcharse, hartos evidentemente del drama de los Sambrano.

Rodrigo también estaba preparado para aquella falsa acusación de Carmelina.

–¡Deja de mentir, Carmelina! ¡Se ha terminado! –rugió Rodrigo mientras se interponía entre las dos mujeres–. Tome –le dio un papel a uno de los abogados de Deringer–. Es un *affidavit* firmado por Patricio Sambrano en el que se confirma que él es, sin lugar a dudas, el padre de Esmeralda.

Rodrigó notó que a Esmeralda se le doblaban las rodillas y la sujetó mientras trataba de terminar con la farsa de Carmelina de una vez por todas.

–Te tengo –le dijo, pero ella parecía demasiado asombrada como para reaccionar. Entonces, miró a Carmelina–. Se ha terminado, Carmelina.

# *Capítulo Diecisiete*

–¿Qué estás haciendo aquí? –le preguntó Rodrigo a Esmeralda mientras salían de la sala. A sus espaldas, aún se escuchaban los gritos de Carmelina.

–Estoy aquí porque esto me concierne, Rodrigo –dijo ella. Parecía destrozada, como si todo lo ocurrido fuera más de lo que podía soportar–. Tenía derecho a saber que Carmelina estaba trabajando a espaldas del consejo para vender la empresa en mis narices. En las narices de todos nosotros

Rodrigo quería abrazarla, pero no sabía cómo reaccionaría ella. Parecía furiosa y herida. Octavio se les acercó con expresión baldía.

–Ojalá nos hubieras dicho a todos lo que estaba ocurriendo, Rodrigo, pero te agradecemos mucho que hayas puesto fin a todo esto. Mi prima siempre ha sido así, lo suficientemente egoísta como para destruir lo que hiciera falta con tal de conseguir lo que quiere. Voy a convocar una reunión de emergencia para pasado mañana –afirmó. Entonces, se volvió hacia Esmeralda–. Siento hacer esto, pero tenemos que recortar tu tiempo de preparación. Tendrás que realizar tu presentación entonces.

–No hay problema –respondió ella–. Estaré preparada.

–Gracias por tu comprensión y gracias también por alertarme de lo que estaba ocurriendo –dijo Octavio mientras miraba a Rodrigo.

Rodrigo comprendió que a Octavio no le había hecho mucha gracia que no le hubiera contado lo que estaba ocurriendo, pero él no se arrepentía de nada. Si no hubiera logrado convencer a Perla para que le vendiera las acciones sin alertar a Carmelina, en aquellos momentos esta estaría destruyendo la empresa.

–No hace falta que diga que el consejo tiene ahora mucho que considerar, dado lo que ha ocurrido. Rodrigo, ¿cómo conseguiste que Perla te vendiera sus acciones?

Rodrigo se encogió de hombros y miró a Esme, que parecía estar esperando a que Octavio terminara de hablar para decirle a Rodrigo lo que pensaba. No parecía estar tampoco muy contenta con él.

–Perla no confía en su madre tanto como piensa la gente. Hace algunos años, la ayudé a contratar un asesor financiero que fuera independiente de la familia. Cuando él le dijo que Carmelina había estado tratando de acceder al fondo que tenía asignado, Perla se hartó por completo de ella. Nunca le han justado las tretas de su madre –añadió mirando a Esmeralda–. No es como Ónix.

–Bien por Perla y por ti –dijo Octavio. Entonces, tras despedirse rápidamente de ellos, se dirigió hacia la salida del hotel

–Espero que estés contento –le espetó Esmeralda con los brazos cruzados.

–¿Por qué estás enfadada conmigo? Pensé que te alegraría que Carmelina ya no tuviera el control de la empresa –respondió.

Sin decir ni una sola palabra, Esmeralda se dio la vuelta y se dirigió hacia una pequeña sala que había justo al lado de la que acababan de abandonar. Rodrigo la siguió en silencio, sabiendo que lo que le esperaba en su interior no sería agradable.

Cuando cerró la puerta, Esmeralda se volvió para mirarlo. Parecía furiosa.

–¿Por qué me dejaste pensar durante diez años que elegiste a mi padre por encima de mí? ¿Cómo pudiste hacer algo así, Rodrigo?

Rodrigo comprendió que ella lo sabía todo.

–Ivelisse no debería haberte dicho nada –respondió–. No deberías saberlo. Estaba tratando de protegerte, de mantenerte a salvo de todos estos líos y confabulaciones…

La miró y vio que ella parecía estar totalmente rota por dentro.

–¿De verdad fuiste capaz de dejarme creer todo este tiempo que, cuando más te necesitaba, lo elegiste a él? ¿Que yo no valía nada para ti?

Esmeralda sacudía la cabeza mientras las lágrimas le caían por las mejillas. Rodrigo comprendió lo que aquello había significado para ella.

–No tenía opción, Esmeralda. Yo soy siempre el que termina cayendo sobre la espada, el que hace lo que hay que hacer y luego se lleva las recriminaciones por tomar las decisiones difíciles. Como todo el mundo, tú preferiste pensar que soy un canalla frío y egoísta.

–Tal vez todos pensamos eso porque no nos das nada, Rodrigo. Te encanta ser el mártir, actuar como si nadie se preocupara por ti. Es como si Rodrigo Almanzar estuviera solo contra el mundo. Tal vez la gente te juzga así porque nadie te conoce en realidad, porque te cierras tanto que no podemos ver tu interior. Porque no dejas que se acerque nadie.

–Te dejé a ti…

Un sollozo escapó entre los labios de Esmeralda al escuchar aquellas palabras. Cuando Rodrigo extendió los brazos para estrecharla contra su cuerpo, ella se lo permitió. Entonces, él apretó sus labios contra los de ella en un frenético beso. Rodrigo sentía que se estaba aferrando a la última oportunidad que tendría de tocarla. Sin embargo, ella se abrió para él como si lo necesitara tan desesperadamente como Rodrigo. Los dientes mordían, las manos acariciaban y las uñas arañaban como si trataran de quedarse con algo del otro antes de que se perdiera para siempre. Sin embargo, después de unos segundos, Esmeralda lo apartó.

—No. No puedo. Llevo así toda la semana, dejando que mis sentimientos me hagan olvidar lo difícil que fue perderte y lo mucho que me dolió saber que mi amor por ti no fue suficiente. Que nunca será suficiente.

—Esmeralda… te amo…

Ella cerró los ojos con fuerza, como si no pudiera soportar aquellas palabras.

—No digas eso. No me digas eso cuando me ocultaste la verdad, cuando no me tratas como a tu igual. El amor no es solo deseo y lujuria, es confianza, compañerismo, Rodrigo. Mi padre se pasó años diciéndole a mi madre que la amaba y, cuando llegó la hora de la verdad, dejó que ella se enterara por las noticias que se había casado con otra mujer. Le dio la espalda sin darle explicación alguna —susurró mientras se secaba las lágrimas que le caían por las mejillas—. Dices que me amas y, sin embargo, en las últimas veinticuatro horas, me has ocultado una situación que tenía mucho que ver conmigo y que podría determinar mi futuro.

El dolor que había en la voz de Esmeralda hizo que Rodrigo sintiera como si alguien le clavara un puñal.

–No quería preocuparte. Carmelina es una víbora y no tiene escrúpulos. Quería evitarte este mal trago.

Ella soltó una carcajada.

–¿De verdad crees que no sé quién es Carmelina, Rodrigo? Esa mujer me impidió entrar a ver a mi padre cuando se estaba muriendo en el hospital. Si tú no te hubieras asegurado de que mi madre supiera que había fallecido, me habría enterado en una esquela de los periódicos. No soy ninguna niña, Rodrigo. ¿Sabes por qué decidí aceptar el puesto que me había concedido mi padre? Es cierto que quería reclamar mi lugar, tener la oportunidad de darle forma a mis proyectos, pero también quería arrebatarte algo a ti.

A Rodrigo le dolió escucharlo, pero, en cierto modo, lo entendía. Esmeralda tenía el rostro lleno de lágrimas y una profunda tristeza emanaba de ella.

–Me sentía tan dolida… Los dos hombres de mi vida siempre habían terminado escogiendo sus despachos por encima de mí. Por lo tanto, sí, quería arrebatártelo. Mi padre, sus jueguecitos convirtiéndonos a todos en peones y haciendo que os preguntáramos constantemente qué era lo que nos faltaba mientras tratábamos de ser mejores para merecer su amor y su consideración…

Aquellas palabras estuvieron a punto de hacer que Rodrigo se cayera al suelo. Porque tenía razón.

–Ahora me he dado cuenta de que no tenía nada que darnos –prosiguió Esmeralda–. El único amor de mi padre era Sambrano. Y al final tampoco se preocupaba por lo que tanto le había costado construir. He dejado de pensar que había algo en mí que no le resultaba suficiente. Soy más que válida y me merezco a alguien que lo vea –añadió mientras se apretaba la mano contra el pecho–. Me merezco a alguien que me vea como a una igual. Esperarlo de personas que no me lo pueden dar me va a destruir.

–Este trabajo es lo único que tengo, Esmeralda –afirmó. Entonces, vio que la luz desaparecía de los ojos de Esmeralda.

–Algún día, te darás cuenta de que es una mentira que te has estado haciendo creer. Es una pena que, cuando lo hagas, habrás apartado de tu lado a todos los que te quieren.

Con eso, Esmeralda se marchó sin mirar atrás.

# *Capítulo Dieciocho*

–¿De verdad creíste que te iba a consentir que siguieras ignorando mis llamadas? –preguntó Marquito en cuanto entró en el despacho de Rodrigo.

Después del encontronazo con Esmeralda, se había marchado a casa y había ignorado a todos los que habían intentado ponerse en contacto con él. Se sentía destrozado y sin saber qué hacer porque Esmeralda tenía razón en todo lo que le había dicho.

Había esperado que sabría cómo hablar con ella, pero ¿para decirle qué? ¿Que podrían conseguir que lo suyo funcionara, a pesar de que él tenia la intención de arrebatarle el trabajo por el que Esmeralda tanto estaba luchando? No entendía por qué, pero no podía negar el insoportable vacío que llevaba sintiendo desde el momento en el que ella se marchó.

Dos días más tarde, seguía sin saber cómo arreglarlo.

–No estoy de humor, hermanito. La reunión con el consejo es en dos horas y aún no tengo ni idea de lo que va a ocurrir. Además, sea cual sea el resultado, no voy a ganar. O me quedo con el trabajo y ella me odia o se lo queda ella y yo tengo que volver a empezar.

–Bueno, volver a empezar siendo el dueño del veinticinco por ciento de Sambrano no es un mal comienzo. Además, el consejo nunca te dejará ir. Eso ya lo sabes. En estos momentos posees un cuarto de esta empresa, Rodrigo. A ver si se te mete en la cabeza. Tenías medios y recursos para reunir doscientos millones de dólares en un día. Eres dueño de parte de todo esto. Ya no eres un empleado, sino un accionista.

Rodrigo escuchó las palabras de su hermano, pero siguió sin sentir nada. Había encontrado el modo de controlar a Carmelina y difuminar su poder sobre el futuro de Sambrano, pero ni siquiera podía disfrutarlo. En el proceso, había arruinado todo lo que tenía con la mujer que amaba. Por fin podía decirlo en voz alta. Ya no iba a ocultarse de la verdad. Su amor por Esmeralda era la mayor verdad de su vida. Solo porque había decidido ignorarlo durante diez años no se convertía en una verdad menos irrefutable.

–Esme sabe lo que ocurrió con su madre hace diez años –le dijo a su hermano.

–Mierda… –susurró Marquito. Él estaba en la universidad cuando ocurrió todo, pero, a lo largo de los años, su madre había hablado al respecto–. Supongo que no se lo tomó muy bien.

–Podríamos decir que no –comentó mientras se levantaba para sacar una botella del minifrigorífico que tenía en su despacho–. Me acusó de no confiar en ella. Entonces, le dije que la amaba y siguió gritándome. Y, por último, me dijo que no la trataba como a una igual y que yo me iba a morir solo.

Sabía que estaba siendo injusto, pero se sentía dolido. Una vez más, sentía que lo había perdido todo por tratar de hacer lo correcto.

–Me dijo que tenía complejo de mártir –musitó. Entonces, levantó la cabeza cuando escuchó que Marquito se atragantaba con el café que estaba tomando–. ¿Estás de acuerdo con eso?

–Bueno, no anda del todo desencaminada…

—Por supuesto que no. ¿De quién estamos hablando ahora?

La voz de Jimena resonó en el despacho cuando entró por la puerta.

El hermano de Rodrigo, el muy traidor, sonrió a Jimena y señaló al interpelado con la taza de café.

—Esmeralda parece haberle regalado a mi hermano unas verdades duras antes de decirle que se ponga las pilas.

—Ah…

Jimena respondió en un tono de voz con el que parecía querer decir que ya iba siendo hora de que alguien lo hiciera.

—Bueno, ¿habéis venido a ayudarme o a echarme sal en las heridas?

—¿Has oído tú también lo que yo acabo de escuchar, Marquito? —le preguntó Jimena mientras se agarraba el pecho con gesto dramático—. ¿Acaba de pedir ayuda nuestro lobo solitario?

A Rodrigo no le hizo ninguna gracia la broma.

—Pido ayuda, maldita sea —afirmó apretando los dientes—. ¿A los dos os parece que es una broma? La mujer a la que amo piensa que yo elegiría un trabajo por encima de ella. Todo el mundo piensa que soy una especie de robot egoísta y hambriento de poder. Y yo no sé por qué es todo eso —añadió. Estaba mirando por la ventana, admirando la imagen de Central Park, una de las vistas más codiciadas del mundo. Sin embargo, en aquellos momentos, se sentía totalmente vacío—. Tal vez Carmelina tenía razón y vendí mi alma por esto….

—Carmelina nunca tiene razón —afirmó secamente Jimena mientras Marquito asentía—. Rodrigo, durante dieciséis años trabajaste en la sombra para un hombre brillante, pero que tenía muchas carencias. Él te quería, pero tendía a tratar muy mal a la gente que quería. Eso significa que, en primer lugar, necesitas un psicólogo inmediatamente y, en segundo lugar, tienes que decidir qué es lo que quieres. La novedad ahora es que puedes hacerlo. Puedes marcharte de aquí en este mismo instante y lo harías como un hombre rico, con un currículum y una serie de habilidades que solo tienen unas pocas personas en el mundo. Creo que, si se supiera que eres un hombre libre, al menos cinco cadenas te pedirían que pusieras precio para poder trabajar con ellos.

—No es tan sencillo…

—Sí que lo es —insistió Jimena—. Amigo mío, has llegado a un momento en tu vida en el que, tanto profesional como económicamente, no tienes nada de lo que preocuparte. Puedes elegir.

Rodrigo sabía que Jimena tenía razón, pero la verdad era que no quería abandonar Sambrano. Su lealtad con la empresa era inquebrantable.

—Quiero quedarme aquí. Por fin este es mi momento. Después de todo este tiempo, puedo hacer lo que siempre he querido con el estudio —afirmó. Pensó en el viejo informe que Esmeralda había encontrado, en las ideas que había tenido y que nunca habían visto la luz. Pensó en el modo en el que Esmeralda había entendido claramente su mensaje. Trabajaban bien juntos. Serían un equipo fantástico.

—Tengo proyectos que quiero llevar a cabo. Tengo cosas que necesito hacer. Quiero quedarme.

—¿Y qué más quieres? —le preguntó Marquito con una sonrisa.

—La quiero a ella a mi lado…

No tuvo que especificar a quién se refería. Los dos lo sabían perfectamente.

–En ese caso, ve a por ella –le recriminó Jimena–. Y no decidas sobre lo que crees que es una buena idea sin decírselo. Esa costumbre es la que no hace más que meterte en líos.

–De verdad os estáis aprovechando de que, en estos momentos, estoy algo bajo de ánimo para hacerme objeto de todas vuestras puyas, ¿verdad?

Jimena respondió con una sonrisa.

Un plan empezó a formarse en la cabeza de Rodrigo. El corazón se le alegró ante las posibilidades y sonrió cuando un pensamiento comenzó a cobrar forma. Tal vez tenía la solución para que Esmeralda y él pudieran estar juntos al mando de Sambrano. Solo tenía que convencerla de que estaban mejor juntos que separados, tanto en los negocios como en el amor.

–*Mija,* ¿te estás ocultando de mí? –le preguntó Ivelisse a Esmeralda, justo cuando esta estaba tratando de salir del apartamento antes de que su madre se despertara.

–No, mami –mintió, mientras se inclinaba sobre su madre para darle un beso en la mejilla.

–Anoche te estuve esperando hasta casi la medianoche.

–Estuve repasando mi presentación –dijo mientras su madre la estudiaba, consciente de que había mucho más que la presentación.

–Nunca me dijiste cómo terminaron las cosas. Solo me enviaste un mensaje para decirme que Rodrigo no estaba tratando de echarte y que estabas bien. Y ayer estuviste desaparecida en combate todo el día.

Ivelisse extendió la mano para colocarle suavemente los delgados aros que llevaba en las orejas y que habían sido regalo de Rodrigo el día que cumplió veintiún años. Siempre se los ponía para que le dieran suerte.

—Dime, *mija*.

—Se puede decir que Rodrigo y yo más o menos…

Una carcajada de Ivelisse sacó a Esmeralda de sus avergonzados pensamientos.

—¡Ay, *mija*! Si no me lo hubiera imaginado ya después de que llegaras casi al alba el día después de esa fiesta, lo habría confirmado el día en el que estuvo aquí. A los dos siempre se os ha dado muy mal ocultar lo que sentís el uno por el otro.

—Bueno, pues se ha terminado.

Se marchó después de la horrible reunión con Rodrigo y se fue directamente a su despacho. De hecho, había permanecido allí todo lo posible desde entonces. Había preferido no ir a casa mucho para no tener que responder las preguntas de su madre. Sin embargo, a pesar de que habían cambiado el día de su presentación, estaba preparada, en parte gracias a Rodrigo. Las imágenes que él le había proporcionado le habían dado la idea definitiva para su plan y las conversaciones que habían tenido desde entonces lo habían cimentado. A pesar de las muchas desilusiones y contratiempos que había tenido en los años que llevaba trabajando para Sambrano, Rodrigo seguía creyendo en la empresa. Creía en su misión y Esmeralda compartía su visión. Veía claramente el camino a seguir y esperaba poder ser partícipe en su realización.

Además, estaban los complicados sentimientos que tenía por Rodrigo.

Le había costado mucho alejarse de él después de

que pronunciara las palabras que Esmeralda había creído que jamás volvería a oír. Sin embargo, Rodrigo era incapaz de desligar su sentido de la obligación y la lealtad a su padre de lo que sentía por ella. Esmeralda lo amaba, pero no podía estar con un hombre que no pudiera ser vulnerable. Un hombre que no confiara en ella, que no la tratara como a una igual. Se merecía a alguien que pudiera ver en ella a la personas que los complementaba a ambos, que la considerara esencial para la vida en común.

Su padre le había dado la espalda porque no encajaba en la imagen de familia que quedaría mostrarle al mundo. Rodrigo se había alejado de ella porque se había sentido destrozado por las opciones que tenía. Aunque ella comprendiera sus razones, sentía que podría haberle dicho la verdad. Podría haber confiado que ella era lo suficientemente fuerte como para soportarlo. Sin embargo, había decidido apartarla de su vida.

Era la historia de su vida, la mujer que nunca encajaba del todo. Y estaba harta. Quería estar con alguien para quien fuera esencial, alguien que la creyera fundamental. Se lo merecía.

–Por supuesto que no se ha terminado –afirmó Ivelisse sacándola de sus pensamientos–. Los dos estáis locos el uno por el otro –añadió chascando la lengua. Entonces, le tomó la mano y la llevó a la cocina–. Ven, te he preparado el desayuno.

–Mami, no tengo tiempo para desayunos. Tengo que conseguir que mi presentación sea perfecta. Esas personas están buscando la excusa para echarme. No voy a dársela presentándome tarde.

–Tienes que comer, Esmeralda. Y tienes que dejar de pensar que ese no es tu sitio. Tu padre… –susurró, mientras cerraba los ojos un instante–, tu padre era un hombre que nunca aprendió a quererse. Tu padre, a pesar de todo, construyó un imperio de la nada. Tenía una mente inteligente, valiente… Era un visionario. Tú me recuerdas a él en ese sentido. Sin embargo, nunca pudo sacudirse los demonios de su pasado. Nunca dejó que nadie se acercara lo suficiente. Ni yo, ni su esposa, ni sus hijos… Tenía tanto miedo de perder lo que tenía, que nunca se permitió disfrutarlo. Sin embargo, eso no tiene nada que ver contigo y con tu derecho a estar allí. Patricio cometió muchos errores en su vida, pero creo que lo que hizo con su testamento fue su manera de tratar de enmendarlos.

–No, porque nos ha enfrentado a Rodrigo y a mí. No creo que eso sea justo para ninguno de lo dos.

–Os ha forzado a estar juntos –comentó Ivelisse. Esmeralda se tomó un momento para pensarlo antes de que su madre siguiera hablando–. Patricio podría ser un verdadero imbécil, cruel incluso, pero raramente tomaba decisiones erróneas para su negocio.

–No sé cómo va a terminar todo esto, mamá…

–Tú ya tienes un sitio en ese consejo. Eres una Sambrano, tanto si están de acuerdo como si no. Tienes los medios para forjar tu propio camino, *mija*. Si no quieres las acciones, véndelas. Empieza tu propia empresa. Si por el contrario quieres quedarte, no dejes que nadie te lo arrebate.

–Si yo consigo el puesto de directora ejecutiva, Rodrigo tendrá que marcharse…

–Eso es algo que los dos tendréis que solucionar juntos.

–Yo le dije que se había terminado.

–En ese caso, vuelve allí y dile que te habías equivocado –afirmó su madre antes de darle un fuerte abrazo–. Dile que tenías miedo, que quieres volver a intentarlo. Rodrigo no es tu padre, cielo. No es perfecto, pero es legal y no abandona a los que quiere. Tal vez lo que necesita es oír que tú vas a apoyarlo a él también. Pero primero, desayuna.

Esme se sentó para tomarse un bol de cereales con canela y ralladura de limón en el que su madre estaba echando la leche y decidió que seguiría su consejo.

# Capítulo Diecinueve

–Tengo que hablar contigo.

Los dos pronunciaron las mismas palabras al unísono. Rodrigo acababa de entrar en el despacho de Esmeralda. Llevaba esperando a que ella llegara casi una hora. La reunión con el consejo era a mediodía y, desde la conversación que tuvo con Marquito y Jimena, no había hecho otra cosa más que repasar los detalles de cómo podía mantener su trabajo y quedarse también con la mujer a la que amaba. En aquellos momentos eran las once. Faltaba una hora para que los destinos de ambos se decidieran, pero Rodrigo estaba totalmente seguro de haber encontrado la solución.

–No quiero que ninguno de los dos pierda en esto, Rodrigo –dijo ella con determinación. Si Esmeralda estaba de acuerdo con lo que él iba a proponerle, los dos podrían salir de la sala de juntas haciendo frente común.

–Yo tampoco. Los dos nos merecemos esta oportunidad y creo que tengo la manera de que funcione. Sin embargo, primero tengo que decirte algo.

–No tienes por qué, Rodrigo. Yo…

–Por favor, Joya. Deja que te diga esto –suplicó–. Hay algo que debería haberte dicho sobre lo que ocurrió en esa reunión con Global Networks. Lo que hice, no fue por mí, por Sambrano y ni siquiera por ti. Lo hice por nosotros. Mi amor.

Aquellas dos palabras… Salieron de sus labios con tanta naturalidad como si llevaran años en la punta de la lengua y sintieran la necesidad de que se las pronunciara.

–Durante todos estos años, perdí la pasión por el trabajo. Me he quedado en Sambrano porque no se me ocurría otra cosa que hacer. Sin embargo, en los días que tú has estado aquí… –susurró mientras agarraba las manos a Esmeralda y se las llevaba al pecho–, me has recordado las razones por las que me enamoré de este negocio, por las que no me pude marchar cuando dudé de mi capacidad para seguir enfrentándome a intrigas y confabulaciones. Ahora sé por qué.

–¿Por qué? –preguntó Esmeralda mientras se apretaba suavemente contra él.

–Necesitaba una compañera. Alguien que compartiera mi visión de esta empresa. Alguien que comprenda lo que los estudios pueden llegar a ser. Te estaba esperando a ti.

Rodrigo vio que los ojos de Esmeralda se llenaban de lágrimas. Sin embargo, en sus labios había una sonrisa, porque la llama de la esperanza se le prendió en el pecho.

–Creo que los dos deberíamos dirigir Sambrano Studios –añadió por fin. La sonrisa de Esmeralda se hizo más amplia.

–¿Los dos? Pero el consejo dijo que iban a escoger y que solo una persona se quedaría con el puesto.

–Vamos a dividir el puesto. Una misma persona no tiene por qué ostentar el puesto de presidente y de director ejecutivo. El director ejecutivo es quien se ocupa de las operaciones, quien controla el negocio. Eso lo puedo hacer yo, dado que lo he estado haciendo. Sin embargo, el puesto de presidente tiene que ver con la visión, sobre lo de controlar la imagen que proyectamos. Y esa eres tú, Esmeralda.

Ella frunció el ceño como si estuviera considerando aquella propuesta. Rodrigo sabía que aquello significaría pedirle a Esmeralda que confiara en él. De repente, ella se apartó de él, pero la expresión de su rostro no indicaba hostilidad. Solo estaba pensando.

Cuando Esmeralda lo miró por fin, había brillo en sus hermosos ojos del color del whisky, un brillo que Rodrigo no había visto desde hacía una eternidad. Aquel día había abandonado el traje para ponerse un vestido verde, que era mucho más ella. Además de darle un aspecto muy profesional, destacaba cada curva de su cuerpo. A Rodrigo tampoco se le pasó por algo que ella se había puesto los pendientes que él le había regalado.

—Ante de que acceda a nada, hay algunas cosas que tengo que dejar muy claras, Rodrigo. Una, no pienso tener que acatar tus decisiones. Los dos tendremos la misma autoridad.

—Por supuesto.

—Dos, tendré opiniones y tendré planes. Algunos serán diferentes a los tuyos, por lo que tendremos que encontrar la manera de hallar un compromiso y decidir qué es lo mejor para la empresa.

—Una sociedad —afirmó él. El corazón le latía con fuerza en el pecho. No quería hacerse ilusiones, pero le estaba resultando muy difícil contenerse. Se sentía muy cerca de conseguir todo lo que había deseado.

—Me niego a ser solo alguien apellidado Sambrano a quien sacas de vez en cuando para que nos hagan fotos juntos.

–De ninguna manera. Tu despacho estará frente al mío y espero que estés ahí todos los días para que me ayudes a construir una cadena de la que los dos nos podamos sentir orgullosos –dijo él. Volvió a tomar la mano de Esmeralda y tiró suavemente de ella.

–¿Estás dispuesto a tener una reducción de sueldo?

–Ganar la mitad de lo que gano ahora no me resultará difícil, mi vida…

Tomó a Esmeralda entre sus brazos y la estrechó con fuerza. Sintió que su cuerpo se relajaba contra el suyo. Cálido y suave… perfecto.

–¿Podremos hacerlo? ¿Y si el consejo se opone?

Rodrigo le besó el cabello.

–Al consejo le interesa mantener los valores de la empresa. Cuando vean tu presentación y escuchen nuestro plan, no podrán negarse a ver que esta es la solución más lógica.

–¿Y Carmelina?

–Ha perdido su poder. Ahora somos nosotros los que decidimos lo que ocurre en Sambrano. Los dos juntos tenemos más poder que ella.

Esme lo miró con los ojos brillantes de alegría. Entonces, se levantó hacia él y le dio un beso.

–Quiero que salga bien –susurró contra los labios de Rodrigo.

–Haremos que salga bien. Lo más importante de este plan somos tú y yo.

Juntaron las frentes antes de volver a unir los labios. No tardaron en profundizar el beso. Cada célula del cuerpo de Rodrigo parecía conectarse con la mujer que tenía entre sus brazos, la única persona que podía reconectarle consigo mismo, recodarle lo que siempre había querido ser.

Alguien llamó a la puerta. Esme trató de apartarse de Rodrigo, pero él se lo impidió. Moriría antes de ocultar lo que aquella mujer significaba para él.

–Señor, el consejo los espera –le dijo su asistente antes de marcharse de nuevo discretamente.

–¿Listo? –le preguntó Esmeralda mientras le daba la mano y los dos salían por la puerta–. Me parece que llevamos la mitad de nuestra vida esperando este momento.

–Nuestro futuro nos espera, mi amor. Vamos a reclamarlo –afirmó Rodrigo mientras salía del despacho junto al amor de su vida.

# Epílogo

*Un año más tarde…*

–Hmm… me encanta empezar así la semana laboral –gimió Esmeralda mientras Rodrigo depositaba besos por su cuerpo, separando los labios para poder lamer la acalorada piel.

–Técnicamente, hoy tenemos el día libre, amor. Día de viaje –le recordó él mientras aspiraba un duro pezón para chupárselo con fruición…

–Sí…

Se suponía que iban a volar a Las Vegas dentro de unas horas. Les esperaba una semana muy importante, por lo que Esme estaba algo nerviosa. Sin embargo, las manos y los labios de Rodrigo tenían el poder hacer que todo pareciera inconsecuente, en especial cuando la boca se acercaba al centro de su feminidad. Ella vibraba de necesidad. El deseo se tensaba dentro de ella hasta que temblaba.

–Vaya… aquí está… –murmuró él mientras la exploraba con los dedos. Deslizó la lengua rápidamente sobre el clítoris, haciéndola gritar de placer–. Me encanta cuando gritas así, mi vida… –añadió en voz baja, sensual, mientras provocaba en ella un frenesí lamiéndola y chupándola.

–Te necesito… –suplicó ella abriendo las piernas para dejarle sitio suficiente. Rodrigo no tardó en des-

153

lizarse por encima de su cuerpo, con el miembro en la mano, dispuesto para penetrarla.

–¿Es esto lo que quieres? –gruñó Rodrigo mientras apretaba ligeramente con la punta.

Esmeralda gimió de placer.

–Sí, pero todo… todo entero, cielo… por favor…

–Te amo…

Se hundió en ella lentamente. Era un hombre bien dotado e incluso cuando Esmeralda estaba ardiendo de deseo, ella necesitaba tiempo para acogerle en su cuerpo por completo. En ocasiones, quería que el sexo fuera lento, dulce, y Rodrigo se lo concedía. La mantenía a punto de alcanzar el clímax, dándole placer una y otra vez durante horas. Sin embargo, aquella mañana, Esmeralda quería que el coito fuera rápido y duro. Rodrigo parecía saber siempre lo que ella deseaba. Se hundió por completo en ella en un par de envites, llenándola por completo…

–Eres perfecta –susurró mientras empezaba a moverse dentro de ella, moviendo en círculo las caderas tal y como a ella le excitaba más.

–Somos perfectos los dos juntos –respondió ella, con la respiración entrecortada por los movimientos de su cuerpo, que se erguía para recibir más profundamente al de Rodrigo.

Hacía un año, los dos se unieron para empezar a construir la vida que ella siempre había deseado. Eran verdaderos socios en todo, incluso en casa.

–¿Dónde estás, cielo? ¿Es que no estoy haciendo lo suficiente para mantener tu atención? –bromeó. Le metió a Esmeralda un dedo en la boca y sintió que ella se humedecía aún más–. Mójamelo, cielo…

Esmeralda tembló y dejó escapar un profundo suspiro antes de chuparle el dedo como Rodrigo le había pedido. Cuando él quedó satisfecho, bajó la mano y comenzó a acariciarle el clítoris exactamente como sabía que a ella le gustaba. En cuestión de frenéticos segundos, el placer se apoderó del cuerpo de esmeralda. Rodrigo dobló sus esfuerzos y se hundió en ella con fuerza, repetidamente y sin piedad. No tardó mucho en tensarse y dejar escapar un grito cuando su propio orgasmo se apoderó de él.

Entonces, la tomó en brazos como si ella fuera algo muy valioso. Esmeralda se acurrucó contra su cuerpo y se maravilló una vez más lo diferente que era su vida desde hacía un año. Después de que entraran en la sala de juntas y le presentaran al consejo su plan, todo parecía haber empezado a ocupar su lugar, como si el destino hubiera estado esperando que los dos por fin comprendieran lo que tenían que hacer.

El consejo aprobó lo que ellos propusieron y les pareció la solución ideal. Los dos empezaron a trabajar en lo que se había convertido en una maravillosa aventura. El mes anterior se habían mudado a una casa en el Upper East Side que compraron juntos y en cuya habitación principal estaban en aquellos momentos. Esmeralda tenía todo lo que había soñado siempre, incluso el hombre que le había robado el corazón cuando cumplió veintiún años.

Un beso en la sien la sacó de sus pensamientos.

–¿En qué estás pensando?

–En lo feliz que soy y en lo nerviosa que estoy por la semana que nos espera.

–No hay por qué…

Rodrigo volvió a besarla, más profundamente en aquella ocasión, mientras la movía para colocarla encima de él. Esmeralda sabía que él tenía razón, pero seguía sintiéndose nerviosa. Aquel día iban a acudir al International Broadcasters Trade Show en el que Sambrano Studios iba a presentar su nuevo producto: un servicio de *streaming* con otras cuatro cadenas que solo produciría contenido latino. Canales de cocina, viajes, historia, música y películas para celebrar la cultura latina desde México hasta Argentina. Rodrigo y el consejo le habían dejado llevar a cabo su sueño y, en aquellos momentos, estaban listos para hacerlo público.

–Espero que al público le guste.

–Es estupendo –susurró él mientras le hacía bajar la cabeza para besarla–. Tú eres estupenda. Esto va a poner a la marca Sambrano a otro nivel. Tú eres lo que necesitábamos. Tú eres lo que yo necesitaba. El futuro nos sonríe, mi cielo. Y yo me muero de ganas por pasarlo contigo.

–Te amo… –dijo Esmeralda. Los ojos se le llenaron de lágrimas de felicidad mientras dejaba que el hombre al que amaba la estrechara entre sus brazos.

# DESEO

# ADRIANA HERRERA

## EN EL CORAZÓN DE LA TORMENTA

# *Capítulo Uno*

–Me aburre hacer siempre el mismo personaje –musitó Gael Montez mientras hojeaba el guion que Manolo, su mánager y tío, le había pedido que revisara–. ¿No puedo hacer otro tipo de personaje que no sea el tío de una etnia ambigua en una producción de superhéroes?

–El papel del tío de etnia ambigua en franquicias multimillonarias sirve muy bien para ganarse la vida –le sermoneó Manolo, con un tono de voz que provocó que Gael rechinara los dientes–. El dinero del *Escuadrón del Espacio* no es algo que se deba rechazar, *mijo*. Y este papel te mantiene entre los personajes más destacados. Estás de mal humor por la época del año que es.

Manolo levantó su copa de champán para indicarle lo quería a la azafata del vuelo privado en el que se encontraban. Gael apartó la mirada. Le enojaba que su tío tuviera razón en todos los sentidos. Su participación en el reparto de una de las franquicias cinematográficas más populares era un trabajo de ensueño para cualquiera. Y, efectivamente, él odiaba la Navidad.

Bueno, en realidad no la odiaba exactamente. Simplemente le evocaba recuerdos que prefería olvidar. Cuando aterrizaran, tendría que mostrar su rostro más amable porque no quería amargarle a su madre su festividad favorita, sobre todo después del año que ella había tenido.

—No estoy de humor.

El comentario le reportó las burlas de su hermana Gabi.

—Siempre estás de mal humor en diciembre, señor Grinch.

Gael le mostró los dientes a su hermana.

—Estoy cansado –suspiró él. Y así era. Cansado, agotado de una manera que había empezado a preocuparle. Llevaba prácticamente un año sin sentir nada. Hacía su trabajo y lo hacía bien, pero, desde hacía un tiempo, le resultaba imposible emocionarse con nada. Tal vez estaba quemado. Desde el papel que marcó el inicio de su éxito en una aclamada serie de televisión hacía ya cinco años, llevaba trabajando sin interrupción. Las ofertas llegaban una detrás de otra sin parar y Gael, como había crecido junto a una madre soltera a la que en ocasiones le había costado poner comida sobre la mesa, no podía rechazar ninguna de ellas. Ni siquiera recordaba la última vez que se había tomado unos días de vacaciones en los que básicamente no hiciera nada. Tal vez, efectivamente, necesitaba un descanso.

El calendario de la producción del último episodio del *Escuadrón del Espacio*, en el que Gael hacía del tipo marrón con superpoderes, les permitía unos días de descanso durante las Navidades. Por eso Gael, Gabi y su tío iban desde Los Ángeles a la casa que tenía en los Hamptons en la que iban a pasar las Navidades con su madre y el resto de la familia. Estaba deseando no tener que estar frente a las cámaras.

No era un hombre desagradecido. Sabía la suerte que tenía por haber llegado hasta donde se encontraba en aquellos momentos. No hacía falta estar mucho tiempo en Hollywood para darse cuenta de que no había muchos otros actores latinos, y mucho menos que formaran parte de una de las franquicias cinematográficas de la industria. En teoría, estaba viviendo su sueño. Su perfil crecía con cada una de las películas en las que participaba y lo más importante era que podía cuidar de toda su familia.

Sin embargo, tras cinco años de una película tras otra en las que su cultura no tenía peso alguno y en las que sus raíces eran como una especie de nota al pie de página sin ningún tipo de relevancia, anhelaba poder aceptar un proyecto que mostrara un lado diferente de él.

—No me interesa, Manolo.

—¿Has visto qué es lo que te ofrecen para empezar? Es más de lo que estás ganando con las películas del *Escuadrón del Espacio* y, además, tendrías el papel protagonista y participarías en la producción ejecutiva. Es una oportunidad excelente.

—Nunca he oído hablar de esta productora, de los guionistas o del director. A mí me parece que no son más que un puñado de caraduras tratando de ganar dinerito por la popularidad de las franquicias de Marvel.

El comentario vino de Gabi, su hermana, que llevaba tres años trabajando como publicista de Gael. Era una excelente profesional y tenía un estupendo ojo para decidir en que merecía la pena que Gael gastara su tiempo y en qué no.

—Gabi, te agradezco mucho tu opinión, pero llevo haciendo esto algo más tiempo que tú. Llevo trabajando para tu hermano desde que nadie le concedía ni siquiera una audición.

Gael frunció el ceño al escuchar el duro tono de la voz de Manolo. Adoraba a su tío y le estaba muy agradecido por el apoyo que le había dado a lo largo de los años. Había estado a su lado sin fisuras. Sin embargo, en ocasiones, Manolo se comportaba como si la habilidad y el talento de Gael fueran algo inconsecuente. Como si no hubiera sido Gael el que se había partido la espalda trabajando en dos sitios mientras asistía la escuela de arte dramático o como si no hubiera sido él quien hubiera ido de audición en audición desde que tenía dieciocho años hasta que por fin el éxito llamó a su puerta el último año de clases. Y eso no se lo debía a Manolo. Eso había sido por… En realidad, no era algo que Gael no quería revivir, sobre todo si quería presentarse ante su madre de mejor humor.

Gael ignoró las miradas que Manolo y su hermana estaban intercambiando y, mientras señalaba el montón de guiones que debía revisar, le preguntó a Gabi:

–¿Qué proyecto crees que debería hacer a continuación?

–Ninguno de ese montón –replicó Gabi–. Gael, en estos momentos te encuentras en un buen momento de tu carrera. Te puedes permitir un proyecto que verdaderamente te apasione, hermano.

Aquellas palabras tuvieron como respuesta un gruñido de desaprobación por parte de Manolo que Gabi decidió ignorar por completo.

Aquel día, ella estaba vestida de un modo más informal. Sus habituales trajes de diseño se habían visto reemplazados por unas deportivas de Gucci y un chándal de Prada, lo que, sin ninguna duda, significaba para ella vestirse mucho más informalmente. Gael y ella eran gemelos, pero sin duda Gabi se parecía mucho más a su madre. Era de baja estatura y con una silueta rotunda, mientras que Gael era alto y fibroso. Él había heredado la piel bronceada y los ojos verdes de su padre, como también su altura. Gael medía bastante más de un metro ochenta y se aseguraba de mantener la forma física que lo había encumbrado como galán de Hollywood. Después de todo, formaba parte de su trabajo. Como su madre decía siempre, si no hubiera logrado hacerse un hueco en el mundo de la actuación, podría haberlo hecho en la línea defensiva de cualquier equipo de la NFL.

Lo que a Gabi le faltaba en estatura, lo compensaba con su personalidad. Además, casi nunca se equivocaba en lo que Gael debería hacer para empujar su carrera en la dirección adecuada. Tanto si a Manolo le gustaba como si no, Gabi tenía instinto.

En la familia, siempre habían bromeado con que Gabi había nacido con una agenda en una mano y un iPhone en la otra. Gabi trabajaba duro y estaba siempre al tanto de lo que ocurría en la industria. Manolo se centraba más en el lado financiero, en lo que mantenía a la familia segura económicamente. Los dos adoraban sus trabajos y, francamente, estos dependían mucho de que Gael siguiera recibiendo llamadas.

Eso significaba que, en último lugar, era él quien tomaba las decisiones que le garantizaban la estabilidad y la seguridad a los suyos. Gael pensaba que era feliz así, pero, en el último año, había empezado a perder empuje. Aceptar todas las ofertas que recibía estaba matando la pasión que sentía por su trabajo. Necesitaba algo que le ayudara a encender de nuevo la llama que siempre había sentido por la interpretación.

–¿Me has oído, Gael?

La voz de Gabi lo sacó de sus pensamientos.

–Perdona, ¿qué me decías?

Ella lo miró con reprobación.

—Se dice que Violeta Torrijos acaba de firmar una serie de época sobre Francisco Ríos y su esposa. Va sobre la época que pasaron en Harvard.

Gael prestó atención inmediatamente al escuchar el nombre del libertador portorriqueño, que era uno de sus héroes.

—Aún están buscando al actor que represente el papel principal —añadió Gabi con una sonrisa al ver que su hermano se incorporaba en el asiento. Aquel detalle acababa de sacarlo del estado de ensimismamiento en el que había estado hasta hacía unos segundos.

—No, eso no. Ya les he dicho que ese papel no es adecuado para ti y… —protestó Manolo, pero se interrumpió al ver que Gael levantaba la mano.

—Espera, tío —le espetó él, enojado de que Manolo no le hubiera informado de un proyecto así—. Cuéntamelo todo, Gabi.

Gabi sonrió gélidamente a su tío y luego inclinó la cabeza para buscar en su teléfono móvil.

—Se llama *El amor del Libertador*. El creador es Pedro Galvañes.

Buena señal. El nombre de Galvañes en un proyecto significaba normalmente que este levantaría mucha expectación.

—Han elegido a Jasmine Lin Rodríguez para el papel de Claudia Mieses.

Gabi le estaba informando sin levantar los ojos de la pantalla del móvil. Aquella selección era buena señal también. Gael sintió una profunda excitación. Conocía a Jasmine y sabía que ella siempre elegía bien sus proyectos.

Se reclinó sobre el asiento para considerar la información que acababa de darle su hermana. Era muy interesante. Una serie sobre Francisco Ríos, el líder de la independencia de Puerto Rico. Un proyecto de ensueño. Ríos había llevado una vida extraordinaria. Se había graduado en Derecho por la universidad de Harvard en 1921 y fue el primer portorriqueño en conseguirlo. Mientras estudiaba allí, conoció a Claudia Mieses, una bioquímica peruana. Ella fue la primera latina en ser aceptada en el Radcliffe College, por lo que era una mujer importante por derecho propio. Gael siempre había pensado que su historia de amor era legendaria. Y que la vida de Ríos merecía ser contada. Formar parte de un proyecto tan importante para la pantalla grande era un sueño, la oportunidad que lo había empujado a querer ser actor en un principio.

—Quiero hacerlo —afirmó por fin. Sentía una emoción que no había experimentado hacía meses—. ¿Con quién hay que hablar?

Su hermana frunció el ceño. Cuando miró a Manolo, Gael vio que su tío tenía en el rostro una expresión de satisfacción.

—El estudio que va a producir la serie es Sambrano —se apresuró a decir Gabi, como si quisiera acallar a su tío antes de que él pudiera decir palabra. No era de extrañar que Manolo estuviera sonriendo. Gael sintió como si una bola de plomo lo atravesara por completo. Tenía la piel acalorada. El apellido Sambrano ejercía aún ese efecto en él después de tantos años.

—Cuéntale quién está a cargo del reparto, Gabriela —le ordenó Manolo. Parecía encantado consigo mismo, por lo que Gael dedujo que tenía que ser la persona que él sospechaba.

Gabi parecía incómoda. Miraba a todas partes menos a Gael.

–Perla Sambrano está haciendo las audiciones.

Como era de esperar, Gael sintió que la sangre se le helaba en la venas al oír el nombre de su exnovia. Perla Sambrano era alguien en quien él se esforzaba mucho en no pensar.

–Ahora está trabajando para los estudios –añadió Gabi sacándolo de sus pensamientos–. Es la nueva encargada de los cástines y de las nuevas adquisiciones para la empresa.

El tono de voz de Gabi estaba impregnado de recriminación. Perla Sambrano había sido la causa de la única vez que había dejado de hablar a Gael.

–No sé si es el proyecto adecuado –dijo él tratando de aplacar la incomodidad que había empezado a sentir en el pecho. Miró a su hermana, esperando que ella retomara los argumentos de antaño. Sin embargo, ella se limitó a devolverle la mirada con la desilusión escrita en el rostro–. Esto es imposible, Gabi –le dijo a su hermana antes de apartar la mirada. Observó a su tío y sintió una profunda irritación al ver la sonrisa de satisfacción que había en su rostro–. Y estos tampoco van a funcionar –añadió indicándole a su tío el montón de guiones–. Hay que seguir buscando.

La sonrisa de Manolo se desvaneció. Gael decidió que él no estaba allí para complacer a nadie.

Gabi asintió. Abrió la boca como si fuera a decir algo, pero pareció arrepentirse. Gael se centró en el libro que había estado leyendo y trató de no pensar ni en Perla ni en el proyecto. No tenía por costumbre dejarse llevar por historias ya pasadas.

***

–¿De verdad no te importa hacer esto? –le preguntó a Perla su hermana mayor. La cálida sonrisa de Esmeralda siempre lograba calmarla, incluso si la veía a través de la pantalla de su ordenador.

–Por supuesto que no me importa –respondió Perla. En realidad, no podía culpar a Esmeralda por tener ciertas dudas. Un año antes, nadie, ni siquiera Perla, habría creído que estaría lista para realizar una conferencia a las siete de la mañana del sábado antes de Navidad. Sin embargo, allí estaba.

Habían ocurrido muchas cosas en los últimos doce meses. En primer lugar, Esmeralda, su medio hermana, se había puesto al mando de Sambrano Studios, el imperio televisivo que Patricio, el padre de ambas, había creado. Todo el mundo había esperado que dicho imperio pasara a manos de Perla y de su hermano, que eran los hijos legítimos de Patricio. Sin embargo, el patriarca de los Sambrano había sorprendido a todo el mundo con su último deseo antes de morir. Quería que Esmeralda, la hija que había tenido fuera del matrimonio, se hiciera cargo de su empresa. Como resultado, Perla había ganado una relación consolidada con su hermana después de años de distanciamiento.

Al contrario que su madre y su hermano, Perla no renegaba de su hermana por el puesto que esta había conseguido. Ella nunca había deseado tener tanta responsabilidad. En realidad, hasta hacía diez meses, cuando Esmeralda se puso en contacto con ella con la esperanza de retomar su relación, Perla había creído que jamás volvería a poner un pie en la empresa. Incluso había vendido sus acciones para asegurarse de que no tendría que volver a sentarse en una reunión de la junta directiva en lo que le quedara de vida. Sin embargo, la calidez y la pasión de Esmeralda por mantener el legado de la familia vivo había encendido la llama en Perla. Y, como resultado, era la directora de reparto y de búsqueda de nuevos talentos para Sambrano Studios.

—Perlita… —le dijo la suave voz de su hermana sacándola de sus pensamientos. Cuando miró a la pantalla, vio a Rodrigo Almanzar, el prometido de Esmeralda, el director gerente de Sambrano Studios. Estaban sentados el uno junto al otro. Se habían convertido en una pareja muy poderosa dentro de la industria, pero la química entre ambos no se reservaba solo para el ambiente de trabajo. Esmeralda y Rodrigo eran la personificación perfecta de los compañeros de alma. Bastaba con verlos juntos para saber que estaban hechos el uno para el otro. Perla experimentaba un cierto anhelo por poder alcanzar con alguien aquel tipo de conexión.

—Estoy lista —le aseguró Perla a su hermana.

—Y después de esto, no se trabaja más —afirmó Esmeralda haciendo que Perla sonriera

Perla no lo admitiría nunca ante nadie, pero le gustaba tener por fin una familia que se preocupaba por ella sin hacerle sentir como a una niña.

Carmelina, su madre, siempre se había mostrado excesivamente protectora, constantemente, hacía que Perla se sintiera inútil. Esmeralda, por el contrario, la trataba como si fuera una adulta, como una mujer competente que era capaz de aceptar responsabilidades. Y mucho más que eso, Esmeralda le hacía sentir que su presencia importaba y que valoraba su opinión.

—En ese caso, sigamos con esta reunión —afirmó Perla.

Iban a hacer una reunión *online* con el productor y el director de una serie nueva que tenían en proyecto.

Las conversaciones empezaron bien, y en poco tiempo, llegó el turno de Perla para hacer preguntas sobre el reparto.

–Pedro, sé que tienes grandes vínculos con un importante actor latino –afirmó Perla. Pedro Galvañes era una leyenda y también muy presumido, lo que el mismo Pedro confirmó con una sonrisa al escuchar el cumplido.

–Sabemos lo que queremos –afirmó Galvañes–. Violeta prácticamente tiene confirmada a Jasmine Lin Rodríguez para el papel de Carla Mieses.

–Eso es maravilloso. Es perfecta para el papel –respondió Perla, incapaz de contener su emoción.

–Sí que lo es –comentó Violeta–. Por eso, necesitamos a alguien que tenga la misma presencia escénica que ella. Francisco Ríos fue una figura importantísima, por lo que necesitamos un actor que emane ese mismo carisma y poder, pero que también pueda transmitir un halo romántico. Después de todo, se trata del romance entre ambos –concluyó guiñando el ojo, lo que provocó en todos los asistentes a la reunión una sonrisa.

–Sí. Necesitamos un actor de peso para interpretar a Francisco Ríos –observó Perla.

–¿A quién tienes en mente? –le preguntó Rodrigo.

–Queremos a Gael Montez –anunció Violeta. Perla sintió que el corazón le aleteaba como si fuera un pájaro enjaulado, como si la simple mención del nombre turbara el órgano que él tanto había maltratado.

–Montez –dijo Esmeralda. Perla notó el esfuerzo que hacía su hermana por parecer neutral. Una noche, después de demasiadas copas de champán, Perla le había confesado la sórdida historia sobre su novio de la universidad, su primer, y en realidad único, amor.

Una historia en la que se había esforzado mucho para no volver a pensar.

–Es perfecto para el personaje. Es arrebatador como Ríos y tiene mucha fuerza en la pantalla –dijo Pedro antes de que Esme pudiera terminar lo que había estado a punto de decir–. Sin embargo, su gente ni siquiera nos ha devuelto la llamada. El mánager de Montez es duro de pelar. Se ha negado en redondo a pasarle a Montez el guion.

A pesar de los fuertes latidos de su corazón y el zumbido de la sangre en los oídos, Perla escuchó el nombre de Manolo Montez, mánager y tío de Gael. Manolo nunca le había despertado muchas simpatías y ella siempre había sospechado que Manolo había tenido algo que ver en el modo en el que las cosas habían terminado entre Gael y ella hacía seis años. Manolo nunca había escondido la visión que tenía sobre la trayectoria profesional que debía seguir su sobrino, un plan que básicamente era mantener el estatus de Gael como gallina de los huevos de oro para la familia animándole a aceptar los papeles por los que le pagaban más dinero.

Pero cuanto más lo pensaba, más de acuerdo estaba con Pedro y Violeta de que él era el hombre adecuado para el papel. Además, sabía que aquella era la clase de proyecto que le interesaba a Gael. En el pasado, aquel papel habría sido un sueño para él. Como era portorriqueño, ansiaba los papeles que le permitían representar sus raíces.

–Gael es un amigo. Estoy segura de que podré convencerle para que acepte el papel. Le llamaré.

El atónito silencio de Rodrigo y Esmeralda resonó con más fuerza que los vítores de Pedro y Violeta.

Cuando terminaron la videollamada, el pulso de Perla se desbocó al comprender lo que había hecho. Prácticamente les había asegurado que podría conseguir a Gael. Hacía seis años que ni lo veía ni hablaba con él. Seis años desde que él acudió a su apartamento el día de Nochebuena y le dijo que terminaría el último semestre del curso *online* dado que había conseguido un papel en una película. Entonces, la dejó con la excusa de que tenía que centrarse en su carrera.

El dolor de su traición aún nublaba sus recuerdos de aquella horrible noche. En ocasiones, deseaba que aquella misma niebla borrara también los dos años anteriores a ese momento para olvidar lo feliz que había sido con él. Sin embargo, los recuerdos seguían intactos e igual de insidiosos que el dolor de haber perdido a Gael.

–No tienes por qué hacerlo, hermana –dijo Esmeralda sacándola de sus pensamientos–. Llamaré a Violeta y a Pedro y les diré que hay que buscar a otra persona.

Perla se sentía turbada, furiosa consigo misma por haber permitido que el recuerdo de Gael se adueñara de ella de aquella manera. Dios, aún no podía creer que se hubiera puesto a sí misma en aquella situación. Sin embargo, era propio de ella tratar de agradar a la gente, aunque fuera ella la que terminara sufriendo.

Perla sonrió a su hermana tratando de transmitirle su agradecimiento.

–Está bien, Esme –le dijo–. Puedo hacerlo. No debería haber dicho que podría convencer a Gael para que aceptara el papel –admitió–, pero puedo llamarle.

Tal vez sería mejor que llamara a alguna de las personas que lo rodeaban. No sabía si podría soportar escuchar su voz.

–Si estás segura… –comentó Esme, aunque la preocupación seguía notándosele en la voz.

–Sí, lo estoy –afirmó ella, tratando de infundir seguridad en la voz para tratar de tranquilizar a su hermana y a sí misma–. De verdad, no es tan difícil. Gael y yo ya no estamos unidos, pero tampoco se puede decir que seamos enemigos.

Los amigos no se pasaban exactamente seis años sin hablarse, pero Perla esperaba que su hermana no la conociera lo suficientemente bien como para darse cuenta de que estaba mintiéndola descaradamente.

–Está bien –cedió Esme, aunque resultaba evidente que seguía preocupada–, pero si cambias de opinión, no tienes más que llamarme. O, mejor aún, me lo puedes decir en persona cuando estés aquí.

Perla tensó los labios. Las Navidades del año anterior habían sido las peores de su vida. Bueno, las segundas peores. Su madre y su hermano habían decidido apartarla de su vida después de que ella decidiera enfrentarse a ellos y vender las acciones del estudio. Perla había terminado pasando las fiestas totalmente sola. Sin embargo, aquellas Navidades iba a ir a Punta Cana con Rodrigo y Esmeralda. La madre y las tías de Esme estarían también. Perla llevaba meses deseando que llegaran aquellos días. La idea de estar con personas que realmente deseaban su compañía, con personas que disfrutaban estando juntos le producía una cálida sensación en el pecho.

–Cuando te despiertes mañana, ya estaré yo allí. Voy a tomar el avión privado en Westchester. Nos marchamos a las once en punto de la mañana.

Se despidió y se quedó sentada allí un poco más, considerando sus opciones. No sabía qué era peor, si llamar y permitir que Manolo la mandara a paseo o hablar con el propio Gael. Solo pensar en la posibilidad de escuchar su voz le producía náuseas. Respiró profundamente y decidió que lo mejor era no retrasarlo. Agarró el teléfono y lo miró durante un largo instante mientras pensaba qué iba a decir en caso de que tuviera la remota posibilidad de que fuera el propio Gael quien contestara el teléfono. Tal vez no sería tan malo… Después de todo, iban a hablar de negocios. Gael no podría culparla por intentar que él se interesara en el proyecto. Era su trabajo. Todo saldría bien. Llamaría, realizaría la oferta y esperaría que aceptara.

Tal vez si se decía aquello varias veces, empezaría a creerse su propia mentira.

Tocó la pantalla del teléfono y esta cobró vida con una imagen de Perla con su hermana, abrazadas, durante una fiesta del estudio hacía poco más de una semana. Tenía que hacerlo. Por su hermana y por sí misma. Era su trabajo e iba a cumplir con su deber. Gael lo comprendería mejor que nadie. ¿Cómo iba él a juzgarla por anteponer su trabajo a sentimientos personales después del modo en el que la había tratado? Sin embargo, no pudo evitar entonar una oración para pedir un milagro de Navidad.

Estaba a punto de buscar el nombre de Gael entre sus contactos cuando la pantalla del teléfono se iluminó con un número que no había creído que volvería a ver nunca más.

# Capítulo Dos

—¿Gabi? —dijo Perla. No se podía creer que la hermana de Gael la estuviera llamando.

—Hola, Perla. ¿Tienes un minuto?

Gabi parecía nerviosa. Saber que su vieja amiga también se sentía afectada por ponerse en contacto con ella después de tanto tiempo sirvió para aliviar los nervios de Perla. Las dos habían hablado en contadas ocasiones desde que Gael y Perla terminaron su relación. La última vez fue cuando Perla se enteró de que la madre de Gael estaba enferma. Perla adoraba a la madre de Gael. Verónica siempre se había portado muy bien con ella. Por eso, cuando se enteró de que la mujer había caído enferma, Perla había llamado a Gabi para preguntarle si podía ir al hospital para ver a Verónica. Gabi se había mostrado muy agradecida y le había respondido a Perla que se acercara a ver a su madre cuando quisiera.

—Sí. ¿Cómo está tu madre?

—Está bien, mucho mejor. Gracias por preguntar.

Perla notó que Gabi sonreía. Tanto ella como Gael vivían totalmente dedicados a su madre. sintió un pequeño anhelo en el corazón al recordar el amor y el afecto que había experimentado siempre con la familia Montez, pero lo ignoró. Ya no había nada entre los Montez y ella. Gael se lo había dejado muy claro hacía seis años.

–¿En qué te puedo ayudar, Gabi? –le preguntó.

–He oído que tú estás a cargo del reparto de la serie sobre Francisco Ríos –respondió Gabi sin andarse por las ramas.

–Así es –respondió Perla.

–Entre tú y yo, creo que a Gael podría interesarle ese papel.

Perla sintió que el pulso se le aceleraba. No sabía si estaba contenta o aterrorizada sobre lo que aquello podría terminar significando. No tenía tiempo para pensarlo.

–El problema es Manolo. Está decidido a dejarlo pasar porque dice que no es bueno para la imagen de Gael, sea lo que sea lo que eso significa. Y, como siempre, mi hermano lo ha escuchado a él.

Manolo se había hecho cargo de su familia cuando el padre de Gael los abandonó, dejando a su esposa a cargo dos niños gemelos de diez años. Verónica, que hasta entonces había sido ama de casa, se había visto obligada a ponerse a trabajar. En un gesto de solidaridad, su cuñado Manolo había abandonado su hogar en Puerto Rico para ayudarle a criar a los niños. Gael se sentía en deuda con su tío.

Sin embargo, Gabi también le había confirmado lo que había sospechado. Gael quería el papel. A menos que fuera un hombre totalmente diferente al que había sido hacía seis años, Perla estaba segura de que lo aceptaría.

Gael escuchaba a Manolo porque mientras que su tío se ocupaba del lado financiero de su carrera, él podía centrarse en lo único que realmente le importaba: en su oficio. El éxito para él no tenía que ver solo con el dinero, sino en mejorar cada vez más en lo que hacía.

La posibilidad de competir por la nominación a mejor actor por un papel en el que representaba a una leyenda portorriqueña era demasiado tentadora para él, aunque fuera en contra de los consejos de su tío.

–¿Qué podemos hacer para convencerlo? –le preguntó a Gabi.

–¡Estoy segura de que podremos conseguirlo! –respondió Gabi muy emocionada–. Para serte sincera, no creo que haya que esforzarse mucho. Le encanta el papel. Ríos es uno de sus ídolos –añadió. Perla lo recordaba, igual que parecía recordar todos los detalles referentes a Gael Montez como si los tuviera grabados a fuego en el cerebro–. La clave es encontrar el momento. Tiene la semana que viene libre antes de que se vaya a Asia a promocionar el *Escuadrón del Espacio*. Llegamos anoche con el tío Manolo, pero él se marchó a la ciudad a primera hora de esta mañana. No regresará hasta Nochebuena.

Perla dejó escapar un murmullo de aceptación mientras golpeaba suavemente las uñas de gel rojo sangre sobre la mesa. Había visto un artículo sobre la enorme mansión de diez millones de dólares que Gael le había comprado a su madre en los Hamptons. No era de extrañar que todos fueran a pasar allí las fiestas.

–¿Y si lo llamas tú? –le sugirió Gabi–. Sé que es mucho pedir, pero siempre ha confiado en tus consejos en lo que se refiere a su carrera.

Perla sintió un regusto amargo en la boca. Efectivamente, Gael siempre había confiado en sus consejos… hasta que dejó de hacerlo. A pesar de lo que se había dicho a sí misma hacía menos de un minuto, no creía que pudiera tolerar que un subordinado de Gael la mandara a paseo. No. Gael se lo debía. Y, si iba a decirle que no, tendría que decírselo a la cara.

–¿Qué te parece si le llevo el guion? Así puedo decirle más detalladamente cómo esperamos que sea la serie. Incluso podríamos hacer una lectura.

–Está bien… si no te importa –replicó Gabi. No parecía muy convencida.

–Creo que le resultará más difícil rechazar el papel si voy en persona –le dijo Perla. Sonaba más segura de sí misma, más comprometida con el plan.

–Me gusta –respondió Gabi por fin–. Tenerte aquí le obligará a considerar el papel más seriamente.

Perla sintió que el pulso se le aceleraba y que la sangre le corría a toda velocidad por las venas. Ver a Gael en persona no era buena idea, pero sabía que era lo que tenía que hacer. Cuando leyera el guion, querría hacer el papel.

–Además, ¿no ha escrito Caballero-Méndez el guion? –le preguntó Gabi. Perla se lo confirmó rápidamente–. Gael lleva años queriendo trabajar en algo escrito por él.

–Él se ofreció a escribirnos el guion –aclaró Perla.

–Excelente. Espera a decírselo hasta que tenga el guion en sus manos –le sugirió Gabi–. Vienes con una oferta que no va a poder rechazar.

–¿Crees que hoy a la hora de comer sería demasiado pronto? –le preguntó Perla, que ya estaba pensando todo lo que tenía que hacer antes de ponerse en camino–. Estoy pensando en volar a Punta Cana desde Westchester a última hora de esta noche. Puedo ir en coche hasta donde estáis vosotros antes y volver aquí con tiempo de sobra para tomar mi vuelo, que es a las once de la noche.

–¡Sí, por mí perfecto! –exclamó Gabi, prácticamente gritando de alegría–. Ya sabes que es adicto al trabajo y que se aburre como una ostra cuando no tiene nada que hacer. Envíame ahora mismo el guion para que yo lo pueda imprimir y dárselo. Así, tendrá toda la mañana. Tengo buenas vibraciones con respecto a esto –añadió, en un tono mucho más sosegado–. Y mi madre estará encantada de verte. Todos te hemos echado mucho de menos.

Perla, al contrario de la emoción que mostraba Gabi, sentía náuseas. Tal vez aquello serviría para demostrarse que había superado el pasado, que el sufrimiento de años atrás ya era solo historia.

–Yo también tengo muchas ganas de verla –dijo Perla con sinceridad antes de colgar.

En ese momento, trató de controlar todos los sentimientos que parecían haberse apoderado de ella de repente. Se sentía nerviosa… Se preguntó si aún le parecería que el sol, la luna y las estrellas se reflejaban en sus ojos verdes. Si aún le parecería que él era la única persona del mundo que podía llenarla de luz.

Se recordó que ya no era la niña perdida que había encontrado en Gael a alguien para quien por fin existía. En su vida había personas que la querían y, lo más importante, había aprendido a quererse a sí misma. A lo largo de aquel año, se sentía más segura que nunca.

Pero verlo era un riesgo. No servía de nada negarlo.

Se estaba metiendo en un terreno peligroso, pero saldría adelante. Si la Perla de antaño se habría acobardado ante la posibilidad de ver al hombre que le había roto el corazón, la Perla del presente dejaría de lado el inútil sentimentalismo para realizar su trabajo.

\*\*\*

Iba a matar a su hermana o, al menos, a tener una fuerte discusión con ella. La muy fresca había entrado en su dormitorio a las nueve de la mañana con un montón de papeles en la mano para decirle que nada menos que Perla Sambrano iba a ir a hablar con él sobre el papel protagonista en la serie de Ríos. Su hermana se había puesto en contacto con su exnovia para invitarla a su casa.

Y, en aquel momento, allí estaba, de pie en el acceso de entrada a la casa, esperando a la mujer a quien le había roto el corazón. Gael no se disculpaba por sus actos. Era implacable en su dedicación y ambición y no se arrepentía de ello. El único modo en el que una chica de Bridgeport, Connecticut, había podido lograr lo que él había alcanzado en tan poco tiempo era porque nunca dejaba que sus sentimientos rigieran sus decisiones. Aunque eso significara romperle el corazón a la persona que amaba.

Perla había sido la compañera de habitación de su hermana en Yale y Gael y ella empezaron a salir. Ella fue la primera mujer de la que se enamoró perdidamente. Habían disfrutado de dos años casi perfectos. Ella había sido mucho más que una novia. Era su mejor amiga, su confidente. La persona a la que acudía para todo. Cuando su carrera empezó a despegar, Gael se sintió abrumado, intimidado, pero ella lo ayudó a manejarse en el nuevo mundo en el que había empezado a habitar. Aquel era el mundo de Perla. Ella había crecido rodeada de lujos. «La pobre niña rica», como sus amigos la llamaban a veces. Tenía mucho dinero. Provenía de una de las familias latinas más acaudaladas del país y siempre parecía triste, callada. Sin embargo, para él era una persona maravillosa, hermosa. Muy hermosa.

Perla activaba en él todos sus instintos de protección como nunca lo había hecho nadie aparte de su hermana y su madre. Se había sentido atraído por ella desde el primer momento.

La gente solía subestimar a Perla. No veía nunca el fuego que ella ocultaba bajo ropa poco llamativa y gafas de empollona. Ella siempre guardaba la compostura. Tenía un aspecto delicado y era menuda. Se vestía para pasar desapercibida. Faldas sencillas y conjuntos de jersey y rebeca con zapatos planos. Todo era de diseño, sí, pero poco llamativo, casi anticuado.

Por aquel entonces, él había sido un hombre importante en el campus, al menos en la parte del campus que se interesaba por el teatro y la interpretación. Sus inicios habían sido humildes y, sin previo aviso, se había visto rodeado de un mundo de riqueza y de fama en el que se había sentido perdido. Era muy trabajador y también muy inteligente, pero había necesitado la ayuda de Perla para moverse en aquel ambiente. Ella le había enseñado dónde comprarse los trajes y dónde cortarse el cabello. El lugar adecuado para alquilar un apartamento en Nueva York e incluso el coche que debía conducir. Ella había sido su guía en un mundo desconocido para él. Justo cuando había empezado a tomar impulso, la había dejado atrás.

Aún recordaba aquella noche. Recordaba que llevaba una sudadera de Yale y el olor de las palomitas de microondas que Perla había preparado antes de que él entrara en el apartamento. Después de días, semanas, ignorando las advertencias de su tío de que su relación con Perla estaba dañando su imagen, todo cobró sentido cuando un periódico sensacionalista publicó una foto de Gael y Perla paseando por Manhattan. El titular

24

fue el arma que Manolo había necesitado. *Una Perla del montón.*

Su tío no había tardado en decirle que era mejor para todos que la relación terminara. Si seguían juntos, sería malo para la carrera de Gael y también malo para la salud mental de Perla. Según le dijo, los medios de comunicación eran crueles y, por mucho que se esforzara por protegerla, su relación terminaría por hacerle daño. Y Gael le había obedecido.

Seis meses después de la ruptura, ella había empezado a salir en las revistas, viajando por todo el mucho. Los jerséis y las rebecas se vieron reemplazados por una versión más audaz, más propia de Instagram, que sustituyó a la tímida muchacha que él había conocido. Cuando su padre murió, Perla pareció desaparecer de la faz de la tierra, pero, en aquellos momentos, estaba de camino a su casa. Y Gael no estaba muy seguro de cómo se sentía al respecto.

El sonido de la grava en el enorme acceso circular a la casa le hizo volver de nuevo al presente. Vio que un coche se dirigía hacia él. Frunció el ceño al ver que un Maserati SUV negro, muy elegante, se detenía a pocos metros de él y trató de mirar hacia el lugar que ocupaba el conductor del vehículo.

La puerta se había abierto muy lentamente para mostrarle poco a poco a la nueva Perla. Ya no llevaba su habitual coleta ni su cabello rubio. En su lugar, llevaba un corte al estilo *pixie* y su cabello era negro como la noche. Sus ojos grises relucían aún más que antes. El marcado *eyeliner* también fue una sorpresa. Cuando le miró la boca, vio que levaba los labios pintados de rojo. A Perla nunca le había gustado hacer ostentación de su riqueza, pero, si se sabía lo que se estaba viendo, se podía notar por todas partes. Un reloj Piaget en la muñeca. El Bottega Veneta verde que había visto en un desfile al que le habían hecho asistir durante la semana de la moda.

Llevaba grandes aros dorados en las orejas. Las sutiles elecciones de prendas en el pasado se habían visto reemplazadas por un jersey de punto negro y *leggins* de cuero sintético del mismo color. Frunció el ceño al ver que llevaba zapatillas deportivas. Perla Sambrano con deportivas rojas. Balenciaga, por supuesto, pero aun así…

Mientras se dirigía hacia él, Gael vio que el atuendo y el coche no eran lo único diferente. Echó la cabeza hacia atrás para ponerse unas enormes gafas y, cuando lo vio, la sonrisa no era la tímida expresión de antaño, sino la de una mujer que sabía muy bien lo que quería.

—Gael —le dijo se inclinaba hacia él. Los dos eran latinos, por lo que, cuando ella levantó el rostro, Gael le dio un beso en la mejilla. La piel se le tensó al notar la tersura de la de ella y sintió cómo una corriente eléctrica le recorría el cuerpo. Se dijo que debía de ser por las bajas temperaturas, que su sorpresa era la reacción natural al ver a alguien después de tanto tiempo. Perla tenía un aspecto tan diferente que le había sorprendido. Abrió la boca para decir algo, cualquier cosa, pero terminó diciendo lo que casi con toda seguridad iba a enojarla.

—¿Cuándo has empezado a usar lápiz de labios?

Ella se apartó como si no supiera cómo interpretar aquellas palabras y luego sonrió. La Perla de antaño se habría acobardado, pero la que tenía frente a él se limitó a encogerse de hombros y a sonreír.

—Pensé en probar algo nuevo. Me cansé un poco de lo neutro. Gracias por acceder a verme —comentó ella, sonriendo dulcemente. Aquel gesto pareció despertar algo primitivo en el pecho de Gael. Fuera lo que fuera, lo apartó inmediatamente.

–No me des las gracias a mí, sino a Gabi por su insistencia –gruñó Gael. Su voz sonó más dura de lo que había pensado, pero Perla profundizó aún más la sonrisa.

–Conociendo a Gabi, me imagino que te dio la noticia con la sutileza de un tren de mercancías –bromeó.

Gael soltó una carcajada, pero, después, los dos parecieron caer presa de un tenso silencio. No podían fingir que la situación no era incómoda. ¿Cómo se enfrenta una persona a la que tanto ha significado para él en el pasado?

Después de romper con Perla, se había negado a pensar en lo ocurrido. Había preferido ignorar lo que aquella ruptura suponía para él y había conseguido apartar a Perla y todo lo que había perdido de su pensamiento durante seis años. Tal vez Manolo tenía razón y considerar aquel proyecto era un error. Solo llevaba dos minutos junto a Perla y ya le resultaba imposible dejar de pensar en el pasado que los unía.

–Por aquí –dijo indicándole la escalera que conducía a la casa–. Vayamos dentro para que podamos hablar.

Perla asintió y le siguió. Gael se dio cuenta de que ella mantenía las distancias con él. Resultaba evidente que ella estaba allí con un único propósito. Un propósito que no tenía nada que ver con el pasado.

# Capítulo Tres

Perla se había estado preparando para la frialdad de Gael, para que él se comportara como si se hubiera olvidado de quién era ella. Desgraciadamente, no se había preparado para el efecto que Gael Montez ejercería sobre ella. Había esperado que el tiempo y la distancia hubieran conseguido diluir tanta vulnerabilidad, pero no había sido así.

Si era posible, Gael era mucho más guapo que antes. Real de un modo que la… distraía. Siempre había tenido un físico de película, carisma a raudales y la apostura que hacía que las mujeres se volvieran para mirarlo. La gente se sentía atraída por él y sabía muy bien cómo mantener su atención. A lo largo de aquellos seis años, su belleza adolescente se había convertido en una masculinidad ruda, casi peligrosa. Desde la última vez que lo vio Perla, se había vuelto más corpulento, más fuerte. La suavidad de antaño había desaparecido. Llevaba barba y el cabello le llegaba por debajo de la barbilla, enmarcando su rostro. A Perla no solía atraerle la imagen del Soldado de Invierno, pero a Gael le sentaba de maravilla. Vaya que si le sentaba bien. Dios. Menos mal que solo iba a estar allí un par de horas…

Mientras subían los escalones de la impresionante mansión, Perla se percató de que él también la miraba. A pesar de lo mucho que se esforzó por permanecer impasible, sintió un pequeño cosquilleo en el estómago y

28

no puedo evitar que una sonrisa le frunciera los labios. Sabía a qué se debían esas miradas. Estaba intrigado.

Durante los últimos doce meses, Perla se había decantado por un estilo totalmente diferente, que reflejaba un poco más su personalidad. A lo largo de su vida, se había dejado llevar por las indicaciones de su madre en todo, desde el color del cabello hasta el tipo de zapatos que llevaba. Sin embargo, por fin se había liberado. A Perla le gustaba aquella nueva versión de sí misma y, por el modo en el que Gael la estaba observando, le parecía que a él también.

—Ya hemos llegado —anunció él mientras abría la puerta que conducía al vestíbulo de la casa. Era una mansión magnífica, construida al estilo de Cape Cod. El exterior estaba pintado del azul claro tradicional, con contraventanas blancas, pero el interior era moderno, de planta abierta y mucho cristal por todas partes, la opción más idónea para admirar las hermosas vistas del Long Island Sound.

—Es una casa preciosa —le dijo ella con sinceridad mientras Gael le tomaba el abrigo.

Miró a su alrededor, admirando los hermosos suelos de madera y las pintura gris clara del vestíbulo. Por lo que le parecía ver, había una chimenea de piedra en el salón, que estaba decorada con guirnaldas y pequeñas luces blancas que parpadeaban suavemente. En realidad, había guirnaldas por todas partes y, seguramente, habría un enorme árbol de Navidad en alguna parte. A la madre de Gael siempre le había gustado la Navidad. Incluso cuando vivían en la pequeña casita de Bridgeport, había conseguido que el ambiente fuera acogedor y festivo. Perla estaba a punto de preguntarle a Gael por ella cuando oyó una voz familiar que decía su nombre.

—¡Perlita querida!

Gael sacudió la cabeza al escuchar la exclamación de su madre. Perla no pudo contener una sonrisa cuando vio a Verónica dirigirse a ella con los brazos abiertos. A pesar de que iba vestida con vaqueros y sudadera, su cabello era ya totalmente blanco. Tenía un aspecto cálido, amable. Totalmente lo opuesto a la madre de Perla.

—Doña Verónica —dijo Perla mientras la mujer la estrechaba en un fuerte abrazo. Verónica siempre olía a vainilla y a pan caliente. Perla cerró los ojos mientras la mujer la achuchaba contra su cuerpo.

—Ha pasado demasiado tiempo, cariño. Más de un año ya. ¿Y qué es esto de doña? Llámame Verónica, ¿de acuerdo?

Perla sonrió, pero antes de que pudiera responder, escuchó que Gael se le adelantaba.

—¿Un año?

Verónica asintió sin apartar los ojos de Perla.

—Sí, Perlita vino a verme después de la operación. Tú estabas en Italia grabando la segunda película de *Escuadrón del Espacio*.

—Ah.

El rostro de Perla se sonrojó al notar la sorpresa de la voz de Gael, pero prefirió no mirarlo. Dejar que él viera que se había sonrojado no era aconsejable. Por suerte, Verónica no había terminado de hablar.

—Me hace tan feliz que estés aquí con nosotros. Me encanta tu nuevo estilo. Te sienta muy bien —comentó Verónica mientras daba un paso atrás para verla mejor. Entonces, sonrió.

Perla se alegraba mucho de verla, pero, al mirar bien a Verónica, se percató de las profundas líneas de expresión que cruzaban su rostro. Verónica aún tenía energía y chispa, pero tenía el aspecto de alguien que terminaba de librar una dura batalla que había ganado en el último segundo.

–Tienes que almorzar con nosotros. Quiero que me cuentes qué es lo que has estado haciendo. Gabi me ha dicho que trabajas en Sambrano –comentó la mujer mientras agarraba la mano de Perla–. He oído los cambios que ha habido en el estudio –añadió, apretándole suavemente la mano.

–Gracias –respondió Perla. No quería hablar de su familia, ni de la muerte de su padre ni del lío que él había dejado tras su fallecimiento. Él había sido un hombre orgulloso, trabajador y brillante, pero jamás había sido afectuoso. Les había puesto a todos sus hijos nombres de gemas, pero nunca los había tratado como si fueran valiosos para él. Perla, al ser la más joven, se había sentido prácticamente invisible para su padre. Tras su muerte, ella se dio cuenta de que no lo había conocido lo suficiente como para echarlo de menos, lo que le resultaba increíblemente doloroso.

–Gael, tienes que asegurarte de que has terminado a la hora de almorzar, para que yo pueda estar un buen rato con Perla

–Claro, mami.

Perla se volvió hacia Gael. Notó que la tensión en los hombros y en el rostro de él indicaba que estaba buscando cualquier señal que le revelara que su madre tenía dolor. Siempre se había mostrado muy protector con ella. En realidad, era así con todo el mundo. Esa había sido una de las razones por las que Perla se había enamorado perdidamente de él. Sin embargo, su madre siempre había sido su prioridad. Perla nunca había disfrutado del amor incondicional que Gael había recibido

siempre de su madre, pero sabía muy bien la responsabilidad que él sentía por el cuidado de su progenitora.
Era un hombre que jamás evitaba sus responsabilidades. Hacía lo que tuviera que hacer para cuidar de los
suyos.

—Deberíamos empezar. Tengo un vuelo a última
hora de la tarde y tengo que regresar dentro de un par
de horas —dijo secamente.

—Claro —asintió Gael, aunque la miró con curiosidad. Sin embargo, fuera lo que fuera lo que se estaba
preguntando, no le dio voz. Después de despedirse de
su madre, condujo a Perla hasta el salón, que tenía un
enorme árbol de Navidad en una lateral. Las espectaculares vistas del océano y las paredes cubiertas de
fotografías familiares y obras de arte completaban la
decoración.

Aquella mansión era un lugar para que se reuniera
la familia. En el pasado, Perla había anhelado ser uno
de ellos, pertenecer al círculo de personas que se amaban tan profundamente. Sin embargo, Gael no la había
querido como pareja.

—Es muy bonito —comentó.

Sabía que, para Gael, comprarle a su madre una casa
en los Hamptons era un sueño hecho realidad. Gael le
había confesado a Perla que una noche, después de ver
a su madre completamente agotada, se había prometido
que un día sería rico y le compraría una de esas enormes casas… y así había sido.

—Tu madre debe de estar muy contenta —dijo por fin.

—Sí —respondió él. Los dos estaban junto a la chimenea, en la que había un enorme fuego encendido—. Ya
sabes cómo es. Tardamos seis meses en convencerla de
que necesitaba un decorador para que la ayudara.

–Ya me lo imagino –comentó ella, sonriendo.

–Ven. Podemos leer el guion en el estudio –dijo él mientras había la puerta de una increíble estancia–. No estoy seguro de cómo llamarlo si no.

–¡Vaya, es maravilloso!

Perla entró en la sala y miró las estanterías cubiertas de libros que llenaban las paredes. Como el salón, la chimenea también estaba encendida y había unas vistas espectaculares, pero lo que más le llamó a Perla la atención fue la enorme pantalla que había en una de las paredes, la más alejada de la puerta. Había cuatro sillones de cuero colocados en semicírculo delante de la pantalla. Al otro lado, había un cómodo sofá y un sillón, seguramente para leer. Aquella estancia estaba dedicada a dos cosas: los libros y las películas. Las dos aficiones favoritas de Gael… y de Perla.

Comentar libros y películas había sido una de las cosas de las que les había encantado a los dos hablar cuando se hicieron amigos. Más tarde, cuando eran mucho más que eso, aquella pasión le había convencido a Perla de que eran perfectos el uno para el otro, que, a pesar de sus diferentes orígenes, eran almas gemelas. Tuvo que dejar de recordar. Se sentía a punto de quedar atrapada por una espiral muy peligrosa.

–Ven aquí.

Perla se volvió a mirar a Gael. Lo vio de pie junto a las estanterías. Estaba señalando una. Iba vestido con unos pantalones de chándal y una sudadera negra, pero tenía un aspecto imponente. Sus poderosos muslos estiraban la tela de los pantalones hasta el punto de que ella casi podía distinguir el contorno de los músculos. Era tan masculino… Resultaba difícil no mirar fijamente el poderoso y viril cuerpo.

Cuando Perla llegó junto a él, vio que, en la estantería que él le había estado señalando, estaban los títulos de todas las obras de Gabriel García Márquez.

–¿Son primeras ediciones? –le preguntó. Ella también tenía algunas, pero le había resultado casi imposible encontrar algunos de los títulos.

–Así es. Tal vez también te guste mirar lo que tengo en esta estantería.

Perla se giró y gritó de gozo al ver que, en la estantería que él le señalaba, había muchas novelas románticas. También sus favoritas, algo a lo que había enganchado a Gael mientras estuvieron juntos con el pretexto de que podrían ayudarle a mejorar en su profesión.

De repente, Perla se sintió abrumada.

–Tienes una colección estupenda –dijo fríamente. Necesitaba mantener las distancias–. Ahora, vamos a hablar de negocios –añadió con una sonrisa mientras sacaba el guion del bolso–. Sé que estás interesado en este papel. Es un proyecto muy especial. Caballero-Méndez acudió a nosotros para escribir este guion.

Gael arqueó una ceja, tratando de ocultar su interés con fingida indiferencia.

–Todas las personas implicadas en este proyecto son lo mejor de lo mejor. Este trabajo podría cimentar tu versatilidad como actor.

Durante unos segundos, Gael la miró fijamente, como si estuviera tratando de leer algo en el rostro de Perla. Ella se ruborizó ligeramente por la intensidad de aquella mirada. Justo cuando estaba a punto de volver a hablar, Gael tomó por fin la palabra.

–Me sorprende que trabajes para Sambrano.

–Bueno, mi familia es la dueña del estudio. Ahora, mi hermana es la presidenta y…

—Tú nunca sentiste interés alguno por trabajar para tu padre o para su empresa —le interrumpió Gael.

—Bueno, de eso hace mucho tiempo. Mi hermana es una líder muy diferente a mi madre y ella me quiere a su lado. Me considera una persona valiosa. Además, yo creo en la visión que ella tiene para el estudio.

—Has cambiado mucho —dijo él. Perla estuvo a punto de sacar las uñas, pero él no parecía estar juzgándola en modo alguno. Era casi como si estuviera pensando en voz alta.

—Así es.

Gael siguió mirándola, observándola del mismo modo en el que lo había estado haciendo desde que entraron en la sala. Tras un instante, agarró por fin el guion.

—Está bien. Vamos a ver la magia que Caballero-Méndez ha hecho con este guion —comentó mientras lo abría—. Léelo conmigo.

# Capítulo Cuatro

Eso era lo que sacaba por tratar de ser caballeroso.

—No creo que esta escena sea buena idea —comentó Gael apretando los dientes mientras Perla lo observaba con ojos angelicales.

Le había sorprendido la tranquilidad con la que ella hablaba de su trabajo y de su familia. Aquella versión de Perla era muy diferente a la muchacha de la que él se había enamorado. Se sentía inquieto por su presencia y, siempre que Gael se sentía así, se comportaba de un modo impulsivo. Y, en aquellos momentos, sentía el impulso de realizar la escena de un beso con Perla. Y ella, no solo no parecía preocupada al respecto sino también divertida por su negativa.

—Venga ya, Gael. Es solo un beso. Eres un profesional. No creía que se te hubiera olvidado que yo también me muevo en este mundo. Puedo soportar un beso de mentira. Créeme. Sé que no es de verdad.

Perla lo estaba provocando. Gael la miró y vio que ella tenía en el rostro una expresión de absoluta tranquilidad. Solo la traicionaba el ligero temblor que tenía en el labio superior. Ella también estaba nerviosa.

—Entonces, ¿no te importa que nos besemos? ¿No significa nada para ti?

La adrenalina rugía por las venas de Gael. Perla quería fingir, comportarse como si no la estuviera afectando. Gael iba a demostrar que se trataba de un farol.

–Eso es –respondió ella.

–Está bien –afirmó Gael. La voz se le había vuelto ronca por la inesperada tensión que estaba experimentando en la entrepierna. No era un comportamiento nada profesional. ¿Qué demonios le ocurría? Él era un actor experimentado. Sabía cómo controlarse en situaciones íntimas. Lo había hecho cientos de veces. Sin embargo, la perspectiva de besar a Perla le provocaba que el sudor le corriera por la espalda. Era una idea descabellada. Debería darla por finalizada y decirle a Perla que sabía que estaba fingiendo. Que el juego de venganza que estaba llevando a cabo por el modo en el que habían terminado las cosas entre ellos no iba a ir a ninguna parte.

La Perla que él había conocido nunca hubiera hecho algo así. Si tuviera algo de sentido común, debería decirle que no iba a aceptar el papel. Que Gabi había malinterpretado su interés. Eso sería lo adecuado, pero no iba a hacerlo. En vez de ello, dio un paso al frente y apretó con fuerza el guion con la mano mientras observaba fijamente los rojos labios de Perla.

–¿Preparada?

Ella asintió y se acercó. La escena trataba del momento en el que Francisco Ríos y Claudia Mieses se besan por primera vez. Se suponía que estaban dando un paseo por Cambridge a última horas de la tarde. Era otoño y hacía algo de frío. Claudia estaba temblando y Francisco se había detenido para abrazarla. Luego le daba un beso.

–Tienes frío –le dijo, siguiendo las líneas del guion, mientras la tomaba entre sus brazos.

Perla pareció sorprendida de que él comenzara sin previo aviso, pero enseguida se dejó llevar. Lo miró.

Gael vio en sus ojos algo que no podía interpretar, algo que nunca había visto antes. Una mirada fiera, desafiante.

—Francisco, bésame.

En la voz de Perla había un ligero temblor, como si casi no pudiera controlar la urgencia, la necesidad de las caricias de Gael. Aquellas palabras prendieron algo en él, algo salvaje y cálido, a pesar de que sabía que ella solo estaba leyendo el guion. Que el temblor de su voz era fingido.

Trató de no olvidarlo mientras la estrechaba entre sus brazos. Se esforzó por centrarse, por canalizar lo que tenía que comunicar. El corazón le latía con fuerza cuando inclinó la cabeza hacia los labios de Perla. Aquellos labios rojos parecían llamarlo con tanta insistencia que no le sirvió de nada decirse que aquel era como cualquier otro beso en una película. Perla suponía un asalto en toda regla a sus sentidos. Sus curvas, sus firmes pechos, la calidez y la suavidad de su cuerpo lo encendían sin que pudiera evitarlo.

«Céntrate, Gael. Céntrate. Eres Francisco y esta es Claudia. No hay nada entre vosotros. Solo sois dos actores tratando de representar sus papeles».

Deslizó el dedo sobre el cabello de Perla. Se suponía que debía recogerle un mechón suelto que le caía sobre la frente, pero el cabello corto de Perla no lo permitía. Ella suspiró cuando él la tocó. Gael se inclinó hacia ella mirándola fijamente. Era tan hermosa. Siempre lo había sabido, pero, en aquellos momentos, era un hecho palpable e innegable. Por lo que había leído, sabía que aquella escena tenía lugar después de que Francisco y Claudia estuvieran durante meses jugando al gato y al ratón. Los dos personajes habían estado resistiéndose a la innegable atracción que había entre ellos hasta aquel momento. El preludio a aquel beso era el instante en el que los dos llevaban su amistad a un nuevo nivel, un nivel que los transportaría a un amor épico, legendario. Al matrimonio, a los hijos. Era un beso que cambiaría el curso de sus vidas. Cuando por fin tocó los labios de Perla y ella pareció fundirse contra su cuerpo, rodeándole el cuello y apretándose con fuerza contra él, Gael dejó de tratar de intentar que aquello solo fuera fingimiento.

Perla se había obligado durante seis años a no pensar en los besos de Gael. Se había hecho creer que los besos de él no eran perfectos y que sus brazos no eran el único lugar en el mundo en el que se sentía segura.

Se había estado engañando.

Bastó un instante entre aquellos brazos para darse cuenta de que, si no se apartaba, se perdería para siempre. El gruñido de placer de Gael fue profundo, posesivo. Perla no pudo contenerse. Le mordió el labio inferior y comenzó a explorarle con la lengua, lo que provocó otro gruñido de placer. No tardaron mucho en comenzar a devorarse. Perla no pudo evitar pensar que, aunque fueran muy diferente, había algo que seguía siendo verdad después de tanto tiempo: Gael era el único hombre al que se había entregado por completo.

Había buscado cientos de excusas sobre por qué seguía siendo así, pero todas eran tonterías. La verdadera razón era que se había enamorado del hombre equivocado y que nunca había logrado olvidarlo. En aquellos momentos, ese hombre le estaba devorando la boca como si quisiera consumirla.

Se repitió una y otra vez que él estaba actuando. No era Gael quien la besaba. No. Solo era un actor haciendo su trabajo, fingiendo que ardía deseo por la mujer que tenía entre sus brazos. Era Francisco Ríos quien besaba a Claudia Mieses. En menos de un minuto, los dos se separarían y ella, cortésmente, le daría las gracias por considerar el papel. Entonces, se metería en su coche y se marcharía de allí.

Sí. Eso era exactamente lo que iba a ocurrir. Perla no era tan necia como para pensar que aquello era algo más que un trabajo para Gael. Sin embargo, resultaba difícil ser sensata cuando la lengua de él se estaba entrelazando tan sensualmente con la suya y sus fuertes manos la sujetaban con fuerza, como si nunca más fuera a dejarla escapar. Estaba envuelta en Gael, tal y como había soñado mil veces.

En ese momento, le pareció escuchar que se abría una puerta y que sentía pasos sobre una de las alfombras que cubrían el suelo de la sala.

–¡Ya lo sabía yo! –exclamó la voz de Verónica, encantada. Rompió rápidamente el hechizo e hizo que Perla saliera prácticamente escopetada de los brazos de Gael–. Le dije a Gabi que los dos habíais visto por fin la luz. Llevo años rezando para esto…

Perla no sabía dónde mirar. Nunca había tenido mucha suerte en lo que se refería a la humillación en público. La madre de Gael se había acercado a ellos con lo que parecía que eran lágrimas en los ojos. Entonces, le dio a ella un fuerte abrazo, que ella correspondió sin poder negarse. Estaba segura de que Gael reaccionaría en cualquier momento y le diría a su madre la verdad de lo que estaba ocurriendo. Por el momento, Verónica estaba eufórica.

–Los dos sois perfectos el uno para el otro –añadió Verónica–. Llevo seis años diciéndole que cometió el mayor error de su vida el día en el que te dejó marchar. Nunca lo he visto tan feliz como cuando los dos…

–¡Mamá, por favor!

–Es que estoy muy contenta por vosotros, hijo –replicó Verónica, mirando a su hijo, que había salido huyendo hacia el lado opuesto del estudio–. Hace tanto tiempo que no te veo feliz, Gael. Los dos juntos… Sois mi milagro de Navidad…

Verónica soltó a Perla, pero le agarró la mano, como si quisiera aferrarse a aquel momento.

–Mamá –dijo Gael con voz firme–, esto no es lo que piensas. Perla y yo…

Se detuvo un instante. Gael parecía estar luchando por recuperar el control. Verónica seguramente lo había visto también, pero esperó pacientemente a que su hijo prosiguiera. Como si estuviera dándole tiempo para que se diera cuenta de que ella tenía razón en lo que había visto.

Por fin, después de lo que parecieron horas, Gael miró a Perla y luego a su madre. La expresión de su rostro era inescrutable. Se acercó a ellas, centrando la mirada en su madre. Perla se preparó para el momento en el que él pusiera todo en su lugar, cuando comunicara a su madre que había malinterpretado la situación.

En vez de eso, tomó a Perla entre sus brazos y sonrió. Entonces, abrió su hermosa boca y mintió como un bellaco.

# Capítulo Cinco

Perla estaba tan rígida como una tabla entre los brazos de Gael. Él no podía culparla. Acababa de decirle a su madre que volvían a estar juntos. No se atrevió a mirarla, porque seguramente ella estaba lista para asesinarle. En realidad, había tenido intención de decirle la verdad a su madre, pero, cuando vio las lágrimas de felicidad en sus ojos, no pudo hacerlo. No la había visto tan feliz desde que enfermó gravemente el año anterior. Se había puesto muy contenta al encontrarlos juntos en el estudio y no pensaba arrebatarle aquel momento de felicidad después de todo por lo que había pasado.

–Bueno, no queríamos decírtelo hasta que yo regresara a casa. Ya sabes que es mejor dar las noticias en persona –le mintió a la mujer que le había traído al mundo mientras abrazaba a la que seguramente estaría pensando cómo sacarlo de él, a juzgar por la incomodidad que notaba en Perla.

–¡Claro, lo comprendo! ¡Este tipo de noticias es mejor darlas en persona! –exclamó Verónica guiñando el ojo. Entonces, se inclinó para besar a Gael en la mejilla y luego para darle otro abrazo a Perla–. Querías tener a Perlita aquí cuando nos lo dijeras. Querida… –añadió, dirigiéndose a la supuesta novia de su hijo, que hasta el momento no había articulado ni una sola palabra–. Me alegro de que hayas venido a hacernos una visita, pero ¿te podrías quedar más tiempo?

Aquella pregunta pareció sacar por fin a Perla de su estupor.

—Tengo que tomar un vuelo, Verónica. No me puedo quedar mucho tiempo.

Verónica frunció el ceño, gesto que solía preceder al chantaje emocional al estilo de la madre latina que era.

—¡Ay, pero solo un poquito! Nosotros también queremos verte y este muchacho te ha tenido escondida aquí dentro desde que has llegado. Sabía que no habías venido por trabajo. ¡Es Navidad! Y, dado que no puedes estar con nosotros en Nochebuena, podemos disfrutarte ahora. Esta misma mañana he hecho alcapurrias —añadió, abriendo los ojos como si se le hubiera ocurrido una gran idea—. ¡Puedo freírte unas poquitas! Antes te encantaban.

—Y me siguen gustando, sí —admitió Perla, derrotada.

—¡Genial! Puedes dame diez minutos, ¿de acuerdo?

Sin esperar a que Perla respondiera, Verónica salió corriendo del estudio, completamente ajena al fiasco en el que estaba envuelta.

—¡Eres increíble! —exclamó Perla separándose inmediatamente de él.

—¿Por qué es tan increíble que no quiera romperle el corazón a mi madre durante las Navidades?

Gael sabía que se estaba comportando de un modo poco razonable y cruel, pero, en los últimos minutos, mantener aquella mentira se había convertido en la única misión de su vida.

—Sé que no es tu problema, pero estuvo a punto de morir. Conseguí que no apareciera en la prensa sensacionalista, pero aquella operación terminó siendo al menos cinco más. Después de la última, no creíamos que volvería a caminar. Esta es la primera vez que la veo sonreír en casi seis meses. Sé que no tengo derecho alguno a pedirte nada, pero vas a tener que fingir una hora, tal vez dos. Nada más.

—No me gustan las mentiras —protestó débilmente.

—Lo sé. Sé que te estoy pidiendo mucho, pero no tardarás mucho en marcharte de aquí después de comer. Después de las vacaciones, cuando las cosas se hayan calmado un poco, le diré que no podíamos conseguir que lo nuestro funcionara a distancia.

—No sé, Gael —replicó Perla muy nerviosa.

Gael era consciente de que no era un favor pequeño. También sabía que Perla había viajado hasta allí por un motivo. Había algo que quería, algo que había estado dispuesta a hacer a pesar de la historia que había habido entre ambos.

—Aceptaré el papel —dijo, casi sin pensarlo. Contuvo una sonrisa al ver el modo en el que ella se animó.

—¿Y te vas a comprometer casi sin saber nada sobre los términos del proyecto a cambio de que, durante la duración de un almuerzo, yo finja que estamos saliendo?

Perla parecía estar muy irritada, lo que hacía que el miembro de Gael vibrara de impaciencia. Perla estaba tan sexy así, con la ira reflejada en los ojos…

—Ya me has informado antes de todo lo que tenía que saber era que sería un tonto si no quisiera formar parte de este proyecto.

—Es cierto…

Ella sonrió. Gael estuvo a punto de tomarla de nuevo entre sus brazos y besarla hasta que ella perdiera el sentido. Sin embargo, la prioridad era su madre.

—Ya sabes que haría lo que fuera por mi madre, Perla. Sé que no tienes una gran opinión de mí. De hecho, tienes razones de sobra para odiarme –añadió colocando las manos en gesto de conciliación cuando ella entornó los ojos–, pero espero que lo tengas en cuenta…

–Yo no te…

Perla empezó a expresar su protesta, pero vio algo en la expresión del rostro de Gael que la obligó a cerrar la boca. Levantó la cabeza hacia él.

–Si yo finjo que estamos saliendo, almuerzo con tu familia y luego me marcho, ¿tú harás el papel de Francisco Ríos en la serie? –le preguntó.

Gael asintió. Se había cruzado de brazos para reprimir la alocada necesidad de tomarla entre sus brazos.

–Y tú le dirás la verdad después. Yo no tendré que seguir fingiendo ni me harás parecer responsable de todo esto.

–Correcto –confirmó él.

Perla frunció el ceño mientras trataba de decidir en dónde estaba la trampa, pero, tras unos segundos, respiró profundamente y se rindió.

–Está bien. Dos alcapurrias y me largo de aquí.

Con eso, Perla salió del estudio rápidamente mientras Gale se quedaba en el sitio, observando cómo ella meneaba el menudo y respingón trasero mientras se dirigía a la cocina para ver a su madre.

–¡Perla!

El coro de bienvenida que resonó en la cocina hizo sonreír a Perla a pesar de lo incómoda que se sentía en aquella situación.

–Ven a darme un abrazo, niña –dijo la abuela de Gael mientras daba la buena a las doradas empanadas en una sartén de aceite hirviendo.

–Doña Juana… –susurró Perla, mientras abrazaba a la menuda mujer.

–Llámame abuela, querida, en especial ahora que mi nieto ha visto la luz y te ha recuperado.

La anciana sacó las últimas empanadas del aceite y apagó el gas. Entonces, se volvió hacia Perla para darle un fuerte abrazo. Le tocó la mejilla con tanto afecto que a ella se le llenaron los ojos de lágrimas.

–Estoy muy contenta de que estés aquí. Ahora, coge esas empanadas y ponlas sobre la mesa. Luego podremos hablar de tu nueva imagen. Gaelito no puede quitarte los ojos de encima –bromeó Juana.

Perla se dio la vuelta y vio que Gael estaba apoyado sobre el arco que separaba la cocina del comedor. Efectivamente, la estaba mirando de una manera muy intensa.

–Venga, déjame ayudarte, abuela –dijo él acercándose a las dos mujeres.

Tomó el plato de empanadas de las manos de Perla. Ella lo siguió al comedor, aún sentía en sus labios el beso que habían compartido, por lo que no pudo evitar deslizarse la lengua sobre ellos. Gael debió de haber notado el gesto, porque se quedó totalmente inmóvil durante un segundo. Solo por eso, Perla experimentó una oleada de calor por todo el cuerpo. Tuvo que darse la vuelta y ponerse a colocar las empanadillas sobre la fuente para no hacer una estupidez.

Solo mirar a Gael resultaba extremadamente peligroso. Con cada palabra que intercambiaban, con cada roce, los sentimientos y anhelos que esperaba haber enterrado hacía mucho tiempo surgían como las flores silvestres después de un largo y oscuro invierno. Sin embargo, sabía que era capaz de hacerlo. Solo serían

46

dos horas. Verónica podría disfrutar sin sufrimiento alguno y Perla habría conseguido que Gael Montez trabajara en *El amor del Libertador*. Lo único que tenía que hacer era cumplir con lo acordado. Si había algo que Perla sabía hacer era reprimir sus sentimientos, fingir que no pasaba nada, aunque estuviera a punto de perder la compostura. Su madre se había asegurado de que tanto su hermano como ella siempre presentaran un rostro feliz por muy desdichados que se sintieran en realidad. Perla era una profesional del fingimiento y no fallaría. Un almuerzo con Gael y su familia. Después, se marcharía de allí y llamaría a su hermana para darle la buena noticia.

No le gustaba mentirle a Verónica, y estaba segura de que a Gael tampoco, pero él estaba dispuesto a hacer cualquier cosa para que su madre fuera feliz.

—¡Mami, ya he vuelto!

La voz de Gabi sacó a Perla de sus pensamientos. Debería haber dado por sentado que la hermana de Gael también estaría presente, pero los últimos veinte minutos habían sido tan caóticos que no había tenido tiempo para pensar. Estaba segura de que Gabi no se creería que estaban saliendo porque ella sabía perfectamente por qué estaba Perla allí. Al contrario de su hermano, Gabi no sabía fingir. Perla se dio la vuelta de la fuente de empanadas que había fingido estar colocando y rodeó el cuello de Gael con los brazos. Tuvo que ponerse de puntillas para hablarle al oído.

Deseó que aquel gesto no le resultara tan agradable, que la realidad de Gael no hiciera palidecer todas y cada una de sus fantasías. Lo bueno de todo aquello era que podía tocar a y acariciar a Gael todo lo que quisiera durante las próximas dos horas.

Sabía que eso le pasaría factura más tarde. Ya volvía a estar medio sumida en el caos emocional que solo Gael podía causar en ella, pero decidió que no le importaba. ¿Cómo podía negarse darse un festín con un hombre que, literalmente, se le había ofrecido en bandeja de plata? ¿Era arriesgado? Sí, pero había sido él quien le había pedido que fingiera durante las próximas dos horas. Debía representar el papel de novia enamorada para convencer a Verónica de que volvían a estar juntos.

—¿Qué estás haciendo? —le preguntó él secamente, pero sin retirarse.

—¿Se lo has dicho a Gabi?

Gael la estrechó inmediatamente contra su cuerpo y asintió antes de abrir la boca. El roce de la barba contra la piel de Perla la hizo temblar de placer.

—Sí, Gabi lo sabe. Pude decírselo antes de que sacara a los perros.

—Está bien.

Los labios de Perla rozaron el cuello de Gael y ella sonrió al escuchar el sonido ahogado que él dejó escapar de la garganta. Había sido algo entre un gruñido y un gemido. Él la empujó hacia la pared.

—Si estás tratando de jugar conmigo, te recomiendo que no lo hagas —le susurró—. ¿Acaso no fue el beso del estudio suficiente advertencia?

Perla no sabía por qué le estaba provocando, pero parecía que el sentido común siempre le fallaba en lo que se refería a Gael Montez. En realidad, había algo más que ella estaba poniendo a prueba. Estaba tratando de responder la pregunta que llevaba haciéndose seis largos años. ¿Cómo había pasado Gael de la total dedicación hacia ella a la indiferencia total prácticamente de la noche a la mañana?

Echó la cabeza hacia atrás de manera que colocó los labios a pocos centímetros de los de él.

—Y yo que pensaba que era así como besabas en todas tus audiciones….

Gael la miró con desaprobación y se mordió el labio inferior, como si no tuviera ni idea de qué hacer con ella.

—¿Qué es lo que te pasa, Perla? Tú no eres así —le dijo. Parecía confundido y algo más que ella no era capaz de concretar. Sin embargo, fuera como fuera, siguió estrechándola contra su cuerpo.

—Hace mucho tiempo que no sabes cómo soy en realidad —replicó ella, deslizándose para zafarse de su cuerpo—. ¿Y a ti qué es lo que te pasa? Aparte de tener que mentir a toda tu familia.

El almuerzo fue maravilloso. La deliciosa comida estuvo compuesta de todas las delicias portorriqueñas favoritas de Perla, sin embargo, no solo era la comida, sino también la compañía. Perla había crecido en un hogar en el que no había habido mucho cariño. Sus padres habían tenido una relación tóxica, tempestuosa, que arrebataba la alegría a todos y cada uno de los momentos. Por eso, los momentos que había pasado con la familia Montez habían sido como un bálsamo. Eran personas que se sentaban alrededor de la mesa y hablaban, reían, disfrutaban con la compañía de todos los presentes.

Cuando se sentaron, fue como en los viejos tiempos. Como uno de los fines de semana que Perla había ido con Gael a comer cuando aún eran novios. Había echado de menos a todas aquellas personas.

–Ha sido tan agradable tenerte entre nosotros, Perlita –le dijo Verónica, seguramente por décima vez desde que se sentaron a comer–. Cuando regreses de Punta Cana, tienes que venir a vernos. Sabes que puedes hacerlo, aunque este hombretón no esté en casa porque esté trabajando por ahí.

–Lo haré –mintió mientras tomaba el vaso de agua.

–Siento mucho que te tengas que ir tan precipitadamente –le dijo Gabi. Perla creyó que estaba siendo sincera.

–Perla tiene que irse al aeropuerto –les recordó Gael.

Aunque no debería ser así, a Perla le dolió que él pareciera tener tantas ganas de perderlo de vista. Pero, efectivamente, debía marcharse. Tenía muchas ganas de disfrutar de unos días con Esmeralda y Rodrigo. La madre y las tías de Esme habían sido muy cariñosas con ella en las escasas ocasiones en las que había estado con ellas, pero no sería como con las personas con las que estaba en aquellos momentos, con las que siempre había podido ser ella misma. Contuvo un suspiro y miró alrededor de la mesa una vez más, preparándose para la despedida. A pesar de las promesas de un pronto reencuentro, ella sabía que no volvería a verlas.

–Pero su vuelo no es hasta última hora y ni siquiera son las tres –protestó la abuela Juana–. Aún tienes tiempo… Anda, vente a la cocina del sótano con nosotras para ayudarnos a hacer los pasteles de yuca durante un ratito… Luego ya te vas –le sugirió, sabiendo que Perla tenía debilidad por los dulces–. Necesito que me des información sobre *La venganza*. Cada episodio termina con una situación de suspense y eso me está matando. ¡Sé que tú tienes la exclusiva!

Perla se echó a reír al escuchar que Juana se refería a la popular telenovela que se estaba retransmitiendo en uno de los canales de Sambrano.

–Eso es información confidencial, abuela –le dijo con una sonrisa mientras se ponía de pie y ayudaba a recoger los platos.

–Mamá tiene razón, Gael. Puede venir a ayudarnos un rato. Así, te puedes llevar algunos pastelillos para tu hermana, Perla –comentó Verónica.

Aquel comentario hizo que Perla sintiera aún más deseos de quedarse. Efectivamente, podía quedarse un rato más. Sin mirar a Gael, dado que seguramente él la miraría con desaprobación, Perla contestó:

–Me resulta difícil resistirme a los pasteles de la abuela –admitió–. ¿Nos vas a ayudar tú también, cariño? –le preguntó dulcemente a Gael.

Sabía que estaba provocándole, pero, en realidad, toda aquella charada había sido idea de él.

Gael esbozó una sonrisa tan falsa que Perla sintió la tentación de preguntarle si aquella sonrisa era por la que tanto le pagaban por película. Sin embargo, entonces él abrazó a su madre y le dio un beso en lo alto de la cabeza.

–Lo que te haga feliz, mamá.

Al escuchar aquellas palabras, Perla se deshizo por completo de gusto. Entonces, se dispuso a acompañarlos a la cocina para tomar parte en la tradición navideña de la familia Montez.

# Capítulo Seis

–Pásame el relleno, querida –le pidió Verónica a Perla.

Gael vio cómo ella tomaba rápidamente el bol de cerdo desmigado y se lo entregaba. Era como si el tiempo no hubiera pasado. Perla se sentía tan acogida en aquella familia como si nunca se hubiera marchado.

Lo más irritante de todo aquello era que a Gael se le olvidaba constantemente que nada de todo aquello era real.

Llevaban una hora haciendo pasteles. Cada año, su familia hacía varias docenas de la versión caribeña de los tamales para regalárselos a familiares y amigos como parte de la cena de Nochebuena. Gael disfrutaba de aquellos momentos cuando se lo permitía su carrera. Ver cómo su abuela y su madre hacían pasteles en una de las dos cocinas de la mansión que él les había comprado. Se sentía muy orgulloso de ello.

–Me alegro mucho de haber visto la casa decorada para la Navidad –dijo Perla sacándolo de sus pensamientos.

Verónica sonrió. Levantó la mirada del pastel que estaba envolviendo en hojas de banana.

–A Gael le encanta mimar a la gente a la que adora, ¿verdad que sí, *mijo*?

–Te lo mereces, mamá –musitó él con un nudo en la garganta. Parecía que Perla le había leído el pensamiento al hacer aquel comentario. Era algo que ella siempre había hecho, pero no era el momento de pensar en el pasado.

Solo necesitaba aguantar un poco más. Muy pronto las cosas volverían a la normalidad. Estar en la misma habitación que Perla cuando todos pensaban que estaban juntos era flirtear con el desastre. Por suerte, ya quedada poco. Si había sentía una extraña sensación en el pecho ante la idea de que ella se marchara, ya se le pasaría más tarde.

–Háblame de tu nuevo trabajo, Perlita –le preguntó Verónica.

–Yo me ocupo de conseguir a los actores y actrices para los proyectos más importantes del estudio y superviso todos los departamentos relacionados con el reparto –respondió ella–. Mi hermana Esmeralda y Rodrigo, su prometido, llevan ya un año al mando y los dos tienen mucho interés en devolver a los estudios la clase de programación que tenían en un principio. Nuestra misión es mostrar tanto como podamos todo lo referente a los setecientos millones de latinos que hay en el mundo.

Juana hizo un sonido de aprobación al escuchar aquellas palabras.

–Eso está muy bien, *mija*. Yo ya me había fijado que la programación no era la misma. Recuerdo que Sambrano fue el primer estudio de televisión que puso una pareja de negros portorriqueños como protagonistas de una telenovela. Eso me convirtió en fan suya de por vida, pero en los últimos años ha sido diferente.

–Tienes razón, abuela –dijo ella–. Perdimos el rumbo durante un tiempo, pero estamos decididos a que los estudios retomen el camino que jamás deberían haber abandonado. Estoy orgullosa del esfuerzo.

–Parece que disfrutas mucho de tu trabajo –comentó Gael.

–Sí que lo disfruto –replicó ella mirándole con intención–. E incluso se me da bien –añadió, observándolo fijamente. Gael decidió que se merecía la respuesta.

–No lo dudo –respondió él. Tenía la cabeza hecha un lío. Había demasiados sentimientos que no quería estar experimentando. Cuanto más tiempo estuviera con ella, más empeoraría la situación. Decidió que había llegado el momento de terminar con aquella farsa–. Son casi las cuatro. Dijiste que querías ponerte en camino antes de que oscureciera por completo.

–Así es –afirmó Perla. Parecía herida. Gael decidió que no era parte de su cometido hacer que Perla Sambrano fuera feliz, a pesar de lo mucho que quisiera borrar el ceño de su frente–. Maldita sea, me he debido dejar el teléfono en el bolso, arriba–. Tenía que estar pendiente por si surgía algún problema en el aeropuerto. Ha sido muy agradable pasar este rato con vosotros –añadió, mientras se dirigía a Verónica para despedirse de ella.

–No, no. Subimos todos contigo. Tenemos que despedirte adecuadamente. La abuela te va a preparar unos pasteles para que te los lleves.

A los pocos segundos, estaban todos de nuevo en la planta principal de la casa. Fue entonces cuando Gael se percató del sonido del viento. Al mirar por la ventana, comprobó que las rachas eran muy intensas y que la nieve había empezado a caer con fuerza. No se veía prácticamente nada.

–Oh, no –dijo Gabi–. Perla, no puedes marcharte así.

–Pero tengo mi vuelo –dijo ella mientras miraba por la ventana.

–No te puedes marchar así, Perla.

–Claro que puedo –afirmó ella para disgusto de todos los presentes–. El SUV tiene tracción integral en las cuatro ruedas –añadió mientras empezaba a ponerse el abrigo como si de verdad fuera a marcharse–. Seguro que no es más que un chaparrón. En cuanto me aleje de la costa, seguro que no hay nada. Antes de irme voy a comprobar mis mensajes.

Dejó el bolso al lado de la puerta y sacó el teléfono del bolso. El ansia que Gael sintió de impedirle que se marchara para que no corriera ningún peligro era tan intensa que prácticamente estaba levitando. Sabía que, si se quedaba, lo haría como su novia. Las dos horas ya le habían destrozado bastante los nervios. No le importaba. Lo único que quería era que ella estuviera a salvo.

La tensión que sentía en el cuello y los hombros casi le impidió girarse para mirarla cuando ella empezó a leer los mensajes en voz alta a pesar de que parecía que el pánico le atenazaba la garganta.

–Han cancelado el vuelo al menos hasta mañana a mediodía. La tripulación del avión ha dicho que no tienen permiso para despegar por la situación meteorológica que va a haber durante las próximas dieciocho horas.

Gael aún estaba tratando de averiguar por qué tenía una tensión en el pecho que amenazaba con asfixiarle cuando el grito de alegría de su madre rompió la tensión que reinaba en la casa.

–¡Entonces te puedes quedar aquí! Si el vuelo tampoco puede despegar mañana, podrás pasar la Nochebuena con nosotros. Estoy segura de que tu hermana querrá que estés aquí hasta sea seguro volar.

Gael tensó los labios un poco al ver lo contenta que se había puesto su madre. El giro que habían dado los acontecimientos era terrible. En ese momento, Perla le dedicó una mirada con la que le decía claramente que todo era culpa suya. Tal vez así era, pero no podía dejar que se marchara en aquellas condiciones. Tendrían que alargar un poco más su falsa relación. No quedaba más remedio.

—Mami, no grites tanto, que vas a asustar a Perla. Dame las llaves —le dijo a Perla—. Voy a por tu equipaje.

—¿Mi equipaje? —preguntó ella como si no supiera a qué se refería Gael.

—Sí, tu equipaje. Para que puedas tener tus cosas para esta noche.

Perla lo miró con rostro desafiante. Se acercó a él hasta que Gael pudo bajar la cabeza lo suficiente para que ella pudiera susurrarle al oído. Perla le rodeó el cuello con los brazos y le pegó un mordisco en la oreja. Gael tuvo que morderse el interior de la mejilla para no gritar. Estaba seguro de que, desde la distancia, parecía un simple abrazo de enamorados, pero él podía sentir perfectamente la amenaza que emanaba de la mujer que tenía entre sus brazos.

—Todo esto es culpa tuya, Gael Montez —le susurró—. Tienes que decir la verdad. No podemos seguir fingiendo hasta que me marche mañana…

Había pánico en su voz, pero también una cierta ansiedad que a Gael le pareció que tenía más que ver con lo cerca que estaban que con la situación en la que se encontraban.

Maldijo la lujuria que sentía. Sí, lujuria. Ya no podía engañarse y decirse que se trataba de otra cosa. Le agarró las caderas y notó la exclamación de sorpresa que ella dejó escapar.

—Yo no soy la que vino hasta aquí cuando había aviso de temporal de nieve para la tarde, Perla. Ya no se puede cambiar la situación. Y un trato es un trato. Sabes que no le podemos decir a mi madre que estábamos mintiendo.

–¡Pero idos ya al dormitorio! –exclamó Gabi, la instigadora, desde el sofá en el que se encontraba jugando con los perros.

–Las llaves, cielo –le ordenó él. En aquella ocasión, los dientes de Perla hicieron mucho más que morderle levemente la oreja–. Hay que ver cómo te pones –añadió antes de apartarse de ella–. Voy a por tus cosas.

Gael le guiñó un ojo mientras que ella le dedicaba una mirada, que acrecentó aún más la erección que él había empezado a tener. Si pudiera, se la echaría por encima del hombro y se la llevaría al dormitorio más cercando hasta que ella gritara desesperadamente su nombre.

–¿Limpió Brígida la cabaña esta mañana, Gaelito? No quiero que Perla se aloje ahí si no está limpio.

–¿La cabaña? –preguntó Perla. Gael estuvo a punto de esbozar una sonrisa cuando oyó la explicación de su hermana.

–Sí. Así los dos disfrutaréis de vuestro propio nidito de amor.


Aquello era una pesadilla. Lo más extraño de todo era que si aquello no fuera producto de su propia torpeza, parecería más bien una de sus fantasías más salvajes. Aislada por la nieve con el hombre del que había estado siempre enamorada, en una pintoresca cabaña mientras que la familia de él, a la que adoraba, no dejaba de darles su bendición y de decirles lo buena pareja que hacían.

Sí. Habría sido un sueño hecho realidad si, en verdad, no fuera una terrible pesadilla. La nieve caía abundantemente y cubría la finca entera con su manto blanco. Desde la ventana, observaba la «cabaña» en la que se iba a alojar y que estaba a tan solo unos pocos metros de la casa principal. Después de que Perla se recuperara del shock inicial que le produjo tener que quedarse allí con Gael y su familia, Gabi le había explicado que la cabaña era el espacio privado de Gael. Y hablando de Gael, el muy cobarde se había escondido en alguna partes mientras ella se hacía a la idea de que tenía que quedarse allí hasta que pasara la tormenta. Probablemente para pensar en cómo podía torturarla aún más.

La cabaña era preciosa. Desde aquella ventana, Perla podía apreciar dos ventanas a cada lado de la puerta y una pequeña chimenea de piedra.

—Es muy acogedor. ¿Estás segura de que vas a poder?

Perla se sobresaltó al escuchar la voz de Gabi a sus espaldas.

—Te aseguro que es una mala idea, Gabi —susurró Perla mirando a su alrededor como si fuera un animal enjaulado en aquella cocina, esperando que Juana o Verónica aparecieran de repente y descubrieran la mentira.

—Sí. Es una idea malísima —admitió Gabi con su habitual sinceridad—, pero ya es demasiado tarde para dar marcha atrás. Mi madre ha pasado un par de años muy malos. Realmente malos —añadió Gabi, pronunciando aquellas dos últimas palabras con la voz rota—. Está tan contenta de que estés aquí... El año pasado nos pasamos las Navidades con ella en la UCI.

—Lo siento mucho, pero tienes que hablar con tu hermano. No va a ocurrir nada. Yo voy a dormir sola.

Gabi palideció ligeramente al escuchar la mención de la cama.

—Por favor, dime que hay más de una cama, Gabriela...

—Hay un sofá-cama —respondió Gabi—. En realidad, la cabaña es más una suite que un apartamento.

Perla sintió deseos de gritar, pero, antes de que pudiera expresar sus reservas con aquel plan, Verónica y Gael entraron en la cocina. Al menos, él tuvo la decencia de parecer preocupado.

—Cariño, he ido a echar un vistazo rápido a la cabaña y...

—No tenías por qué hacerlo. Debe de hacer mucho frío y el suelo tiene que estar muy resbaladizo —comentó Perla con preocupación, pero Verónica le quitó importancia a su gesto con una sonrisa.

—No te preocupes. Gaelito construyó un camino techado desde la casa principal a la cabaña. Es tan listo... —dijo mirando a su hijo al tiempo que se ponía de puntillas para darle un beso en la mejilla—. Tienes toallas y sábanas limpias allí. También te he llevado un poco de leche de almendra, que sé que no puedes tomar leche normal en el café—. Si se me hubiera informado sobre el nuevo estatus de mi hijo, me habría asegurado de que tuvieras disponibles todas las cosas que te gustan, Perlita, pero, como siempre, alguien estaba guardando muy bien sus secretos.

A pesar de la recriminación con la que Verónica había terminado sus palabras, Perla sintió que se le hacía un nudo en la garganta. Hacía seis años que no tomaba café con ellos y, aun así, recordaban cómo le gustaba. A su propia madre le costaría recordar dos de sus comidas favoritas.

–Es muy amable de tu parte, muchas gracias. Y el cambio de estatus en la relación es muy reciente.

–Vamos, super, superreciente. En realidad, noticia de última hora –comentó Gabi haciendo que Perla se sonrojara.

–Por supuesto, *mija*. No te avergüence alojarte con Gael. Somos una familia moderna –le aseguró Verónica a Perla con un beso en la mejilla–. La novia de Gabi se alojó con nosotros el día de Acción de Gracias y estuvimos encantados de tenerla con nosotros. Me encanta que mis hijos y sus parejas se alojen con nosotros en casa.

La palabra pareja le sentó a Perla como un puñetazo en el estómago. Miró a Gael y vio que él no se sentía mucho mejor. Aquella mentira piadosa se estaba convirtiendo en algo muy peligroso y Perla era muy consciente de que la víctima más inmediata sería su propio corazón.

–Vamos, deja que te ayude a instalarte –le dijo Gael mientras le tiraba de la mano.

Perla debería zafarse de él. Debería estar furiosa, pero Gael la miraba con preocupación y con una ternura que Perla anhelaba más de lo que quería admitir. Se dirigieron hacia el zaguán, donde ella se puso su abrigo y unas botas de agua demasiado grandes para ella y salieron. El techado les protegía de las inclemencias del tiempo, pero no del todo. Hacía mucho frío. Realmente, el trayecto hasta el aeropuerto habría sido aterrador con aquellas condiciones meteorológicas. Por suerte, el enorme cuerpo de Gael estaba a sus espaldas mientras subían el camino. A pesar de todo lo ocurrido entre ellos, Perla sabía que, si tropezaba, él impediría que cayera al suelo.

—Bienvenida a mi casita —anunció con una cierta ironía cuando llegaron a la puerta.

Dejaron las botas en el exterior antes de entrar en la cabaña. El fuego rugía en la chimenea y hacía que el ambiente fuera cálido y acogedor. Como la casa, era un diseño de planta abierta. Había una pequeña cocina a un lado. Junto a la chimenea, había un cómodo sillón con una lámpara de lectura y, a sus espaldas, una enorme estantería que llegaba desde el suelo hasta el techo. Sobre la chimenea, había dos cuadros que hicieron que Perla comenzara a sentir mariposas en el estómago.

—Tienes las obras de Jorge Meriño… —comentó sorprendida.

—Sí —respondió él sin darle importancia, como si fuera algo normal tener dos cuadros del famoso pintor, que era el favorito de Perla. Aquella era otra cosa más que los dos tenían en común.

A Perla siempre le había gustado el arte, una de las pocas cosas buenas que había heredado de su madre. La pasión por el arte que Gael y ella compartían era algo en lo que no había pensado desde hacía años. En un principio, Perla había sido la coleccionista y él simplemente el admirador. Sin embargo, desde que ella una estrella de cine, se había convertido en un hombre que podía tener todo lo que quisiera. Y a quien quisiera.

Contuvo el aliento mientras examinaba los cuadros de Meriño. Una de las posesiones más valiosas de Perla era una de sus obras.

—¿Dónde los compraste? —preguntó, tratando de no leer demasiado al respecto.

—En la Galería Luna, en Tribeca. Tenían una exposición de artistas etíopes contemporáneos y compré un cuadro para la casa que tengo en Los Ángeles. En realidad, les he comprado varios cuadros a lo largo de los años.

Perla recordaba haberle llevado a esa galería hacía años, cuando estaban saliendo. Sin embargo, no sabía que él había seguido yendo en solitario. Aquello era... En realidad, no sabía lo que era.

Volvió a mirar los cuadros y los admiró durante un instante antes de ofrecerle la sonrisa más sincera que pudo encontrar. Necesitaba distanciarse de Gael antes de que dijera algo que provocara que las siguientes horas fueran más incómodas de lo necesario.

–Son muy bonitos. Creo que voy a volver a la casa –dijo encogiéndose de hombros–. Le dije a tu madre que regresaría para jugar al dominó con la abuela, con Gabi y con ella. También tengo que llamar a Esmeralda.

Perla había esperado que Gael fingiera indiferencia, pero, en vez de eso, respondió las preguntas que ella no le había hecho en voz alta.

–Los compré porque me recordaban a ti...

En la voz de Gael había una tensión en la que Perla prefería no pensar. Tenía que alejarse de él antes de que dijera algo que no pudiera borrar.

Se detuvo junto a la puerta. Tal vez debería enfrentarse a él, recordarle que la había perdido porque así lo había querido. Decirle el daño que le había hecho. Sin embargo, no quería darle más detalles de su vida. Gael no volvería a hacerle llorar. Antes de salir, lo miró por encima del hombro y dijo:

–Nunca pensé que fueras un sentimental.

En aquella ocasión, no sintió ni un gramo de satisfacción por quedarse con la última palabra.

# *Capítulo Siete*

–No me puedo creer que los aviones no puedan despegar durante tanto tiempo –se lamentó Perla arrojando su móvil después de llamar a la tripulación. Tomó la ficha de dominó que había estado a punto de jugar y la golpeó suavemente contra la mesa. Parecía preocupada, disgustada. Gael deseó que no le doliera tanto saber que era porque no quería estar cerca de él.

–Puedes quedarte con nosotros todo lo que sea necesario, mi amor –le dijo Verónica–. Es una delicia tenerte aquí con nosotros.

–Pero no puedo imponeros mi presencia durante tanto tiempo...

Habían creado un enorme problema. No. mejor dicho, Gael había creado un enorme problema. En contra de lo que le dictaba el sentido común, se acercó y le rodeó los hombros con el brazo. Perla suspiró y se acurrucó contra él. Dejó que el peso de su cuerpo descansara sobre él. Gael la estrechó entre sus brazos. Ella levantó el rostro.

–Iban a ser las primeras Navidades que pasaba con la familia de Esme –explicó. No hacía falta que explicara que significaba mucho para ella.

Gael sabía la mala relación que Perla tenía en aquellos momentos con su madre. Por fin, iba a pasar las fiestas con una familia que la trataba con cariño. En aquel momento, Gael decidió que iba a hacer todo lo posible para que Perla pasara una Navidad inolvidable. Dos días más tarde, se marcharía de su vida para siempre, pero aquellas cuarenta y ocho horas serían perfectas.

–Estás aquí con mi familia, Perla. Nosotros cuidaremos de ti.

Ella no parecía muy convencida, pero sabía muy bien que no podía demostrarlo frente a Juana y Verónica. La muchacha a la que Gael había conocido y amado se había convertido en una mujer que seguía buscando un lugar al que considerar su hogar. Perla tal vez hubiera encontrado seguridad en sí misma, pero, en cierto modo, aún seguía perdida. Seguía buscando el amor incondicional que nunca había tenido. Gael se aseguraría que, en las próximas horas, ella encontrara el calor familiar que tanto ansiaba.

Como si Juana, Verónica, Gabi e incluso los perros hubieran adivinado sus pensamientos, todos se acercaron a ellos para un abrazo de grupo.

–*Mija,* sé que estás desilusionada de no poder estar con tu hermana en Punta Cana, pero nosotros nos aseguraremos de que pases una estupenda Nochebuena con nosotros –le aseguró Verónica mientras le daba un beso en lo alto de la cabeza.

–Eso es. Yo ya tengo algunas tareas para ti –comentó la abuela–. Iba a pedírselas a Gaelito, pero sabemos que el muchacho no tiene delicadeza ninguna.

Todos se echaron a reír al escuchar el comentario de Juana. Perla les dedicó una llorosa sonrisa.

–Gracias, siento mucho tener que imponer mi presencia de esta manera…

–¿Imponer tu presencia, dices? –repitió Verónica horrorizada–. Tú eres parte de la familia, cielo. La novia de Gaelito.

Gael sintió que ella se tensaba entre sus brazos, pero Perla siguió fingiendo y asintió.

–Gracias –repitió ella de nuevo. Cuando miró a Gael con los ojos llenos de lágrimas, él sintió que algo se rompía dentro de él.

–Estás donde tienes que estar –le dijo él. Para su sorpresa, Gael sintió la verdad de aquellas palabras en lo más profundo de su alma. Decidió que se aseguraría de cumplir su promesa hasta el último momento.


–¿Qué estás haciendo?

Perla se sobresaltó cuando oyó la voz de Gael. Cuando se dio la vuelta para responderle y se encontró cara a cara con su torso desnudo, musculado y bronceado, estuvo a punto de desmayarse.

–¿No tienes frío? –replicó ella con irritación, en vez de responder a la pregunta que él le había hecho.

¿Cuántos abdominales tenía?

–No –contestó él con una sonrisa mientras se pasaba una mano por el torso con despreocupación–. Te he hecho una pregunta, Perla.

–¿Qué estoy haciendo? –se preguntó frunciendo el ceño–. Ah, sí –añadió al ver lo que tenía en las manos–. Estaba decorando tu árbol –añadió. Había encontrado un pequeño abeto en un rincón, junto a una caja de adornos y luces–. Quería que la cabaña tuviera un aspecto más festivo.

Aparentemente, había dicho algo malo porque, en aquellos momentos, era él el que parecía azorado.

–¿Y tú no tienes frío? –le preguntó Gael señalándole las piernas.

Perla se había puesto algo más cómodo mientras

Gael estaba en la ducha y parecía que él se había fijado. Se había puesto un pijama de pantalón corto y eso sí, el pantalón era muy, pero que muy corto. En su defensa, lo único que Perla podía decir era que lo había pensado para el trópico.

—En realidad sí, pero es la única clase de pijama que tengo y, por mucho que me encanten los *leggins* de piel sintética, no son muy cómodos para dormir.

La mirada de Gael era algo incómoda. Por suerte, no tardó en dirigirse al dormitorio. Regresó a los pocos segundos con unos pantalones de chándal.

—Toma.

—Pero Gael, eres casi treinta centímetros más alto que yo. No me sirven. Además, tengo más curvas que tú en ciertas zonas —comentó. Gael no pudo evitar mirar las zonas a las que ella se refería.

—Bueno, te puedes recoger los bajos.

—No —insistió Perla. De repente, había empezado a sentir que él le estaba dando órdenes—. Si lo que llevo puesto te supone un problema, te sugiero que dejes de mirar.

Con eso, se dio la vuelta y se aseguró de que el trasero quedara bien visible cuando se inclinó para recoger la casa de adornos que había encontrado. Gael podía tratar de aparentar enfado, pero Perla había visto cómo la miraba. Ella había ganado algo de peso en los últimos años, pero, por primera vez en su vida, se sentía cómoda en su propia piel. Su madre le había dicho una y otra vez que no tenía la altura adecuada para tener tantas curvas y eso había hecho que Perla se sintiera siempre obsesionada con el peso y con las dietas. Sin embargo, como la mayoría de los consejos que su madre le había dado, no había sido bueno para ella.

Por lo tanto, sí, su trasero era mucho más grande y sus curvas más rotundas, pero le encantaba su cuerpo. Y, por lo que parecía, a Gael tampoco le disgustaba.

–No quiero poner un árbol aquí –dijo él por fin.

–¿Qué es lo que te pasa, Gael? –le preguntó Perla–. Hay árboles y decoraciones de Navidad en la casa principal y no los miras como si quisieras asesinarlos.

–En los últimos años, me ha costado un poco meterme en el espíritu de la Navidad –musitó sin mirarla mientras hablaba.

Cuando estaban juntos, Gael le había contado a Perla que su padre los había abandonado durante las Navidades y ella se preguntó si era esa la razón. O si tenía que ver con... No. No quería ni pensarlo.

–¿Por qué estás así, Gael?

–No quiero hablar de ello y estoy seguro de que tú tampoco quieres escucharlo.

–Vaya, ahora me vas a decir cómo me tengo que sentir. Siempre ha sido tu especialidad...

Perla vio que él se tensaba. Debería dejar el tema. Seguir por aquel camino no podía llevar a nada bueno. Sin embargo, ya era demasiado tarde. Él se movió muy rápidamente y, muy pronto, la tuvo contra una pared o una puerta, Perla no podía estar segura. Ni le importaba. Todo sus pensamientos se centraban en cómo las manos de Gael le agarraban los brazos. En cómo su fuerte cuerpo se apretaba contra el de ella. Perla deseó tener la fuerza de voluntad necesaria para resistirse, pero lo único que pudo hacer fue aferrarse a él con fuerza cuando él le apretó la boca a la oreja.

–Hoy me he repetido mil veces que no debo desearte tanto como te deseo...

Su voz sonaba furiosa. Si Perla no lo hubiera conocido tan bien como lo conocía, habría pasado por alto el arrepentimiento que teñía sus palabras. La estrechó con fuerza contra su cuerpo y el deseo se apoderó de Perla con fuerza, explotándole dentro del pecho como si fueran los fuegos artificiales del Cuatro de Julio.

—¿No sería maravilloso si pudiéramos hacernos desear las cosas que podemos tener? –replicó.

Gael gruñó al escuchar aquellas palabras. Perla no sabía si era porque estaba de acuerdo o porque negaba lo que ella había dicho. Le resultaba imposible centrarse, con las manos de Gael deslizándose por sus brazos. Nunca había sido capaz de resistirse cuando Gael quería algo de ella, pero, por suerte, después de unos segundos, él dio un paso atrás. Tenía una expresión triste en los ojos.

—No quiero hablar de ello.

Perla no sabía a qué se refería. El abandono de su padre. El fin de su relación. Los años perdidos. Todo lo que nunca podrían recuperar. Se podía referir a tantas cosas… Desgraciadamente, ella no pudo articular palabra para preguntarle. El dolor que veía en sus ojos se lo impidió.

Gael se mesó el cabello como si no supiera por dónde empezar. Como si todo fuera demasiado para él. Durante un instante, Perla pensó que se iba a marchar y que la iba a dejar allí sola.

Sin embargo, se inclinó hacia ella y la besó.

# Capítulo Ocho

Casi se lo había contado todo. Lo que dijo su padre la noche que se marchó. Casi le había confesado la verdadera razón por la que rompió con ella hacía seis años. Sentía la verdad como una avalancha dentro de él. Sin embargo, era él quien debía cargar con aquel bagaje, no Perla. No podía cambiar lo que era, ni el modo en el que le había herido ni el destino de los hombres de su familia. Sin embargo, sí podría hacer que aquellos dos días fueran inolvidables para ella. Dejaría a un lado sus sentimientos y se centraría en Perla. Podría tomar la iniciativa y darles a los dos lo que deseaban. El tacto de los labios de ella llevaba turbándolo todo el día y, en aquellos momentos, allí la tenía, perfecta y suave entre sus brazos. Besándolo con una pasión que le encendía la sangre. Trató de pensar en algo de los últimos seis años que no le hubiera parecido tan real, pero no pudo encontrar nada.

–No puedo parar de pensar en tu boca –susurró mientras ella le mordisqueaba suavemente el cuello.

–Bueno, si te hace sentir mejor, te puedo decir que es mutuo –respondió ella con un sexy gruñido mientras le rodeaba la cintura con las piernas.

Después de la ruptura, Gael se había dicho muchas veces que ella se merecía a alguien mejor. Alguien que pudiera amarla como necesitaba y que pudiera proteger su corazón. Se había dicho una y otra vez que esa persona no podía ser él. Por mucho que se esforzara, estaba destinado a romperle el corazón.

–¿Puedo? –le preguntó mientras le acariciaba el pezón con el pulgar.

Se sentía ansioso por ver su reacción. Siempre le había encantado lo expresiva que ella era. Perla nunca se había opuesto a ocultar su deseo. Siempre le había mostrado todo lo que él le hacía sentir. Cuando estaban juntos, había sido como una adicción.

–Hmm… –gimió ella mientras él le estimulaba el pezón con el pulgar.

A Gael se le hizo la boca agua por la necesidad de saborear todos los lugares que no había tocado desde hacía tanto tiempo. Años atrás, Perla había sido muy inexperta. Gael había sido el primero en todo. Aunque no lo admitiría nunca, a él le había encantado ser el primero en ver cómo se corría entre sus brazos.

–¿Te gusta cuando te toco así? –le pregunto antes de bajar la cabeza para tomar el pezón a través de la tela del pijama.

–Sabes que sí…

Gael sonrió al notar lo molesta que ella parecía. Los ojos grises de Perla, que tan fríos habían parecido hacía solo un minuto, relucían como el fuego. Gael quería verlos arder por él.

Le gustaba que el sexo fuera picante, sucio. Perla hacía que la cabeza se le llenara de todas las cosas que podría hacerle. Bajo aquella necesidad, había un impulso mucho más poderoso, que él asfixió antes de que pudiera conseguir oxígeno para respirar. Volvió a centrarse en Perla, en el modo perfecto en el que su cuerpo vibraba con sus caricias.

A pesar de todo, ella parecía tímida cuando le tomó

la mano y se la guio debajo de la camiseta. En el momento en el que tocó la cálida piel que había debajo de la camiseta, Gael ya no pudo pensar en nada más. Perla guardó silencio mientras que él deslizaba la palma de la mano por las costillas y luego sobre el lateral del pecho. Tenía los senos pequeños, erguidos y estaban... desnudos.

–¿No llevas sujetador? Antes no era así... –susurró mientras le apretaba el pezón entre los dedos y hacía que ella abriera la boca con un gemido silencioso.

–No me gustan. Nunca me han gustado. Ahora solo me los pongo si es necesario –respondió ella, arqueando la espalda para ofrecerse plenamente a la mano de Gael.

–Esa información es peligrosa... ¿Cómo voy a pasar el día de mañana sabiendo que lo único que le impide a mi mano alcanzar estas bellezas es una única capa de ropa?

Se inclinó para besarla. Enredó rápidamente la lengua con la de ella, después de que Perla abriera la boca ávidamente para recibirlo. Tenía los labios calientes, ardientes, cuando Gael comenzó a darle suaves mordiscos en el inferior. Dios, sería capaz de devorarla...

–Voy a besarlas...

–Por favor...

Los gemidos que ella dejaba escapar lo estaban volviendo totalmente loco. Se esforzó en tocarla como a ella le gustaba, deslizando los pulgares por los pezones y trazando con los dedos los lugares que saborearía más tarde.

–Bajo el moreno de tu piel adivino un rubor rosado... Quiero ver las otras partes de tu cuerpo que tienen el mismo color, nena...

Ya no había nada que pudiera detenerlo. Perla se

retorció y gimió con sus caricias. Gael inclinó la cabeza y rodeó el erecto pezón con la lengua, lamiéndolo, mientras lo acariciaba con el dedo. Eso le reportó otro delicioso gemido de placer. Con cada caricia, ella se apretaba más contra él y, en aquellos momentos, las piernas de Perla lo sujetaban con tanta fuerza que Gael podía sentir el calor de su sexo a través de aquellos pecaminosos pantalones cortos. De igual manera, estaba seguro de que ella podía notar la base de su potente erección.

–¿La notas, cariño? –le preguntó mientras le mordisqueaba la oreja–. ¿Notas lo duro que estoy por ti?

Realizó un envite contra el cuerpo de Perla, que ella recibió con gusto meneando las caderas. Gael estaba encadenando una serie de muy malas decisiones, pero, a pesar de todo, no podía impedir que las manos recorrieran con pasión la suave piel del vientre de Perla.

–¿Estás lista para mí? –le preguntó mientras bajaba una mano hacia el centro de su feminidad.

–Sí… –susurró ella, gimiendo cuando él tocó por fin los rizos que cubrían los pliegues más íntimos de su cuerpo.

–Lo estás deseando, ¿verdad? ¿Cuándo fue la última vez que alguien te tocó así?

Gael no sabía por qué había realizado aquella pregunta. Si fuera inteligente, debería dejar aquella puerta firmemente cerrada. Sin embargo, había algo en él que necesitaba escuchar que nadie le había hecho sentir como él.

–Seis años para ser exactos –susurró ella mientras le agarraba la firme erección. Lo hizo con tanta fuerza que Gael no pudo pensar, a pesar de que trató de procesar lo que ella acababa de decir.

–¿Seis años? –murmuró, totalmente poseído por el placer. Seis años. ¿Perla no había estado con nadie en seis años? ¿Tanto daño le había hecho que no había podido estar con otro hombre en todo ese tiempo?

Y, en aquellos momentos, estaba así con ella, dándole placer, cuando sabía que no había futuro posible para ellos.

Dios. Necesitaba parar. Inmediatamente.

–¿Qué? –le preguntó Perla al notar que la obligaba a bajar las piernas y que se alejaba de ella como si su piel lo estuviera abrasando.

Perla tenía un aspecto embriagado por sus besos, totalmente adorable. Sin embargo, Gael sabía que lo que acababa de hacer era lo correcto. No iba a ir más allá sin asegurarse de que Perla no lo lamentaría más tarde. Aquel día ya había sido una montaña rusa de muchas emociones, por lo que el sexo solo podría ser una mala idea. Desgraciadamente, parecía que Perla se iba a sentir enojada con él de todas maneras.

–Vas a lamentarlo más tarde –le dijo mientras se secaba la boca con el reverso de la mano.

Perla se tensó y la expresión de su rostro pasó de la ensoñación y la calidez a la frialdad y a la vergüenza.

–No tienes ni la más mínima idea de lo que yo lamento, Gael –le espetó–, pero sí que tienes razón en una cosa. Esto es un error –añadió mientras lo empujaba para que se apartara del todo.

–No es un error, pero yo no quiero complicar las cosas más de lo que ya están.

«Porque estoy seguro de que aún siento algo por ti y hacer esto probablemente hará que me odies aún más que antes».

–No es que no te desee, Perla…

73

–Dios mío –gritó ella, totalmente horrorizada–, por favor, Gael, líbrame del «no eres tú, sino yo» –añadió ella. Ya ni siquiera lo miraba. Parecía estar a punto de echarse a llorar–. No me he olvidado de lo que me dijiste entonces, cuando me dejaste hace seis años. No hay necesidad alguna de que me lo vuelvas a decir. Solo quiero que finjamos que nada de esto ha ocurrido y que intentemos pasar esta noche y mañana lo mejor que podamos.

Tras pronunciar aquellas palabras, Perla se marchó al dormitorio mientras que él permaneció allí.

Era un imbécil. En menos de doce horas había conseguido que Perla estuviera al borde de las lágrimas. Su padre había tenido razón. Los hombres Montez no podía evitar hacerles daño a las mujeres a las que más querían.

Muchos años atrás, también antes de la Nochebuena en la que su vida se había desmoronado para siempre, su padre se lo había advertido. Después de desaparecer durante más de una semana, Gabriel Montez se había presentado a la hora de la cena del día de Nochebuena oliendo a alcohol y al perfume de otra mujer. Su madre se hartó por fin de soportar durante años los engaños de su esposo y lo echó a patadas. Le exigió firmemente que se marchara.

Gael recordaba que había esperado que su padre hiciera lo de siempre y le suplicara a su madre prometiéndole que no iba a ocurrir nunca más hasta que ella cediera. Para su sorpresa, y sin decir palabra, su padre se marchó, recogió sus cosas y después de despedirse de su hermana y de él con un beso, salió de la casa.

Gael salió corriendo detrás de él. Enojado y confundido, le exigió a su padre que le explicara por qué abandonaba a su familia y por qué seguía haciéndole daño a su madre. Su padre se encogió de hombros y le dijo:

–Los hombres Montez no tratan bien a sus mujeres, *mijo*. Hagamos lo que hagamos, terminamos destruyendo a las mujeres a las que amamos. Es una maldición.

Sacudió la cabeza como si él mismo no pudiera comprenderlo y, entonces, se inclinó para besar a Gael en la frente. A continuación, se metió en su coche y se marchó para siempre.

A lo largo de los años, Gael había pensado mucho en lo que su padre le había dicho aquella noche. Había pensado que su padre era débil y egoísta para tratar de encontrar excusas a su mal comportamiento. Se había pasado dieciocho años diciéndose que él sería diferente a su padre y, desgraciadamente, allí estaba él, haciéndole daño a Perla… por segunda vez.

Manolo había tenido razón en una cosa: con Perla tenía que ser todo o nada. No podía fingir con ella. No podía ir solo a medias. Por eso, mantenerse alejado de ella había sido lo correcto, lo más seguro. Por mucho que la deseara, por muy profunda que fuera la necesidad que tenía de ella, terminaría haciéndole daño.

No importaba lo que deseara o a quién. Era un Montez y los hombres Montez siempre terminaban solos.

Perla: *¡SOS!¡SOS!*

Perla era consciente de que su mensaje resultaba algo dramático, pero los momentos desesperados requerían medidas desesperadas. Había vuelto a besar a Gael. Había estado a punto de hacer mucho más que eso, pero, por suerte, había terminado apartándose de ella. ¿Cuántas veces iba a permitir que la humillara?

Decidió que se escondería en el dormitorio y fingiría que estaba dormida cuando él entrara en la habitación. Tal vez, Gael decidiría dormir en el sofá. Deseó que aquella idea le hiciera sentirse mejor, pero el hecho de que Gael prefiriera la incomodidad del sofá a evitarla solo consiguió ponerla de peor humor.

Gael debía de pensar que estaba desesperada. Lo peor era que ella se lo habría permitido todo. Lo había estado deseando. Era como si, cuando estaba con Gael, fuera una persona totalmente diferente. Arriesgada e impulsiva, que se dejaba llevar por sus deseos.

Necesitaba apartarse de aquel abismo, por lo que envió otro mensaje a Marquito, el hermano de Rodrigo. Era su mejor amigo. Se suponía que él iba a ir también a la República Dominicana a pasar la Navidad, pero se había echado atrás en el último minuto con la excusa de que tenía demasiado trabajo para la temporada que empezaba en enero con las ceremonias de entrega de premios. Marquito era el estilista de algunas de las estrellas más importantes de Hollywood.

Marcos: *Pero niña, no estás todavía tratando de meterte en ese avión, ¿verdad? Pensaba que no podías despegar hasta que pase el temporal.*

No había muchas personas que conocieran los detalles de la ruptura de Perla con Gael Montez, pero la relación de Perla con Marquito se remontaba a mucho tiempo atrás. Además, cuando los respectivos hermanos de ambos retomaron su relación el año anterior, los dos se habían hecho aún más íntimos, lo que significaba que él conocía todos los sórdidos detalles de la relación de Perla con el rompecorazones de Hollywood.

Perla: *No, sigo todavía en Nueva York. Nadie va a poder volar desde aquí durante algún tiempo. Estoy aislada por la nieve en la casa que Gael Montez tiene en los Hamptons.*

Los tres puntos indicaban que Marquito estaba escribiendo un mensaje. Este apareció inmediatamente.

Marcos: *¿Qué? ¡DIOS MÍO, PERLA SAMBRANO!¿Te puedo llamar?*

Perla temió que Gael pudiera escuchar que aún lo deseaba. Él seguía en el salón.

Perla: *No, no puedo hablar. Estoy en la cabaña privada de Gael… porque más o menos le hemos dicho a su madre que volvemos a estar juntos.*

En la pantalla del teléfono de Perla empezaron a aparecer una serie de *gifs* con los que suponía que Marquito trataba de expresar su sorpresa ante aquella noticia incomprensible para él.

Marquitos: *¡Por el amor de todo lo que sea sagrado para ti, déjame que te llame!*

Mientras Perla consideraba lo que hacer, oyó que una puerta se abría y se cerraba en la cabaña. Un instante más tarde, vio que Gael se avanzaba sobre la tarima que conducía hacia el mar. Parecía estar muy solo y triste. Con cierta ansiedad, tocó la pantalla y llamó a Marquito.

–Quiero que me lo cuentes todo. ¡Todo!

Muy a su pesar, Perla sonrió al escuchar la curiosidad de su amigo.

—Eres un chismoso —le dijo, incapaz de ocultar el afecto que sentía en su voz.

—¡Me encantan los chismes, sí! Pero, amiga mía, ¿qué te ha pasado? ¿Cómo has terminado en los Hamptons?

Perla suspiró antes de relatarle detalladamente todo lo que le había ocurrido aquel día. No podía creer que todo aquello hubiera ocurrido en menos de doce horas.

—Entonces, ¿vas a pasar la Nochebuena con él y con su familia fingiendo ser su novia? —recapituló Marquito con incredulidad.

—Correcto.

—¿Y ya os habéis besado dos veces y os vais a acostar en la misma cama esta noche?

—Qué bien me lo estoy pasando contigo. Me alegro de haberte llamado —gruñó ella ante la frivolidad de Marquito.

—Perlita, niña mía, ¿quieres que se te meta en las bragas solo o también sientes algo por ese hombre?

Aquella era precisamente la cuestión. Una que Perla tendría que responder tarde o temprano. Suspiró.

—Tal vez… bueno, tal vez no. Así es —afirmó mientras se dejaba caer sobre la cama. De repente, se sentía muy mal. Una hora era sospechar la verdad y otra muy distinta reconocerla en voz alta.

—Vaya problemón, amiga… —murmuró Marquito.

—¿Sabes lo que es aún más absurdo? Que me había convencido de que me había olvidado de él. No he estado a su lado prácticamente ni doce horas, Marcos, y casi no puedo ni respirar si él está cerca —comentó ella. Cerró los ojos al pensar en cómo le había tocado Gael hacía unos minutos. El placer que sus grandes manos le había proporcionado–. Le he dejado que me bese en dos ocasiones, pero sé que lo volvería a hacer si él me lo pidiera…

–Madre mía, Perla Marina Sambrano, pues sí que estás en peligro, nena, sí…

–Ya lo sé…

Perla consideró las opciones que tenía. El asunto con Gael podía terminar muy malamente. Por lo que ella sabía, no había tenido novia en serio desde que los dos se separaron. Probablemente no había sido lo más adecuado, pero, a lo largo de los años, se había mantenido al tanto de lo que le ocurría, o, al menos de lo que la prensa decía sobre él. Y sí, sabía que no había tenido una relación seria desde que ellos dos terminaron. Había salido con alguna modelo o compañera de trabajo de vez en cuando, pero no había durado con nadie.

En realidad, ella era la menos indicada para hablar. Ya no recordaba ni siquiera la última vez que había pasado más allá de una primera cita. Sin embargo, en aquellos momentos, estaba muy ocupada. No tenía tiempo para una relación. Acababa de empezar a trabajar con su hermana y, por fin, estaba sola y libre de las garras de su madre. Se había asegurado de que se centraría en su carrera y que se tomaría el tiempo que necesitara para averiguar lo que quería. En conclusión, no debería desear estar con Gael Montez, pero así era.

–Perlita, ¿sigues ahí?

–Voy a ver cómo acaba todo esto.

Perla pensó que el profundo suspiro de Marquito era el prefacio al sermón que le iba a echar para convencerla de lo contrario, pero, cuando su amigo tomó la palabra, la sorprendió.

–¿Y quién soy yo para decirte lo contrario, cielo? No hago más que caer por alguien que sé que no es bueno para mí, pero lo amo –susurró.

Perla sabía que Marquito tenía el corazón roto por Ónix. Deseó de todo corazón que su hermano no fuera un canalla tan egoísta.

–Lo siento mucho, Marquito. Me gustaría que Ónix viera lo que tiene contigo.

–No. No vayas por ese camino. Esta noche no toca hablar de mí, sino de ti, Perla. Si quieres a ese hombre, lucha por él.

–Creo que voy a hacerlo –le aseguró a su amigo antes de dar por terminada la llamada.

La anticipación abrasaba la piel de Perla como si fueran las llamas de un enorme fuego. Sabía que no era un plan muy inteligente, pero tal vez por eso tenía que conseguir que ocurriera. Los dos llevaban deseándose todo el día. La tensión tendría que liberarse de alguna manera. ¿No era mejor que fuera en aquel momento? Debía de dejar de luchar contra lo inevitable y sacudirse la lujuria que le estaba nublando el juicio. Nadie le había hecho sentir como lo hacía Gael.

Había sabido que él era la razón por la que ni siquiera había besado a otro hombre durante todos aquellos años. Era como tener que vivir con comida basura cuando se había acostumbrado a los manjares de mejor calidad. Quería volver a saborearlo, aunque solo fuera para decirle adiós. Esperaría a que él regresara y le explicaría por qué la única manera de poder fingir aquella relación falsa convincentemente era quemar parte de la tensión sexual que ardía entre ellos. Y Perla tenía algunas sugerencias sobre cómo podrían hacerlo exactamente.

# Capítulo Nueve

–Maldita sea, hermano. Siento la tensión que emana de ti desde aquí.

–¿Es que no puedo tener ni diez segundos en solitario en esta casa?

Gael dejó escapar un sonido de frustración. Estaba de espaldas a su hermana. Había ido allí después de que Manolo lo llamara por cuarta vez en una hora para hablar del proyecto que insistía que Gael debía aceptar a pesar de que él le había dicho repetidamente en el avión que no le interesaba. Después de lo ocurrido con Perla, Gael no había estado de humor para tolerar las exigencias de su tío y había terminado de muy mal humor después de la última llamada.

Estaba apoyado contra la balaustrada del pequeño muelle. Gael había elegido el lugar más oscuro para poder pensar.

–¡Qué mal genio! –exclamó Perla mientras se acercaba a él y se colocaba a su lado.

–Deberíamos haber ido al apartamento de Ponce.

–No –respondió Gabi mientras le rodeaba la cintura con un brazo–. Ya sabes que mami aún no puede ir a Puerto Rico por Navidad. Querría visitar a todo el mundo y tendría visitas en la casa todo el día. No está lo suficientemente fuerte para eso. Además, le encanta estar aquí. Este es su lugar favorito.

Efectivamente, a su madre le encantaba el océano.

Cuando Gael era un niño, le había hablado de su infancia en Puerto Rico. Allí, en Ponce, iba a nadar a la playa todos los días y eso era lo que Gael había soñado precisamente con darle. Su madre tenía un apartamento con vistas al mar en Ponce, una casa en las colinas de Los Ángeles con unas espectaculares vistas del océano Pacífico y una mansión en los Hamptons con playa privada. Gael deseaba sentir algo que no fuera agotamiento cuando pensaba en todo ello.

–Lo he estropeado todo con Perla –confesó–. Una vez más.

–No tenéis remedio ninguno de los dos. Pensaba que Perla sería más inteligente que tú, pero parecer que los dos ejercéis efectos adversos en la inteligencia del otro. Vaya par de tontos. La has vuelto a besar, ¿verdad?

–Sí –admitió Gael–. Pensaba que ya lo había superado.

–¿Que habrías dejado de desear a una mujer de la que llevas enamorado desde hace más de seis años?

–No estoy enamorado de Perla –comentó él débilmente–. No puedo estar enamorado de ella. De hecho, no puedo estar enamorado de ella, ya sabes por qué.

–Gael, por favor… Tienes que dejar de pensar que estás maldito. Es una tontería. Nuestro padre era un idiota y no te tendría que haber dicho que…

–Pero es cierto…

–Ojalá le hubiera dicho a mami las tontería que tienes en la cabeza desde que papá se fue.

–Te lo prohíbo.

–Te aseguro que no voy a hacerlo. Si no lo he hecho hasta ahora, no voy a hacerlo cuando ella está tan frágil. Saber lo que te has estado haciendo todo este tiempo la remataría.

–No me estoy haciendo nada –replicó Gael–. Debería haber tenido más cuidado, pero, en cuanto la vi... Es como si mi autocontrol se desvaneciera cuando estoy cerca de Perla. Y lo único que hago es hacerle daño.

–Dios, ¡qué idiota eres! Le haces daño porque no haces más que aferrarte a esa estúpida idea y no dejas de escuchar a Manolo. No hay maldición, Gael. Rompiste con ella hace seis años porque dejaste que Manolo te convenciera de que tenerla como novia le iba a pasar factura a tu carrera. Ahora le estás haciendo daño porque prefieres creer las ridículas excusas de papá para justificar sus engaños. Ese hombre no podía aceptar sus responsabilidades en nada.

–Si nada de ello es cierto, ¿cómo es que he dejado a Perla llorando en la cabaña? No llevo ni un día a su lado y ya le he hecho daño.

–¿Por qué está llorando? –le preguntó su hermana, aunque el tono de su voz indicaba que ya conocía la respuesta.

–Porque le dije que se arrepentiría si dejábamos que las cosas fueran más allá.

Gabi dejó escapar un sonido que era una mezcla de compasión y de frustración.

–¿Sabes una cosa? Menos mal que decidiste canalizar todo tu dramatismo en una carrera profesional muy lucrativa. A veces eres demasiado...

–Vaya manera de patearme cuando estoy en el suelo, hermanita.

–No te estoy pateando mientras estás en el suelo. Te estoy diciendo que te levantes. No sé lo que ocurrió entre vosotros en la cabaña, pero por el modo en el que llevabais mirándoos todo el día, supongo que tuvo algo que ver con el deseo que casi no puedes ni ocultar. No –le ordenó a Gael cuando él quiso protestar–. Estoy hablando. No haces más que hacerle daño a Perla porque te niegas a aceptar lo que sientes por ella. Eres demasiado terco. Si no fuera porque te ha surgido este papel, te habrías pasado el resto de tu vida en qué fallaste. ¿Qué tiene de malo que Perla te desee y que tú la desees a ella?

–Porque no puede funcionar.

–Con esa actitud, desde que luego que no –replicó Gabi. El tono de su voz indicaba claramente que estaba a punto de perder la paciencia–. ¿Te has parado a pensar que, si te dejas llevar, tal vez la situación no parezca tan imponente? Los dos sois jóvenes, guapos y con dinero a montones. Si quieres algo o a alguien, lo único que tienes que hacer es ir a por ello… o a por ella.

–No sé, hermanita –dijo Gael mientras se paraba a pensar unos instantes en las palabras de su hermana. Tal vez eso era precisamente lo que tenía que hacer. Si los dos iban con los ojos abiertos, podrían alejarse sin problemas cuando todo hubiera terminado–. ¿Sabes qué, Gabi? Creo que tienes razón. Tengo que dejarme llevar.

–¿En qué estás pensando, Gael Alberto Montez? –le preguntó Gabi mientras volvían hacia la casa.

–Deberías estar contenta porque voy a seguir tu consejo –afirmó. No podía dejar de pensar en cómo se iba a encontrar a Perla. Tal vez ya estuviera en la cama.

–Esto es lo que me preocupa.

–No te preocupes por mí, hermanita –le dijo mientras se inclinaba para besarla en la frente–. Lo tengo todo bajo control.

Lo último que oyó mientras subía el sendero que conducía hacia la cabaña fue la risa de su hermana.

–Eso ya lo veremos…

Perla se despertó sobre lo que parecía una planta de granito. De un granito muy cálido y bronceado.

–Dios mío –susurró al recordar los acontecimientos de la noche anterior, y también del día anterior.

Estaba en la cama con Gael Montez y, a pesar de ser una cama muy grande, de alguna manera había terminado medio tumbada encima de él. Abrió un ojo y sí, bajo su mejilla vio esculpidos músculos y piel dorada, junto a una deliciosa clavícula. Sus labios ansiaban depositar un beso sobre la bronceada piel.

Era incapaz de contar las veces que había ansiado volver a despertarse así. Poder mirarlo a su antojo, poder tocarlo todo lo que quisiera. Se había quedado dormida esperando a que él regresara, por lo que no había tenido oportunidad de proponerle su plan. Sin embargo, lo haría en cuanto él se despertara. Sería una necia si desaprovechara aquella oportunidad. El deseo que sentía por él no iba a desaparecer.

Sintió que algo se rebullía a los pies de la cama y se tensó. Entonces, sintió una cálida vibración. Se sentó en la cama y Gael, con los ojos aún cerrados, se movió un poco hasta que consiguió que algo comenzara a moverse por debajo de las mantas.

–¿Qué es eso?

–Es Chavi –le explicó mientras sacaba un gato *sphynx* de debajo de las sábanas,

–Vaya –comentó. El gato había empezado a frotar la cabecita sin pelo contra las muñecas de Gael y ronroneaba como un pequeño motor–. Pensaba que no te gustaban los gatos.

–Y no me gustan –le aseguró Gael mientras acariciaba el lomo del animal–, pero a ella le gusto yo y mi madre insiste en que necesito algo de compañía. Me regaló a Chavienda para mi cumpleaños este año.

–¿Pero como le has podido poner un nombre que significa «molestia»? –comentó ella riendo.

Gael sonrió también y luego le guiñó un ojo. Era tan guapo… Se había sentado en la cama y Perla podía ver perfectamente los músculos que le marcaban las caderas y el rastro de vello oscuro que se dirigía hacia…

–Tengo los ojos aquí –le comentó él con voz sexy y ronca–. Y le he puesto Chavienda, que sí, significa molestia, pero en el *slang* de Puerto Rico. Le va muy bien.

Perla sonrió.

–Bueno, pues hasta ahora se ha portado muy bien.

–Eso es porque no has mirado muy bien la mesita de café. Le encanta afilarse las uñas en ella.

Tomó a la gata con cuidado y la saco del dormitorio. Cerró la puerta y volvió a meterse en la cama.

–¿Cómo has dormido? –le preguntó a Perla con una sonrisa.

–Bien –admitió ella.

–Me alegro…

Gael se movió un poco, de manera que las sábanas dejaron al descubierto un poco más de su piel. Ante aquella exhibición de piel morena y masculinidad, a Perla le resultó muy difícil concentrarse en lo que él le decía. La boca de Gael siempre había sido su objeto de deseo. Tenía unos labios carnosos, suaves, que a ella le encantaba apretar entre los dientes y chuparlos hasta que él contuviera el aliento. Le miró la boca.

Nunca había dejado de desearlo. Tal vez nunca lo haría. Deseó ser valiente y pedir lo que tanto deseaba, pero no quería que él volviera a apartarla de su lado. Gael contuvo el aliento cuando Perla comenzó a acariciarle el labio con el pulgar. Cuando ella hizo ademán de retirar la mano, le agarró la muñeca con fuerza.

–Te agarré –dijo. Y así era exactamente como Perla se sentía. Atrapada. Atrapada mirando. Deseando algo que no debía pero que ansiaba de todas maneras.

Sentía escalofríos por el cuerpo y el estómago le aleteaba frenéticamente por el contacto con la piel de Gael. Entonces, él la miró fijamente y ella lo vio por fin. El fuego que ardía en sus ojos. El deseo. Tal vez a Gael le resultaba imposible amarla. Tal vez no quisiera un futuro con ella, pero sí la deseaba. El fuego que ardía en sus ojos no se podía interpretar de otra manera. Y si aquello era lo único que él podía darle… lo aceptaría.

Gael tiró del brazo hasta que las bocas de ambos estuvieron a pocos centímetros de distancia. El corazón de Perla parecía a punto de estallarle en el pecho.

–Quiero besarte –le susurró él contra los labios.

Perla se acercó lentamente a él, hasta que las frentes de ambos se tocaron ligeramente.

–Está bien… –replicó con voz temblorosa.

Gael la tomó entre sus brazos y la depositó delicadamente sobre el colchón. No tardó en cubrirla por completo. Era tan grande, tan corpulento… Por fin, las bocas se unieron y Perla sintió un beso extremadamente dulce. Mientras los anteriores habían sido precipitados y apasionados, aquel fue delicado y sensual. Gael le lamió el contorno de los labios, explorándola con la cálida lengua, deslizándola contra la de ella. Mientras tanto, las manos recorrían el cuerpo de Perla. Le acariciaban los muslos, las pantorrillas, el vientre… Era como si Gael quisiera aprender de memoria todas las partes de su cuerpo. Sentía una vibrante sensación de deseo entre las piernas.

—Por favor, Gael —susurró contra los labios de él.

Él gimió y se volvió a mover hasta que colocó a Perla sentada a horcajadas encima de él. Ella sentía perfectamente su erección y sintió un escalofrío de deseo por todo el cuerpo. Quería sentirlo dentro de ella y, sin poder evitarlo, se frotó contra Gael, provocando un ahogado sonido de tortura de entre sus labios.

—Ven aquí —le dijo él.

La exigencia que había en su voz prendió fuego en la sangre de Perla. No sabía lo que había ocurrido la noche anterior para que Gael cambiara de opinión, pero no pensaba cuestionarlo.

—¿Puedo tocarte aquí? —le preguntó mientras las yemas de los dedos le rozaban la parte inferior de los senos.

—Por favor… —le suplicó ella mientras se lanzaba a por otro beso. Las lenguas se enredaron lánguidamente mientras Gael jugaba con los senos de Perla. Pellizcó suavemente un pezón y luego otro, haciendo con ese gesto que la entrepierna se volviera líquida.

—¿Te gusta? —le preguntó Gael al escuchar un suave gemido de placer. Ella no pudo hacer otra cosa más que asentir. Se sentía demasiado excitada como para poder pronunciar palabra alguna.

Gael la volvía loca de deseo. Quería pedir más, agarrar la mano de él y apretarla donde tanto vibraba por él. Estaba a punto de hacerlo cuando la puerta de la cabaña se abrió de par en par y los dos tuvieron que vestirse rápidamente.

# Capítulo Diez

–¿Te encuentras bien? –le preguntó Gael a Perla mientras ella se ponía precipitadamente el pantalón del chándal que él le había ofrecido.

Iba a resultar muy difícil mantener las manos lejos del cuerpo de Perla. Tenía que hablar con ella, decirle que seguía sin poder darle lo que ella deseaba. Le aseguraría que no iba a correr riesgos con su corazón cuando sabía que él no podía ser el hombre que ella se merecía. Desgraciadamente, en aquellos momentos tenía que ocuparse de su hermana, que estaba gritando como una lunática al otro lado de la puerta.

–Jesús –comentó Gael mientras se ponía una camiseta e iba rápidamente hacia la puerta del dormitorio–. Voy a ver qué quiere. Tómate tu tiempo.

–De acuerdo, gracias –respondió ella.

Lo miró y él vio que tenía las mejillas sonrojadas y los labios henchidos por los besos.

–¡Basta ya, Gabriela! –exclamó al salir del dormitorio–. ¿Qué es lo que pasa? –añadió cerrando la puerta.

–Vaya, ya veo –comentó su hermana mientras lanzaba un silbido de lobo y lo miraba de arriba abajo.

–No ves nada –replicó Gael. Entonces, señaló las tres tazas que su hermana había dejado sobre la mesa–. ¿Es una de esas para mí?

–Sí, la azul es tuya –respondió mientras miraba la

puerta del dormitorio–. Entonces, ¿qué estaba ocurriendo exactamente antes de que yo llegara?

Gael ignoró el comentario de su hermana y tomó el trozo de papel que había junto al café. Era una lista de cosas que hacer que su madre le había preparado.

–Veo que mamá está de buen humor hoy.

Gabi sonrió y tomó su taza.

–Sí. Quiere que tú hagas el chocoflan y el pastel tres leches. Yo estoy a cargo del pernil y de la lista de canciones. La abuela ha pedido que tu novia se ocupe de poner la mesa –añadió mirando con una amplia sonrisa hacia la puerta del dormitorio.

–Se lo diré cuando salga de la ducha –comentó él frunciendo el ceño.

–Entonces, veo que las cosas van bien…

Gael se limitó a asentir y a tomarse el café.

–Qué poca gracia tienes, hermano.

–Y tú eres una chismosa. Estaremos en la casa en veinte minutos y luego me traeré aquí todo lo necesario para hacer los postres. De ese modo, la abuela y mamá pueden tener la cocina grande para ellas solas.

Mientras se tomaban el café, hablaron sobre los planes para la noche. Cuando Perla salió del dormitorio, tenía un aspecto adorable. Llevaba puesto otro enorme jersey, aquel en color verde bosque, con unos vaqueros muy ceñidos. Llevaba el rostro sin maquillar y el cabello bastante despeinado. Gael deseó devorarla. El corazón comenzó a latirle con fuerza en el pecho. No pudo mentirse sobre lo que sentía por aquella mujer.

–Buenos días –dijo tímidamente mientras que Gabi le entregaba la tercera taza de café.

–Buenos días –le respondió esta alegremente.

Gael abrazó a Perla y le dio un beso.

–Mi madre ha enviado a Gabi con una lista de las tareas con las que quiere que la ayudemos. También quiere que vayamos a la casa grande a desayunar. ¿Te parece bien? –le preguntó mientras Gabi se sentaba en el sofá a jugar con la gata.

Perla no contestó inmediatamente. Algo había llamado su atención.

–Veo que lo has terminado –comentó, mientras señalaba el árbol de Navidad.

–Sí –dijo Gael mientras Perla se acercaba al árbol.

–¡Vaya, Gael! ¿De verdad que has decorado tú ese árbol? –le preguntó su hermana.

–Sí. Perla quería que hubiera un árbol.

–Es cierto –afirmó Perla. Se había vuelto para mirarlo. Evidentemente, tenía curiosidad por lo que él le diría a su hermana–. Gracias –añadió con una sonrisa que caldeó hasta el último rincón del cuerpo de Gael.

Recorrió los pocos pasos que lo separaban de Perla y la abrazó. Siempre le había ocurrido lo mismo con ella. Jamás había podido dejar de tocarla.

–Bueno, tortolitos, mamá me reclama. Me acaba de enviar un mensaje –comentó Gabi–. El desayuno estará listo dentro de quince minutos. Gael, vete a asearte –le ordenó a su hermano–. Vete mientras yo pueda estar aquí. Así le haré compañía a Perla.

Gael maldijo a su hermana en silencio mientras se dirigía al dormitorio. Sin embargo, no era capaz de sentir nada negativo en aquellos momentos. Cuando se metió en la ducha, en lo único que pudo pensar era que, por primera vez, iba a disfrutar de la Nochebuena.

\*\*\*

Aquella mañana, la situación había cambiado por completo. Gael no solo se había mostrado súper cariñoso, sino que lo había sido también delante de su hermana. En aquellos momentos, estaban saliendo de la cabaña para ir a desayunar en la casa principal.

–¿Sigues haciendo tus famosos postres? –le preguntó Perla. Gabi le había contado las tareas que su madre le había asignado.

–¿Aún te acuerdas?

–Por supuesto que sí. Chocoflan y el pastel tres leches eran tus especialidades. Lo recuerdo muy bien. ¿Y sigues haciendo más de la cuenta? –le preguntó ella.

–Más o menos, aunque ya no como antes –comentó. En ese momento, Gael la miró y vio que algo había cambiado en el rostro de Perla–. ¿Te ocurre algo?

–¿Qué es lo que estamos haciendo, Gael? –le preguntó ella.

Gael frunció los labios mientras pensaba lo que contestar.

–En estos momentos, lo único seguro es que, mientras estés aquí, quiero disfrutar de ti –afirmó él–. Me gustó tenerte en mi cama esta mañana. Y abrazarte cuando mi hermana aún estaba con nosotros. No tengo otra respuesta más que esa.

Perla debería haberle respondido que la estaba tratando como si ella fuera una distracción. Sin embargo, se dio cuenta de que, aunque así fuera, lo deseaba de todas maneras. Cuando llegara la noche, le pediría que le hiciera el amor. A la mañana siguiente, se metería en su coche y, por fin, podría seguir con su vida.

–En ese caso, nos queda el día de hoy –comentó. Entonces, se puso de puntillas para darle un beso en los labios.

# Capítulo Once

–¡Gael! –exclamó Gabi a espaldas de su hermano. En cuanto él se dio la vuelta, una bola de nieve le golpeó en el rostro–. ¡Cómetela, hermanito!

Él no tuvo tiempo de responder, porque su hermanita ya se dirigía hacia él con otra bola de nieve en las manos.

–¡Ni se te ocurra! –exclamó él mientras se inclinaba para formar él su propia bola–. Perla, ponte detrás de mí. Es implacable.

Cuando se dio la vuelta para mirarla, vio que Perla sonreía y que estaba preparando su propia bola.

–Estupendo. Voy a necesitar refuerzos –comentó, mientras imitaba la voz de su personaje en el *Escuadrón del Espacio*–. ¡Adelante!

Esquivó la segunda bola de nieve de su hermana, pero consiguió darle a ella en el codo. Perla era menuda y rápida y no tardó en empezar a lanzarle bolas a Gabi.

–¡Perla! –gritó Gabi–. ¡No me tires nieve a la cabeza! Ya sabes que no me gusta que me mojen el cabello.

Gael se echó a reír cuando oyó que Perla se disculpaba y luego arrojaba a Gabi una bola al pecho.

–¡Sí! –gritó él mientras agitaba el puño en el aire y trataba de encontrar un lugar en el que refugiarse–. ¡A por ella, nena! ¡Ahora sí que te vas a enterar, Gabriella Montez! –añadió tras recibir una bola en la cabeza por cortesía de su hermana. En ese momento, comenzó a recibir bolas de nieve provenientes de todas direcciones. Dejó de intentar lanzar también las suyas y se cubrió el rostro con las manos–. ¿Tú también, Perla?

–Sí. Te hemos derrotado –replicó ella con una increíble sonrisa.

Parecía tan feliz… Su rostro estaba resplandeciente. Resultaba increíble pensar cómo había podido engañarse durante tanto tiempo sobre los sentimiento que tenía hacia ella. Ella lo convertía en un hombre completo. Verla sonreír le alimentaba el alma. Siempre había habido un vacío que ni siquiera su familia podía llenar. Le reconcomía por dentro constantemente, pero la presencia de Perla lo aliviaba siempre. Desde que terminó con ella hacía seis años, aquel vacío se había hecho más grande. Ni la fama ni el dinero habían podido cerrarlo. Sin embargo, aquel día, viendo a Perla sonreír, se sentía totalmente pleno. Realizado y feliz.

–Mi compañera me ha traicionado –dijo dramáticamente mientras que se quitaba los guantes llenos de nieve y abrazaba a Perla–. Estoy herido –susurró mientras aplicaba los labios a la fría mejilla de ella.

–Te puedo curar con un beso –comentó ella. En aquel momento, el cuerpo de Gael vibró con algo muy parecido a la felicidad.

–Oye, vosotros dos, venga. ¡Mamá nos está esperando!

Gabi se dio la vuelta y se marchó en dirección a la casa, pero Gael y Perla la ignoraron por completo.

–Pobrecito… –susurró Perla mientras le daba delicados besitos en el lugar del cuello en el que le había dado la nieve. La piel de Gael vibraba por la frialdad de la nieve, pero también por el contacto con los labios de Perla. Quería decirle que ya estaba bien. Estuvo a punto de decirle que, después de muchos años, por fin volvía a ver las cosas en color. Que por fin sentía. Sin embargo, guardó silencio. No iba a decirle nada a Perla. No podía hacer promesas que sabía que jamás podría cumplir.

–¿Estás segura de que no quieres venir a hacer los postres con nosotros? –le preguntó Perla a Gabi mientras recogía todos los ingredientes que Verónica les había preparado.

–No, mi hermano es el profesional de los dulces. Yo voy a preparar el listado de canciones y a preparar el salón para poder bailar mientras el pernil está en el horno. Seremos solo nosotros, aunque algunos vecinos podrían venir después de cenar.

Gabi le dedicó a Perla una de esas miradas que ella recordaba de cuando las dos vivían juntas.

–Parece que los dos habéis encontrado la manera de que las cosas funcionen –añadió.

–No lo sé –admitió. Entonces, optó por cambiar de tema–. Gael dice que aún prepara postres para los vecinos–. No me lo puedo creer.

Gabi frunció el ceño como si no estuviera segura de qué estaba hablando Perla. Entonces, comprendió a qué se refería.

–¿Te ha dicho que se los da solo a los vecinos? –le preguntó Gabi, muy sorprendida.

–Le pregunté si aún hacía de más para regalar y me dijo que más o menos, pero que no como antes.

–Vaya con mi hermanito –repuso Gabi sacudiendo la cabeza–. Mami, ven a escuchar esto –gritó, llamando a su madre. Verónica entró en la cocina.

–¿Qué quieres, *mija*?

–Gael le ha dicho a Perla que, más o menos, les da postres a los vecinos –comentó Gabi riendo.

Perla comprendió que resultaba evidente que Gael le había estado mintiendo.

Verónica chascó la lengua y miró a Perla con una triste sonrisa.

–Mi hijo se esfuerza mucho por ocultar el hombre que realmente es.

–Entonces, ¿no hace flanes para los vecinos?

La abuela, que también había entrado en la cocina, no le dio a Verónica oportunidad de responder.

–Dejó de hacerlos cuando empezó a tener menos tiempo, pero fundó una asociación benéfica que proporciona cenas de Acción de Gracias y de Nochebuena a miles de familias. La empezó en Connecticut, pero el año pasado se amplió y lo hace en también en Puerto Rico. Ese muchacho es demasiado humilde. No nos deja que le digamos a nadie que se trata de él.

–¿Pero por qué no me lo ha querido decir a mí? –preguntó Perla, dolida de que Gael no hubiera confiado en ella lo suficiente como para compartir lo que había hecho.

Verónica sacudió la cabeza y se acercó a Perla.

–Gael lleva encerrándose en sí mismo desde hace mucho tiempo.

–Mami…

Gabi pronunció la palabra a modo de advertencia, como si tratara de impedir lo que su madre iba a decirle a continuación, pero Verónica no quiso hacerle caso.

–Déjame, Gabriela. Solo quiero que Perlita sepa la verdad. Después de que vuestra relación terminara, él no fue el mismo, *mija* –dijo Verónica mientras tomaba la mano de Perla entre las suyas–. Me alegro de que volváis a estar juntos. Gaelito parece ahora mucho más feliz.

–No sé si soy yo la que está causando esa reacción. Está muy contento de que tú te hayas recuperado.

Verónica sacudió la cabeza y sonrió.

–Está muy contento por eso, sí. Pero no fue mi recuperación lo que le puso una sonrisa en los labios esta mañana durante el desayuno.

Perla quiso esconderse de la esperanza que vio en los ojos de Verónica. No solo estaban mintiéndoles a todas, sino porque también Perla deseaba más que nada que lo estaba ocurriendo entre ellos fuera real. Sabía que terminaría pagando lo que había empezado con Gael, igual que había ocurrido la primera vez. Sin embargo, no iba a parar. Estaba dispuesta a afrontar las consecuencias, fueran estas las que fueran.

# Capítulo Doce

–Perla, ¿me has oído?

–Ay, lo siento. ¿Qué es lo que necesitas?

Perla había estado distraída desde el momento en el que regresó de la casa principal. La calidez y el ambiente distendido y juguetón de la mañana se había visto reemplazado por la distancia.

–La crema Chantilly para el Tres Leches –le recordó Gael mientras señalaba el bol que contenía la crema. Ella se lo entregó con gesto distraído mientras miraba por la ventana.

–¿Ocurre algo? ¿Has tenido noticias de Carmelina?

Gael no sabía cómo era la relación que Perla tenía en aquellos momentos con su madre, pero siempre había sido algo tensa, en especial durante las fiestas. Ella negó con la cabeza mientras lo miraba con sus enormes ojos grises llenos de tristeza.

–Mi madre prácticamente no me habla. No se tomó nada bien que yo vendiera mis acciones para ayudar a Esmeralda.

–Ya me lo imagino…

Gael se había enterado de aquel asunto. Había salido en todos los periódicos cuando la medio hermana de Perla, Esmeralda, se hizo con el puesto de presidenta de los estudios Sambrano y Rodrigo Almanzar, que había sido el anterior director de contenidos, fue nombrado oficialmente director gerente de los estudios. A todo el mundo le sorprendió mucho que Perla le vendiera sus acciones a él. Carmelina Sambrano, la madre de Perla, se puso furiosa con ella, dado que quería vender los estudios para ayudar a su familia, cuya cadena de restaurantes estaba pasando por dificultades económicas.

–¿Quieres hablar de lo que te pasa? –insistió Gael. No le gustaba verla disgustada por nada.

–¿Por qué no me hablaste de tu asociación benéfica? ¿Por qué no me dijiste que proporcionas cenas en las fiestas a las familias que no se lo pueden permitir?

Gael maldijo en silencio a la bocazas de su hermana.

–No lo sé. No quería que pensaras que estaba tratando de impresionarte con mis buenas acciones.

–¿Impresionarme? Gael, eres una estrella de cine.

–Pero eso no es lo que soy para ti. Para ti, soy solo Gael Montez de Bridgeport.

–Te aseguro que nunca has sido eso solo para mí…

El modo en el que pronunció aquellas palabras, como si fuera lo último que hubiera querido confesar, pero, que, al mismo tiempo, no podía ocultar más, turbó a Gael.

–¿Por qué estás aquí de verdad, Perla? –le preguntó, aunque supiera que el hecho de saber la respuesta solo podría empeorar aún más las cosas.

Ella lo miró mientras preparaba el caramelo para el flan.

–Estoy aquí porque quería que aceptaras el papel. Vine porque recordé que este era el papel que te hubiera entusiasmado cuando empezabas. Eres el mejor para ese personaje –añadió–. Yo podía dejar mis sentimientos a un lado para conseguir al actor que podría convertir el proyecto en un éxito o no hacer nada. Tú no eres el único que pone el trabajo lo primero.

Un sentimiento salvaje, herido, aulló en el interior del pecho de Gael al escuchar aquella respuesta. En lo más profundo de su ser, le habría gustado que ella le dijera que había ido a verlo, que quería saber si aún podría funcionar una relación entre ellos. Sin embargo, no podía culparla por protegerse. De hecho, era lo único inteligente que uno de los dos había hecho desde que ella había llegado.

–Entonces, esto es puramente profesional. ¿No tuvo nada que ver nuestra historia? –ella bajó los ojos.

–No estoy segura de qué es exactamente lo que estás tratando de averiguar, Gael –comentó. Su voz sonaba molesta. Se secó las manos con un paño y se acercó a él–. Sin embargo, te puedo decir esto. Fuera cual fuera mi plan cuando llegué aquí ayer, te aseguro que acostarme contigo no formaba parte de él.

Gael tragó saliva cuando ella se colocó frente a él. La necesidad de tocarla hizo que el corazón se le acelerara en el pecho.

–¿Y sabes qué más? –añadió ella. Entonces, sonrió y, de repente, la expresión de su rostro se hizo muy picante. Levantó una mano y deslizó las uñas suavemente por el cuello de Gael. Las sensaciones que él experimentó apuntaron directamente a su entrepierna–. No voy a dudar ni un minuto más. Te deseo.

Dejó que las palabras flotaran unos instantes en el aire. Entonces, deslizó la mano por la parte delantera de los pantalones de chándal que Gael llevaba puestos y le acarició el miembro erecto. Él se tensó de placer al sentir las caricias y apretó los dientes para no ceder a la tentación de poseerla sobre la encimera.

–Vaya… –susurró ella–. Y creo que tú también me deseas a mí…

Gael dejó escapar un gemido de placer. Estaba demasiado excitado como para poder articular palabra.

–Podemos… ya sabes… solo durante las fiestas… ¿Qué me dices?

Solo durante las fiestas.

Por supuesto, Gael podía negarse, pero no iba a hacerlo. Perla le estaba ofreciendo lo que más deseaba y él se sentía totalmente desesperado por aceptar lo que ella le diera. Deslizó las manos por encima del trasero de Perla y la apretó con fuerza contra su cuerpo.

–Te digo que es mejor que de dejes de tocar así, a menos que quieras que te tumbe boca abajo encima de esta encimera.

–Vaya… qué apasionado –respondió ella antes de lamerle los labios. Entonces, se apartó de repente con una pícara sonrisa–. De acuerdo. Entonces, lo dejamos para más tarde. Esta noche, después de cenar, cuando tengamos tiempo.

–Estás jugando con fuego, Perla Sambrano –le advirtió él antes de besarla apasionadamente.

Se comieron las bocas con avidez durante unos instantes hasta que por fin los dos se apartaron, jadeando. Gael tuvo que reprimir una sonrisa ante la atónita expresión del rostro de Perla.

–Te aseguro que estoy deseando quemarme, Gael –afirmó ella con voz sexy. Gael se moría de ganas por meterse en la cama con Perla y devorarla por completo.

–Ahora, vamos a terminar este flan antes de que un miembro de tu familia entre y nos encuentre medio desnudos –bromeó ella.

–La familia está demasiado valorada –replicó Gael mientras trataba de controlar su respiración y la potente erección que sentía en aquellos momentos.

Perla chascó la lengua y sacudió la cabeza con fingida desaprobación.

—Adoras a tu familia —afirmó con una sonrisa que lo animó a regresar a por otro beso.

«Te adoro a ti, pero eso nos va a destrozar a los dos como ocurrió la última vez».

—Ya casi he terminado —dijo Perla desde el dormitorio mientras terminaba de ponerse sus pendientes de diamantes.

Se miró en el espejo. Llevaba puesta una réplica de un vestido negro de Balenciaga de la colección de invierno de 1965. Había comprado el vestido original en una subasta para donárselo al Instituto de la Moda de Nueva York y la casa Balenciaga se había ofrecido a hacerle aquella réplica cuando se enteraron. Era un diseño sencillo y elegante por la parte de delante, con mangas largas y un nudo en la cintura que hacía destacar la falda de vuelo. La espalda era espectacular y había sido lo que la había cautivado del vestido. Tenía un profundo escote que hacía que el vestido fuera sexy y elegante al mismo tiempo.

A Perla le encantaba la moda *vintage* y había conseguido reunir una excelente y valiosa colección a lo largo de los años, aunque aquel era su favorito. Su intención había sido ponérselo en Punta Cana para celebrar la Nochebuena, pero parecía más adecuado para cenar junto a una chimenea. Llevaba un ligero maquillaje en los ojos y lápiz de labios rojo.

Comprobó que estaba muy guapa. Mientras miraba su reflejo, deslizó la manos por la falda. La piel le vibraba de anticipación. A pesar de que estaba deseando pasar la velada con la familia de Gael, no podía dejar de pensar en lo que ocurriría después.

Admitió que, seguramente, jamás dejaría de desear a Gael. Por mucho que él le diera, siempre desearía más. Habían acordado que lo suyo solo duraría hasta que ella se marchara y debería alegrarse de que fuera así. Había conseguido su propósito cuando fue allí. Gael había aceptado el papel. Además, aquella vez sabía lo que ocurriría después. Tendría tiempo de sobra para prepararse.

—Pero eso no hace que sea mejor —suspiró mientras se ponía sus Louboutin. Tendría que quitárselos inmediatamente para ponerse las botas de nieve, pero quería ver el efecto que hacían con el vestido—. Estoy bastante buena —añadió, a pesar de que la sonrisa se le había desvanecido ligeramente.

Oyó que alguien llamaba suavemente a la puerta. Inmediatamente, se abrió un par de centímetros.

—¿Puedo entrar?

Los latidos del corazón de Perla se aceleraron al escuchar la voz de Gael.

—Claro, pasa —le dijo. Gael le había permitido que se cambiara en el dormitorio, con lo que aún no la había visto con aquel imponente vestido. Cerró los ojos un instante y se preparó para verlo vestido de traje.

—Perla… —susurró él mientras ella se volvía lentamente para mirarlo.

La miraba ávidamente de arriba abajo. Ella se habría sonrojado al recibir tanta atención, pero estaba demasiado ocupada mirándolo a él. Gael llevaba una chaqueta de terciopelo en tono burdeos, que ella reconoció como perteneciente a la última colección de Tom Ford, y pantalones de vestir negros. Llevaba la raya del cabello en el centro, con lo que su larga melena enmarcaba perfectamente su hermoso rostro. Efectivamente, Gael era guapísimo, digno de la pantalla grande. Estaba tan guapo que las manos de Perla ansiaban tocarlo y, por suerte para ella, no había nada ni nadie que se lo impidiera.

–Estás guapísima –dijo Gael mientras se acercaba. Sin dudarlo, la tomó entre sus brazos y le dio un beso en la mejilla–. Tan bella… Tengo algo para ti –añadió.

–¿Sí?

Perla vio que él se metía la mano en el bolsillo y le mostraba un par de pendientes de perla.

–¿De dónde los has sacado? –le preguntó Perla. Evidentemente, eran unas joyas antiguas, de estilo *art déco*. La perla colgaba de una hilera de diamantes de talla baguette y, en la parte superior, un pequeño rubí estaba rodeado de pequeños diamantes. En el broche, estaba tallado el nombre de Cartier.

–¿Te gustan?

Perla lo miró. Se limitó a asentir con la cabeza. De entre todos los pendientes que Gael pudiera haberle mostrado, esos habrían sido los que ella habría elegido.

–Me encantan –respondió mientras se quitaba los que ella llevaba puestos para poder ponerse los nuevos–. ¿De dónde los has sacado?

Gael sonrió.

–¿Te acuerdas cuando me marché un momento mientras tú estabas poniendo la mesa?

–Sí… –respondió ella. No pudo decir nada más. Gael se había puesto a ayudarla con los pendientes.

–Nuestro vecino tiene una tienda de joyas antiguas en la ciudad y, normalmente, tiene siempre algunas piezas en casa –comentó mientras terminaba de ayudarla a cerrar el broche de los pendientes–. Ya está –añadió. Entonces, le dio un beso en la mejilla y retrocedió para admirarla. Dios santo–. Perfecto…

El modo en el que él pronunció aquella palabra parecía indicar que no se refería solo a los pendientes. Entonces, Gael le puso las manos en los hombros y la empujó suavemente hasta colocarla de nuevo frente al espejo.

–Gael…

Él tenía razón. Eran perfectos. El complemento ideal para el vestido. Gael estaba justo detrás de ella e, incluso con los tacones que Perla llevaba puestos, era mucho más alto que ella. Le deslizó sensualmente las manos por las caderas y la cintura.

–No hago más que pensar en esta noche –le susurró apasionadamente al oído. Perla tuvo que morderse los labios para no gemir de placer–. En cuanto regresemos, te voy a quitar este vestido y te voy a besar justo aquí –añadió, colocándole la mano justo entre las piernas. Entonces, apretó con fuerza.

Perla contuvo la respiración. De repente, los párpados le pesaban. Cerró un momento los ojos, pero volvió a abrirlos enseguida. Resultaba muy excitante mirarse junto a Gael en el espejo mientras él la tocaba de aquella manera.

–Tenemos que ir a cenar… –susurró ella con una voz ronca que apenas reconoció.

–Lo haremos, pero, tan pronto como volvamos, voy a hacer que grites mi nombre, Perla. Voy a lamerte y a besarte hasta que te corras entre mis labios y luego, voy a poseerte lenta, muy lentamente…

Gael marcó cada palabra con un sugerente movimiento de caderas que hizo que Perla sintiera exactamente lo que él le iba a dar. Así eran siempre los dos. Dulces y pecaminosos a la vez. La pareja perfecta. Además, su aspecto era perfecto también. Elegantes, jóvenes y maravillosos. Como si debieran estar siempre juntos. Perla giró la cabeza ligeramente para mirarlo y, durante un segundo, le pareció ver un destello de su propio arrepentimiento en los ojos de Gael.

Entonces, volvió a mirarse en el espejo, donde veía todo lo que deseaba y no podía tener.

—Estoy lista —le dijo sin atreverse a mirarle de nuevo a los ojos.

Gael la observó durante un instante, como si hubiera algo que quería decirle. Sin embargo, después de un segundo, sacudió la cabeza y sonrió.

—¿Estás segura de que estás preparada para la locura de una Nochebuena con los Montez?

—Más que preparada —le aseguró ella.

Prefirió ignorar el anhelo que sentía. La verdad era que sí estaba deseando que llegara la cena y todo lo que esta conllevaba. Falso o no, aquello era lo más cercano a la verdadera felicidad que había sentido en mucho tiempo. No pensaba desperdiciar ni un segundo. La vida real no tardaría en volver a llamar a su puerta.

# Capítulo Trece

–Deja que te ayude con eso, Verónica.

Gael sonrió al ver cómo Perla se ofrecía para que Verónica dejara de llevar platos a la cocina. Habían terminado de cenar instantes antes y, a pesar de que había empleados que se iban a encargar de recogerlo todo, Verónica y Juana eran incapaces de relajarse.

–Mami, escucha a Perla –le dijo Gael mientras abrazaba a su madre y le guiñaba el ojo a su falsa novia, aunque no había nada de lo que sentía por Perla que fuera falso.

–¡Ay, Gael! Estoy bien –protestó Verónica mientras Gael la sacaba de la cocina.

–Sé que estás bien, pero llevas cocinando todo el día dado que te has negado a que el cocinero te ayude.

–Me gusta preparar la cena de Nochebuena para mi familia –afirmó ella.

–Y nosotros agradecemos tus esfuerzos. El arroz con gandules estaba delicioso –comentó Perla.

–¿Ves? Por eso me gustas más que mis hijos. Siempre sabes lo que decir –bromeó Verónica mientras acariciaba suavemente la mejilla de Perla–. Estamos muy contentos de tenerte con nosotros aquí este año, Perlita. Espero que sea por muchas Nochebuenas más.

Un fuerte sentimiento de culpa le atravesó el pecho a Gael. Sintió el innegable anhelo que evocaban las palabras de su madre. Por mucho que supiera que lo suyo con Perla no iba a funcionar, la desearía eternamente. Casi no se podía contener al pensar en lo que le esperaba cuando estuvieran por fin solos. Desgraciadamente, él era un Montez y, por mucho que se esforzara, terminaría rompiéndole el corazón.

Cuando llegaron al salón, comenzó a sonar la canción favorita de Verónica. Inmediatamente, ella insistió en bailar con su hijo. Mientras se movían cadenciosamente por el salón, Gael no podía dejar de mirar a Perla.

—Tu tío ha estado llamándote. Me ha dicho que no le has contestado al teléfono —comentó de repente Verónica.

Gael sintió como si su madre le hubiera arrojado un cubo de agua fría por la cabeza.

—Hemos hablado dos veces ya y no tengo nada más que decirle —replicó él. Aquella respuesta tan seca sorprendió a su madre.

—¿Qué es lo que pasa, *mijo*?

Se suponía que Manolo iba a pasar con ellos la Nochebuena, pero la misma tormenta que había impedido que Perla tomara su avión había impedido a su tío que abandonara la ciudad. Gael no se lo diría nunca a su madre, pero se alegraba de que Manolo no hubiera estado allí para entrometerse con el proyecto de Francisco Ríos.

—El tío no quiere que acepte el proyecto del estudio de Perla. Cree que el hecho de interpretar un personaje latino podría encasillarme.

—¿Y desde cuándo sabe Manolo mejor que tú lo que tienes que hacer con tu carrera? —replicó su madre con un bufido.

—Manolo ha sido un buen mánager. Me tomo muy

en serio sus consejos y, en su mayor parte, no me ha aconsejado mal –admitió.

Nadie sabía el consejo que Manolo le había dado sobre Perla hacía seis años. No se lo había dicho a su madre, ni siquiera cuando ella le recriminó que le hubiera roto el corazón «a esa chica tan buena». Su madre no lo habría entendido, pero él sí lo había comprendido. Estaba empezando su carrera y a los medios de comunicación les encantaba un soltero de oro. Después de que se hiciera pública la noticia de que estaba soltero, su carrera había despegado totalmente. En aquellos momentos la decisión tuvo sentido, pero era innegable que el precio que tuvo que pagar fue mucho más alto de lo que Gael había imaginado en un principio.

–Es cierto que Manolo ha sido muy bueno con nosotros –dijo su madre–, pero tú también lo has convertido en un hombre muy rico, hijo. Él representó la figura paterna para vosotros cuando Gabriel se marchó, pero lo hizo porque él quiso. Además, la deuda con Manolo es mía, no tuya.

–Mami, aunque acepte ese papel…

–¿Aunque? –repitió su madre riendo.

–Está bien, mamá. He decidido aceptarlo, pero eso no significa que la relación entre Perla y yo esté bien. Yo no…

–¿Tú no qué?

–Bueno, no sé si puedo ser la clase de personas que Perla necesita –susurró Gael.

–Me gusta cómo la miras. Y me encanta cómo te mira ella. Sé que ve en ti lo mismo que veo yo.

–¿Y qué es lo que ves, mamá?

–Un buen hombre. Un buen hijo. Un buen hermano.

Una persona a la que no se puede dejar ir –le dijo su madre muy feliz.

–¿Y cómo miro yo a Perla? –le preguntó. Se sentía ansioso por escuchar lo que su madre veía entre ellos, a pesar de que eso pudiera empeorar la situación más tarde.

–Con fuego en los ojos, querido mío. Siempre ha sido así. Y esa pasión desapareció en el momento en el que los dos terminasteis. Sé que amas tu trabajo y que es una bendición que el mundo vea y valore tu don. Eres maravilloso, hijo mío –dijo. Entonces, la tristeza se apoderó de su rostro por algo que estaba recordando–. Pero sé que no eres feliz. Sé que me dijiste que los dos decidisteis terminar la relación, pero yo sabía que aún tenías sentimientos hacia ella y ahora lo veo con mis propios ojos. La luz ha vuelto a los tuyos.

–Estoy contento porque ya no estás enferma, mamá.

–Lo sé –afirmó ella apretándole la mano que él le había dado mientras bailaban–. Sin embargo, tal vez ahora que estoy mejor, podrías ser un poco más egoísta y centrarte en tu mujer. No me importa lo que diga Manolo. Haz lo que quieras hacer. Si a él no le gusta, que se aguante.

–Mamá… me estás presionando… –le advirtió, a pesar de que había sentido una fuerte sensación de posesión cuando escuchó cómo su madre se refería a Perla como «su mujer».

–Mira, parece que ahora alguien quiere hacerte la competencia –comentó su madre.

Gael giró la cabeza y vio que Perla estaba bailando con el hijo de uno de sus vecinos. Parecía haber atraído la atención del heredero de un imperio de la moda latina. Miguel Correa era algo mayor que Gael, pero muy guapo y, en aquellos momentos, observaba a Perla como si quisiera tragársela entera. Gael realizó un sonido amenazador. Quería acercarse a ellos y apartarlo de Perla, pero la carcajada de su madre lo sacó de aquellos pensamientos tan celosos.

—Te prohíbo que agredas a ninguno de nuestros invitados.

Gael sonrió, pero si Miguel no dejaba de tocar y de hablar en voz baja con Perla, no le iba a quedar más remedio.

—¿Por qué no vas a rescatarla mientras yo voy a charlar un rato con Gabi y con la abuela? Deberíamos dar por terminada la fiesta muy pronto. Tu vieja no puede irse de juerga como antes —bromeó Verónica para aplacar la ira de su hijo.

Sin embargo, después de darle un beso a su madre y acompañarla al sofá donde estaba sentada la abuela, se volvió a mirar con desaprobación a Perla y a su acompañante.

—Vaya, hermanito, ¿vas a dejar que Miguel te la quite? —bromeó Gabi.

Gael tuvo que hacer un gran esfuerzo para no mostrar su ira mientras observaba cómo Miguel se deslizaba por la zona que habían preparado como pista de baile con Perla entre sus brazos. Su cerebro no dejaba de repetir una única palabra. «Mía, mía, mía, mía…».

—Volveré en un momento.

Gael recorrió los pocos metros que lo separaban de ellos. Perla bailaba con gracia, meneando las caderas a un cadencioso merengue de la vieja escuela. Miguel lo estaba dando todo, pero Perla parecía distraída. No paraba de mirar a su alrededor, recorriendo todos los rincones de la sala. Cuando por fin sus ojos se cruzaron con los de Gael, su rostro entero se iluminó.

En aquel momento, Gael sintió que estaba en un buen lío. No sabía cómo iba a poder salir de aquella situación. El modo en el que ella lo miró hizo que el corazón se le encogiera en el pecho. Al llegar junto a ella, respiró profundamente y exhaló muy lentamente antes de hablar para tratar de calmar la tormenta que estaba formándose dentro de su cuerpo. ¿Cómo iba a dejarla ir cuando aún la deseaba tanto?

–¿Os puedo interrumpir? –preguntó mientras colocaba una mano sobre el hombro de Miguel. Este lo miró y debió de ver la tormenta que Gael sentía en su interior reflejada en el rostro, porque soltó inmediatamente a Perla.

–Tu chica baila muy bien, tío. Si no tienes cuidado, puede que intente robártela.

Gael sonrió fríamente y rodeó la cintura de Perla con el brazo. En pocos segundos, la alejó todo lo que pudo de Miguel Correa.

Perla sacudió la cabeza y soltó una carcajada mientras los dos se movían por la pista de baile.

–Vaya, no es una faceta muy amable de tu personalidad –comentó, aunque los ojos le brillaban.

–Pero te encanta –replicó él con un gruñido.

–Bueno, yo no diría que me encanta, pero resulta halagador ver que dejas caer durante un momento tu máscara de estoicismo. Siempre me ha gustado que dejes libres tus pasiones, Gael.

La música cambió en aquel momento. El rápido merengue dio paso a un lento y melódico bolero que narraba la historia de un amor de veinte años que no se podía olvidar. Como su hermana estaba a cargo de la música, parecía que le encantaba poner a Gael en situaciones comprometidas. Sin embargo, estrechó a Perla contra su cuerpo y se dejó disfrutar del momento. Durante mucho tiempo se había negado a pensar en sus sentimientos y, cuando la luz se apagó dentro de él, se dijo que era lo mejor. Que no tenía tiempo para el amor. Habían tenido que pasar seis años para que se permitiera admitir que la ruptura con Perla le había arrancado un trozo de su alma que no había podido volver a recuperar.

–¿No te gusta como bailo o simplemente es que disfrutas frunciendo el ceño? –bromeó Perla. Tenía las mejilla arreboladas de tanto bailar y estaba muy hermosa. Por supuesto que a Gael le gustaba cómo bailaba. Le había colocado una mano sobre la cadera y sentía el modo en el que ella se contoneaba con la música. Sin saber por qué, recordó cuando ella se había colocado a horcajadas encima de él y había empezado a moverse con el mismo ritmo. Se quedó sin aliento y ya no pudo esperar más. Lo único que quería era sacarla del salón y llevársela para terminar lo que habían empezado aquella mañana.

–Ya sabes que tu modo de bailar es fuego para mí…

Se echó a reír cuando Perla hizo el gesto de abanicarse con la mano al escuchar aquel cumplido. Perla lo volvía loco. Siguiendo un impulso, se inclinó sobre ella y le dio un beso en los labios. En aquel momento, se produjo una explosión de vítores y aplausos que provenían del lugar en el que su familia estaba sentada, pero a Gael no le importó. Quería que todos los presentes vieran lo mucho que deseaba a Perla Sambrano.

La apretó con fuerza contra su cuerpo hasta que todos sus nervios vibraron de electricidad. No rompió el beso. La saboreó lentamente, imaginándose cómo los dos compartía el mismo aliento que le llenaba los pulmones. Cuando profundizó la caricia, se imaginó que los corazones de ambos se aceleraban al unísono. Se estaba preguntando cuánto tiempo tendrían que quedarse en la fiesta antes de que pudieran regresar a la cabaña cuando algo le vibró contra la pierna.

Perla se tensó inmediatamente y dio un paso atrás. La ensoñación había desaparecido de su mirada y se había visto reemplazada por una incómoda expresión de alerta. Entonces, fue cuando Gael escuchó un débil tono de llamada.

–¿Es tu teléfono?–le preguntó él con curiosidad.

Perla se soltó de él y se metió la mano en el bolsillo del vestido.

–Es mi madre –susurró ella con un gesto de contrariedad mientras indicaba el pasillo con una mano–. Llevo evitándola todo el día.

Gael sintió e hizo además de seguirla. Sospechaba que la madre de Perla solo la llamaba para arruinarle la velada y no quería que ella tuviera que enfrentarse sola a lo que ella pudiera plantearle. Entonces, se recordó que, en realidad, a pesar de lo que pensara todo el mundo, él no era su pareja. No tenía ningún derecho a salir con ella ni a inmiscuirse en una conversación privada.

Por suerte, Perla parecía mucho más centrada que él. Se apartó de él con el teléfono contra la oreja y se alejó de su lado para salir de la sala sin ni siquiera mirar atrás.

# Capítulo Catorce

–¿Te encuentras bien? –le preguntó de nuevo Gael mientras entraban en la cabaña.

–Ya sabes cómo es mi madre –replicó ella en voz frágil mientras se esforzaba por quitarse el abrigo y las botas. Su madre siempre hacía lo mismo. Siempre se las arreglaba para anular la alegría que ella pudiera sentir. Cuando Perla respondió la llamada de su madre, estaba radiante y feliz. Dos minutos más tarde, había vuelto a entrar en el salón con el rostro pálido y con aspecto perdido. Las venenosas palabras de Carmelina siempre daban en el blanco. Siempre conseguía abrasar la felicidad de Perla hasta convertirla en cenizas.

–Lo siento –dijo él. Prefirió guardarse su opinión sobre Carmelina. No quería hacerle aún más daño a Perla.

–Prefiero no seguir pensando en ella –repuso Perla.

Gael sabía demasiado bien lo que era tener un progenitor que siempre hacía que sus hijos se sintieran mal. Al menos su padre había tenido la decencia de marcharse de su vida. La madre de Perla, por desgracia, a pesar de comportarse como si no pudiera soportar a sus hijos, parecía incapaz de mantenerse al margen de sus vidas.

No le gustaba ver lo resignada que Perla parecía a la opinión que tenía siempre a ojos de su madre. Sabía que no podía impedir que así fuera, pero decidió que

115

le haría sentirse mejor. Aquella noche, si ella se lo permitía, la adoraría como se merecía. Le mostraría con su cuerpo y sus manos lo valioso que era para él cada centímetro de su cuerpo.

–Trae, déjame ayudarte –dijo. Se quitó rápidamente su propio abrigo y se puso a sujetar el de Perla para que ella se lo pudiera quitar más cómodamente. Ella tembló cuando el aire golpeó su espalda desnuda. Gael no podía apartar los ojos de ella. Podría escribir poesía sobre aquellas deliciosas curvas y sobre el tacto de su piel. Sobre la pasión que ella despertaba en su cuerpo.

Colgó el abrigo en el perchero y se colocó detrás de ella. Se frotó ligeramente las manos antes de colocarlas sobre los hombros e inclinarse a besarle la nuca.

–Esta noche estás muy hermosa –susurró.

Perla tembló entre sus brazos. Gael decidió que se podría pasar la vida entera haciéndole sentir lo valiosa que era para él. Era una perla. Un tesoro. Su tesoro.

Siguió besándola mientras ella se mecía entre sus brazos. Depositó delicados besos sobre el cuello y los hombros, deteniéndose brevemente para sentir su aroma y saborear ávidamente su aterciopelada piel. Quería devorarla por completo. Había estado saboreándola simplemente cuando lo único que ansiaba era darse un festín. Tomarse su tiempo con cada deliciosa parte de su cuerpo.

–Tus manos son una delicia –dijo ella con voz ronca.

–Te deseo… –susurró él mientras comenzaba a desabrocharle lentamente el vestido.

–Yo también te deseo. Tanto…

Perla comenzó a frotar el trasero contra la potente erección de Gael. Las manos de él temblaban con la necesidad de poseerla. Mientras iba dejando al descubierto la piel, poco a poco, trataba de mantener el control. Como el escote de la espalda era tan profundo, Perla no llevaba sujetador. Pensar en cómo los oscuros pezones se habían estado toda la noche frotando contra la tela del vestido lo excitó aún más.

–Perfecto… –musitó mientras la ayudaba a salir del vestido.

Un primitivo rugido de deseo bramó en su pecho mientras deslizaba las manos por la espalda hasta el borde de encaje de las braguitas. El encaje cubría muy poco y enmarcaba el delicioso trasero de un modo que provocaba que la boca de Gael se hiciera agua.

–¿Qué quieres? –le preguntó, conteniéndose. Quería que ella le diera permiso para tocar porque, una vez que empezara a hacerlo, no podría parar hasta que no hubiera saboreado cada centímetro de su cuerpo.

–A ti…

Sin dudarlo ni un instante, Gael la tomó en brazos. Ella se agarró a su cuello y dejó que él la llevara al dormitorio.

Gael seguía completamente vestido, a excepción de los zapatos. Había algo carnal, primitivo, por tenerla a ella casi desnuda entre sus brazos. Inclinó la cabeza buscando su boca y se la lamió mientras la colocaba al borde de la cama. Entonces, se arrodilló ante ella y le separó los muslos. La admiró. La vio abierta, lista para él y se imaginó frente a un cruce de carreteras que podría llevar su vida por un sendero completamente diferente. Un sendero del que no podría regresar, como si a cada paso que diera se fuera quemando lo que dejaba atrás.

Miró los hermosos senos, que subían y bajaban por

la acelerada respiración. Perla era la representación de todo lo que deseaba.

–Perla, muéstrame dónde quieres que te toque –le dijo. Sonrió cuando ella se sonrojó.

La dulce Perla. Parecía tan diferente de la muchacha que había conocido… Su cabello, su ropa, su cuerpo… Este era más rotundo, más maduro y, sin embargo, aún retenía la timidez, la pureza de la niña que él había conocido.

–Aquí –susurró ella, tocándose un pecho con una mano. Con la otra, se deslizó las braguitas por los muslos y se las quitó. Gael sintió que se quedaba sin respiración–. Hazme el amor…

–¿Estás segura? –le preguntó él, sintiendo que su miembro se volvía tan duro como el granito dentro de los calzoncillos.

–Te he echado de menos… y te pido que no te comportes como si yo fuera una delicada flor. Tal vez haga un tiempo que no he hecho esto, pero sé perfectamente lo mucho que lo deseo.

–Vas a matarme con tus palabras… –murmuró él mientras le acariciaba el sexo con las yemas de los pulgares.

El hecho de que Perla le hubiera confesado que no había tenido relaciones sexuales con nadie desde que terminaron le hacía sentirse como el peor de los canallas. Sin embargo, al mismo tiempo, su pecho se henchía al saber que seguía siendo el único hombre que había estado dentro de ella. El único que la había llenado por completo y la había hecho vibrar mientras ella se rompía en mil pedazos. Ningún otro hombre había sentido la deliciosa y cálida tensión de su cuerpo. Dejó que las manos recorrieran la sedosa piel de las piernas de

118

Perla y apretó las palmas sobre el interior de los muslos de ella para abrirla por completo. Al ver los húmedos pliegues de su feminidad, contuvo la respiración.

–Preciosa. Me muero de ganas por saborearte…

–En ese caso, consúmeme, Gael –le exigió ella mientras se levantaba ligeramente sobre la cama para mirarlo a los ojos.

Sin apartar la mirada, Gael comenzó a tocarle los pezones, a apretárselos con fuerza.

–Ahh –gimió ella, arqueándose para ofrecerse aún más a él. Gael no pudo contenerse y se inclinó sobre su cuerpo para chuparle los pezones. Perezosamente, rodeó cada aureola con la lengua de cada uno de ellos antes de deslizar la lengua entre los pechos y deslizarse hacia el lugar que más ansiaba.

Le separó por completo las piernas y colocó la boca a escasos milímetros de los húmedos labios.

–Voy a lamerte entera, a rodear esta pequeña perla que tienes aquí con la lengua y a chuparte hasta que te corras…

Perla soltó una sensual carcajada justo antes de que Gael empezara a lamerla. Pronto las risas se vieron sustituidas por profundos gemidos de placer.

–Chúpate los dedos, nena –le ordenó él–. Tócate el clítoris mientras te saboreo. Muéstrame cómo te das placer cuando estás sola…

Gael sintió un profundo calor por todo el cuerpo cuando vio que ella hacía exactamente lo que él le había pedido. Perla levantó una mano y se metió tres dedos en la boca. Los chupó durante algunos segundos y los rodeó varias veces con la lengua.

–Madre mía, me estás volviendo loco… –musitó él sin apartar los labios del sexo de Perla. Justo entonces, hundió la lengua entre ellos. La dulzura de su sabor estuvo a punto de hacerle perder el control. Le lamió los labios varias veces antes de detenerse. Entonces, le agarró la mano que ella se había chupado y se la colocó sobre el sexo.

—Muéstramelo…

—Qué exigente…

Perla esbozó una pícara sonrisa. Nunca dejaba de sorprender a Gael. Había en ella una indudable pureza, que se transformaba de repente en un fuego que era capaz de convertir a Gael en cenizas.

—Venga, mi amor…

Perla colocó las yemas de los dedos sobre los labios de su sexo y empezó a tocarse. Primero, lo hizo con dos dedos. Se frotó el clítoris con ellos antes de añadir el tercero. Comenzó a moverlos en círculo, muy rápidamente, al tiempo que separaba aún más las piernas.

—Estás tan cerca… —gruñó Gael. Su miembro le vibraba dentro de los pantalones.

—Sí…

En el momento en el que ella se metió dos dedos, Gael tuvo que saborearla. Le separó los labios y aplicó la boca para darle placer. Ella gemía profundamente, moviendo las caderas para frotarse contra la boca de Gael. Las piernas comenzaron a temblarle cuando por fin el orgasmo se apoderó de ella.

Gael sintió que se iba a morir si no la penetraba. La lamió y chupó algunas veces más mientras ella se tumbaba de nuevo sobre la cama, totalmente saciada y tan hermosa que casi le dolía mirarla. Se despojó rápidamente de la ropa y, muy pronto, estuvo de nuevo arrodillado frente a ella. Se tomó un instante para admirar la belleza que tenía sobre la cama, la mujer a la que no podía amar. Admitió que había sido una mentira cobarde y vacía. Estaba lleno de amor para Perla, aunque eso significara que tenía que renunciar a ella. Sin embargo, no pensaba desperdiciar lo que ella le estaba ofreciendo.

–Hmm…

Perla se ofreció a sus caricias mientras él deslizaba las manos sobre ella. Primero, las pantorrillas. Luego las piernas y por último el interior de los muslos. Le apretó la mano contra el sexo, haciendo que ella contuviera el aliento. Le agarró las caderas y le acarició el vientre justo antes de besarle el ombligo. Le cubrió los senos y volvió a pellizcarle los pezones, haciendo que ella se arqueara de placer.

–Eres tan hermosa…

Se inclinó para besarla, con su esencia aún en los labios. Sintió que ella le colocaba las manos sobre los hombros, sobre la espalda, y Gael sintió como si su piel cobrara vida. Cada caricia despertaba una parte de él que llevaba dormida mucho tiempo.

Se apartó de Perla un instante y la miró. Cuando ella le dedicó una sonrisa, sintió que el corazón se le resquebrajaba al ver lo dulce que ella era. ¿Cómo iba a poder alejarse de ella?

–¿Cuándo voy a poder ver si aún tienes el toque mágico? –le preguntó Perla sin dejar de acariciarle. Sintió que él temblaba cuando le tocó la punta del pene.

–Muy, muy pronto –le prometió él.

Se deslizó sobre su cuerpo. El primer orgasmo de Perla había sido tan intenso que ella se temía que su cuerpo estaría demasiado sensible. Sin embargo, en cuanto él la tocó, separó instintivamente las piernas. Las manos de Gael eran maravillosas. Suaves y firmes al mismo tiempo. Las yemas de sus dedos eran capaces de replicar sobre su piel los aleteos de las mariposas antes de empujarla bruscamente al clímax. Si el sexo no fuera tan bueno, no le compensaría el sufrimiento posterior. Sabía que este sería doloroso. Perderlo la primera vez había sido casi insoportable y estaba segura de que aquella vez sería mucho peor. Gael no le había hecho promesa alguna, pero deseaba con todo su corazón que él pudiera ser suyo para siempre.

Sintió que los dedos de Gael sobre la vulva. Había visto que él tomaba un tubo de lubricante y se echaba un poco en la mano antes de tocarla. Suavemente, deslizó dos dedos en el interior de su cuerpo y giró la mano para poder masajearle el punto que le hacía temblar.

—Hmm… sí, ahí, Gael…

—Te encanta… —ronroneó él mientras la acariciaba con manos expertas—. Estás tan húmeda y caliente… y me aprietas los dedos con tanta fuerza…. Me muero de ganas por estar dentro de ti…

—¿Podemos hacer que sea pronto? Por favor… —gimió ella después de que él le hiciera algo delicioso con los dedos.

—Dado que me lo has pedido tan educadamente…

Perla abrió los ojos al sentir que apartaba la mano y vio que se estaba poniendo un preservativo. Ella levantó las rodillas para facilitarle el acceso. Ardía por él. Había soñado tantas veces con aquel momento, que casi le parecía que no era real. Aunque Gael no volviera a ser suyo, en aquellos momentos lo único que importaba era tenerlo dentro de ella. Su deseo se hizo pronto realidad. Muy pronto, la punta del miembro de Gael estaba acercándose a la entrada de su cuerpo.

—¿Estás lista para mí, nena?

Tenía una sensual sonrisa en los labios que dejó a Perla sin respiración. Nunca olvidaría el modo en el que le había tocado aquella noche, ni la intensidad de su mirada. Saber que había hecho que aquel fuerte y hermoso hombre, adorado por millones de mujeres como el espécimen de hombre perfecto, temblara de deseo resultaba abrumador.

—Rodéame con las piernas —le dijo él mientras se hundía en ella. Apretó los dientes para controlarse y penetrarla con mucha paciencia, hasta que, por fin, estuvo totalmente dentro de ella. Perla se sentía totalmente plena, dentro y fuera, gracias a él.

—¿Cómo te sientes?

—Como si fuera demasiado. Como si me estuvieras tensando hasta mi límite antes de causarme dolor, pero, en vez de menos, quiero más…

—¡Qué cosas me dices, nena! —exclamó él temblando. Su rostro tenía una mueca que era una mezcla de agonía y éxtasis.

Gael comenzó a moverse lentamente dentro de ella. Con el primer envite, Perla sintió una tensión y luego un momento de verdadero dolor. Había pasado mucho tiempo desde la última vez que tuvo sexo.

—¿Quieres que pare? —le preguntó él muy preocupado—. Puedo hacerlo si…

—Ni te atrevas a hacerlo, Gael —le respondió ella sujetándolo con fuerza con las piernas—. Llevo mucho tiempo esperando este momento. Solo necesito un instante…

Gael comenzó a besarla dulcemente. Se colocó de

tal manera que ella se sintió totalmente llena, pero entonces, Gael comenzó a mover las caderas y ella fue respondiendo lentamente, hasta que la tensión se convirtió en una sensación lánguida y deliciosa.

Perla contuvo el aliento cuando, de repente, él se retiró y la colocó sobre el vientre. Volvió a penetrarla de nuevo por detrás. Con las manos le agarró los senos mientras se hundía en ella, haciéndola gritar de incontenible placer. Después, como si pudiera leerle el pensamiento, Gael bajó la mano y comenzó a acariciarle el clítoris mientras la poseía con fuerza. A los pocos instantes, ella comenzó a gritar de placer por el poderoso orgasmo. Gael la siguió instantes después con un gemido de torturado y cálido placer contra la oreja de Perla.

La sujetó en aquella postura durante unos instantes, sin separar sus cuerpos. La besó lentamente y se separó despacio de ella depositando delicados besos sobre la columna vertebral.

–Gracias –susurró, en voz tan baja que Perla pensó que lo había imaginado.

Ella también estuvo a punto de darle las gracias, pero no quería romper el momento con palabras. La mañana y la realidad se acercaban inexorablemente y quería mantener aquel momento perfecto que habían construido entre ambos durante todo el tiempo que pudiera.

–¿Te arrepientes? –le preguntó Gael. Había tratado de que su voz sonara neutral, pero Perla vio la cautela que se dibujaba en sus maravillosos ojos.

Negó con la cabeza y le dijo la verdad.

–En absoluto. Ha merecido la pena esperar.

«Ha merecido la pena esperarte».

# *Capítulo Quince*

–Feliz Navidad, cariño.

Gael le susurró a Perla aquellas palabras al oído, haciendo que el despertar de aquella mañana de Navidad fuera muchísimo mejor de los que ocupaban su memoria más reciente.

–Hmm…. Buenos días…

Se estiró lánguidamente entre los brazos de Gael. Era una delicia sentirse totalmente desnuda bajo varias capas de esponjosas mantas y, sobre todo, entre los brazos del hombre que había sido el dueño de su corazón desde que tenía diecinueve años. Quería aferrarse a aquella sensación para siempre.

Gael movió las caderas contra ella, apretando su erección al trasero de Perla. Solo con ese gesto, consiguió que ella ardiera de nuevo por él.

–Veo que alguien tiene un regalo muy especial para mí –bromeó Perla mientras Gael comenzaba a acariciarle por todas partes.

–Así es… –le susurró Gael al oído mientras le acariciaba los senos.

–Ahh… –gimió ella. Mientras la tocaba, Gael había deslizado un muslo entre sus piernas hasta que consiguió que ella quedara totalmente abierta para él–. Gael, por favor…

No tenía ni idea de qué estaba suplicando. Solo sabía que ansiaba sentirlo, necesitaba que él hiciera que los malos pensamientos desaparecieran de su mente.

–Hmm, me gusta mucho cuando te pones así…

La voz de Gael le resonaba en el oído tan lánguida con las manos sobre su cuerpo. Lentamente, deslizó una mano por su torso hasta que llegó al cálido centro de su feminidad. Comenzó a acariciarla e, inmediatamente, le deslizó un dedo en el interior. Perla se tensó instintivamente.

–Me encanta cómo estás… tan húmeda…

La voz de Gael sonaba como si él estuviera borracho de deseo. Esas palabras solo consiguieron encenderla más, hasta que consiguió que hirviera de necesidad. Perla dejó escapar un sonido de desesperación cuando él introdujo un segundo dedo mientras le estimulaba el clítoris con el pulgar y el índice. Se sentía totalmente a merced de Gael. Su enorme cuerpo la envolvía mientras que sus manos le daban placer. El orgasmo fue una fuerza frenética, imparable, que la sacudió de la cabeza a los pies.

Perla gritó su nombre hasta que le falló la voz, pero él siguió tocándola, animándola, provocando en ella más sensaciones hasta que Perla se quedó totalmente inerme entre sus brazos.

–Eres un excelente regalo de Navidad –le dijo Gael mientras le cubría el cuello de beso. Se habían movido de manera que ella estaba sentada contra él. Totalmente perfecto.

–Tú tampoco estás mal, señor Montez –replicó ella mientras se apretaba contra la erección que él tenía. Entonces, lo miró a los ojos–. ¿Nos vamos a ocupar de esto?

–Más tarde. Ahora te tocaba a ti.

–¿Estás tratando de arruinarme? –le preguntó Perla. No bromeaba. Deseó poder decirle que aquellos dos días habían sido tan perfectos que por fin entendía por qué no pasaba de la primera cita con nadie más.

Miró hacia la ventana y vio que el cielo azul prometía un día despejado y soleado. El alma se le cayó a los pies. Tendría que marcharse muy pronto.

–Parece que hoy sí voy a poder conducir –comentó.

–Sí, pero podrías quedarte aquí con nosotros –respondió él.

La tentación de ignorar el mundo exterior y perderse entre los brazos de Gael era irresistible, pero nada de lo que tenía allí le pertenecía. Era una especie de espejismo. Gael se lo había dejado muy claro y, cuanto más tiempo se quedara, más difícil le resultaría después marcharse.

–Mi hermana me está esperando y ya he molestado a tu familia más de lo necesario.

–Perla, mi madre lleva las últimas horas diciendo que tú eres su milagro de Navidad. Quédate –insistió él mientras provocaba deliciosas sensaciones en el cuello de Perla.

Por muy tentadora que fuera la oferta, Perla necesitaba regresar a su vida.

–No puedo –afirmó. En aquel momento, su teléfono anunció la llegada de un mensaje. Tras consultarlo, comprobó que se trataba de la tripulación del avión, que le informaba que tenían ya permiso para volar. El vuelo privado a Punta Cana saldría a la mañana siguiente. Perla necesitó un instante para apartar la desilusión y la desesperación que amenazaban con apoderarse de ella. Decidió enviar un mensaje a su hermana para no pensar.

Perla: *Todo bien para mañana. Estaré allí a primera hora de la tarde. Te mandaré todos los detalles cuando esté en el avión.*

–Entonces, eso significa que vas a cambiar la nieve por las playas de arena blanca.

–¿Qué vamos a hacer? –le preguntó ella.

Gael dejó escapar un gruñido y luego le dio un beso en la sien.

–Creo que ya sabes la respuesta a esa pregunta.

–No estoy segura…

–Claro que lo estás. Estás segura. Como yo lo estoy.

Aquellas palabras parecían haber sonado como una promesa, pero Perla no quiso preguntar. Gael se levantó de la cama y se colocó frente a ella. Perla no podía centrarse en nada con Gael Montez desnudo, en toda su gloria.

–¿Estoy segura? –le preguntó.

–Creo que sí –respondió él. Le colocó una mano bajo la barbilla y le levantó el rostro. Cuando Perla lo miró, él tenía una agradable sonrisa en el rostro–. No estoy dispuesto a cerrar la puerta a lo que está ocurriendo entre nosotros. No estoy seguro de qué parecerá, pero no puedo permitir que te marches así de mi vida.

Estaba hablando totalmente en serio, pero Perla notó las dudas que había en sus ojos. Gael no sabía si lo suyo con Perla podría funcionar, igual que le ocurría a ella. La diferencia era la determinación de Gael. Él parecía totalmente dispuesto a hacerlo funcionar.

–¿Qué significa eso? –le preguntó, a pesar de que la anticipación, la esperanza y el deseo se habían apoderado de ella como si fueran el más embriagador de los cócteles.

128

–Significa que, por fin comprendo de lo que estaba hablando cuando decía que me faltaba un trozo de mi corazón. Sé que no me merezco una segunda oportunidad, cariño, pero quiero tratar de ganármela. Perla, tú fuiste la primera maravilla que ocurrió en mi vida y sigues siendo la mejor. No puedo renunciar a ti.

Perla se había quedado sin palabras, pero no las necesitó. Gael la tomó entre sus brazos y se inclinó para colocar la frente junto a la de ella.

–Quiero ir a la ciudad contigo y… quiero pasar esta noche contigo. Los dos solos. Quiero hablarte sobre cómo vamos a poder seguir viéndonos. Después, tú te irás a la República Dominicana y yo me iré a mi gira de promoción por Asia. Durante esas dos semanas, tendremos mucho sexo telefónico. A continuación, te secuestraré y te llevaré a Hawái durante una semana. Allí no haremos otra cosa que estar en la cama y comer marisco en la playa.

Gael estaba diciendo todo lo que ella deseaba escuchar. Perla quiso aceptar todo lo que él le ofrecía, sin pregunta, sin dudas, pero no era la clase de mujer que podía confiar ciegamente en el amor que él le tenía. Sabía muy bien cómo la vida podía interponerse entre dos personas por mucho que se amaran la una a la otra.

–No sabes las veces que he soñado escucharte decir esas palabras, pero nada ha cambiado en los dos últimos días, Gael. Tú eres el mismo. Yo soy la misma. Siempre hemos estado de acuerdo que todo es demasiado complicado.

–De eso se trata. Todo parece lo mismo, pero yo me siento diferente. Y ahora te veo a ti, aquí en mi cama, y tú también me pareces distinta. Sé que tú también lo sientes…

Se inclinó para besarla suavemente, como si quisiera confirmar sus palabras con aquel contacto y demostrárselo a ella al mismo tiempo. En aquel momento, Perla supo antes de que lo dijera que se había dejado convencer por todo lo que Gael le estaba ofreciendo, a pesar de que estaba segura de que la vida terminaría deshaciendo sus buenas intenciones.

–Está bien –susurró.

Agarró la mano que él le había colocado en el cuello y tiró de ella, de manera que Gael se colocó entre sus piernas. Tenía el sexo de Gael a pocos centímetros de la boca y esta prácticamente se le hacía agua por la necesidad de saborearlo. Le agarró con fuerza la base de la erección y lo miró. Buscó alguna indicación que le sugiriera que confiar en él era una estupidez, pero lo único que vio fue el mismo deseo que ardía dentro de su propio cuerpo.

–¿Tienes planes para eso? –le preguntó Gael con voz ronca.

–Tal vez. ¿Se te ocurre algo a ti?

Gael gruñó y se empujó hacia ella.

–Déjame entrar, nena…

Perla le dejó. Volvía a tener hambre de él. En muy poco tiempo todas sus dudas quedaron flotando en las profundas y tumultuosas aguas de su amor por Gael.


–Manolo, en estos momentos no puedo –le dijo Gael a su tío. Le costaba hablar en voz baja.

–¿No tienes ni cinco minutos para hablar las condiciones de un proyecto que has aceptado sin consultarme?

Gael apretó los dientes al escuchar el tono de reproche de su tío. Manolo insistía en tratarle como si fuera un niño y ya estaba harto. Su madre tenía razón. Manolo vivía muy bien gracias al trabajo de Gael y él estaba ya cansado de comportarse como si su tío le estuviera haciendo un favor.

Gael se acercó a la ventana del estudio y observó cómo dos de sus empleados limpiaban la nieve del sendero que llevaba hasta la carretera principal.

–Manolo, vamos a aclarar una cosa. Tú eres mi tío y te quiero mucho, pero trabajas para mí –le espetó a su tío, que contuvo la respiración por la sorpresa que le causaron aquellas palabras–. Voy a aceptar el papel de Francisco Ríos porque es lo que quiero. Fin de la discusión.

–¿Y qué se supone que le tengo que decir al otro estudio sobre el papel de superhéroe, Gael? Les di mi palabra.

–Si haces promesas en mi nombre, entonces es tu problema cómo rectificarlo.

–Es esa chica, ¿verdad? Cuando estaba cerca jamás pudiste pensar como era debido. Y eso te pasa ahora también. Te tiene bien agarrado por la…

–Manolo –le interrumpió Gael con un rugido de voz–, te sugiero que te pienses muy bien lo que estabas a punto de decir. Además, es mejor que te acostumbres a ver a Perla por aquí.

–¿Qué significa eso?

–Tengo que dejarte. Estamos a punto de marcharnos a Manhattan –dijo Gael. Entonces, oyó que alguien llamaba ligeramente a la puerta y vio que se asomaba una cabeza con el cabello negro como el azabache.

–¿Qué quieres decir con eso de Manhattan? ¿Con

quién te vas? ¡Estoy de camino a Sagaponack para hablar contigo y tú te marchas?

–No estaré aquí cuando llegues –le dijo Gael a su tío. Entonces, le indicó a Perla que pasara–. Conduce con cuidado, Manolo.

Perla lo miró con los ojos abiertos de par en par al oír el nombre de Manolo, pero Gael se encargó de aliviar sus preocupaciones.

–¿Va todo bien?

–No pasa nada –respondió él mientras la estrechaba entre sus brazos–. Solo estábamos hablando. Parece que el contrato del proyecto de Francisco Ríos llegó ayer.

–Ya te dije que los productores estaban desesperados por contratarte –replicó ella con una sonrisa.

–Bueno, pues ya me tienen.

–Pensaba que te tenía yo.

Perla iba a acabar con él. Habían estado haciendo el amor durante una hora en la cabaña y Gael volvía a desearla.

–Ellos tienen mi capacidad de actor. Tú, todo lo demás. Te lo prometo. ¿Qué te parce si esta noche nos alojamos en mi casa? Puedo llevarte al aeropuerto mañana por la mañana antes de regresar aquí.

–Si haces que merezca la pena, señor Montez…

Perla comenzó a acariciarle y a reír pícaramente, pero no pudo seguir hablado porque, en aquel momento, la madre de Gael entró en el estudio.

–¡Por fin os encuentro! –exclamó Verónica–. ¡Venga ya, Gaelito! Quítale las manos de encima a esa pobre muchacha. Si ni siquiera ha desayunado aún…

Perla se echó a reír mientras Gael se escudaba tras ella para ocultar su rampante erección.

–Mami, ¿me puedes dar un minuto?

–Cinco, *mijo* –replicó ella mientras le hacía un gesto a Perla–. Ven, Perlita. Quiero pasar un poco más de tiempo contigo antes de que nos dejes. Recupera la compostura, muchacho. No quiero que empieces a manosearla en el coche. El hielo es muy peligroso.

–De acuerdo, mamá…

Verónica se llevó a Perla. Gael había ido a la casa grande mientras Perla recogía sus cosas para comunicarle a su madre que se marchaba con Perla. Para su sorpresa, a Verónica le había parecido estupendamente. Le dijo que todo lo que hiciera que siguiera sonriendo así, le parecía bien. Gael estaba de acuerdo. Se moría de ganas por estar a solas con Perla durante unas horas en algún lugar lejos de sus chismosas parientes. Cuando fuera así, iba a asegurarse de que ella comprendiera que estaba dispuesta a hacer que las cosas funcionaran entre ellos. Después, le dejaría a Manolo muy claro que sus prioridades habían cambiado. Su hermana y su madre tenían razón. Ya iba siendo hora de que fuera un poco egoísta.

133

# Capítulo Dieciséis

Perla miró el teléfono de Gael, que se había iluminado por una nueva llamada de su tío. Sin embargo, Gael mantuvo los ojos en la carretera mientras los dos se dirigían en su SUV a Manhattan.

–Parece que Manolo necesita hablar contigo –le dijo ella tan despreocupadamente como pudo. No quería husmear, pero, por lo que había oído antes, la relación entre ambos era tensa, aunque no por ello parecía que Gael estuviera teniendo dudas sobre su participación en *El amor del Libertador*.

Perla se giró ligeramente para mirarlo.

–¿Recuerdas el monólogo de Gabriel García Márquez que hiciste cuando aún te estabas preparando?

–Claro que sí. ¿Pero tú te acuerdas también de eso? –replicó él, muy sorprendido.

–Por supuesto. Estuviste excepcional.

Al principio del curso, se pidió a todos los alumnos de su clase que hicieran un monólogo de cinco minutos. Gael escogió una escena de *Crónica de una muerte anunciada* de García Márquez.

Perla recordó que guardaba un montón de vídeos antiguos. Después de buscar durante unos minutos, los encontró. Conectó su teléfono al Bluetooth del coche y apretó el botón. Unos instantes después, la voz de Gael recitando aquel monólogo resonó en el coche. Él se quedó impactado.

–¿Aún lo tienes?

Perla asintió y le dio un beso en la mejilla. Los dos escucharon el vídeo hasta que este terminó.

–Me alegro de que estés haciendo eso –dijo ella mientras le tomaba la mano.

–Lo estamos haciendo los dos…

Durante un segundo, Gael apartó los ojos de la carretera y la miró. La firmeza de aquella mirada pareció cauterizar todas las dudas que ella pudiera tener sobre sus intenciones. Juntos, lo conseguirían.

–¿Estás seguro de que no tienes que regresar? Solo te quedan unos pocos días para estar con tu madre antes de irte a Asia –le preguntó Perla con gesto distraído mientras Gael le besaba entre los pechos.

Después de parar rápidamente en la casa de Perla para que ella pudiera volver a hacer su maleta, habían ido al apartamento de Gael. Acababan de entrar por la puerta cuando él la tomó entre sus brazos y comenzó a besarla.

–Mi madre está encantada de que yo haya acompañado a mi novia a la ciudad y lo estará más aún cuando regrese mañana y le diga cuándo va a poder volver a verte.

Perla ya no sabía qué era lo que les estaba pasando. Los sentimientos cambiaban de hora en hora y, aunque estaba segura de que las intenciones de Gael eran sinceras, no estaba tan ciega como para no darse cuenta de que tenían ante ellos un verdadero desafío. Ella vivía en Manhattan y, aunque Gael tenía un apartamento allí, pasaba gran parte de su tiempo en Los Ángeles, por no mencionar los viajes que tenía que hacer por trabajo.

–Espera. No hago más que dejar que me hipnotices con tus besos, pero tenemos que hablar –afirmó ella muy en serio–. No voy a permitir que le prometas a tu madre nada en mi nombre hasta que hayamos hablado de cómo vamos a hacer esto exactamente. Los dos tenemos vidas muy complicadas y no va a ser fácil.

Gael se apartó de ella y se apoyó contra la isla que separaba la cocina del salón y frunció el ceño.

–Quiero que esto funcione.

–Es que no solo depende de nosotros –afirmó ella–. Tu tío no está contento con el proyecto y no es la clase de hombre que…

–De Manolo me ocupo yo –replicó Gael sin dejar que terminara–. No te preocupes por él. Te lo prometo. ¿Qué te parece si bajo a comprar algo para cenar? Después de todo, es el día de Navidad. Tu podrías elegir algo para beber y, cuando te hayas puesto cómoda, yo ya habré regresado con los ingredientes para preparar asopao de camarones.

–Está bien, chantajéame con mi comida favorita –replicó ella, tratando de no parecer totalmente enamorada.

Gael la tomó entre sus brazos. Los dos sabían que él no hacía más que posponer la conversación que debían tener. El mundo real no le daría tregua durante mucho tiempo más. Sin embargo, era el día de Navidad y si Gael quería que cenaran primero y que luego hicieran el amor antes de que ella se marchara, Perla iba a aceptar el regalo que aquel mágico día quisiera darle.

# Capítulo Diecisiete

–¿Ya estás aquí? –le preguntó Perla. Dejó el libro que había estado leyendo y se levantó del sofá para recibir a Gael. Su sorpresa fue mayúscula cuando se encontró cara a cara con Manolo.

–Hola, Manolo –dijo, tratando de fingir una despreocupación que no sentía.

–Hola, Perla –replicó él. Ni siquiera trató de fingir simpatía. Resultaba evidente que no le caía bien a Manolo. De hecho, parecía molestarse su simple presencia.

–Feliz Navidad. Gael ha salido.

–No he venido a ver a mi sobrino –afirmó él con una gélida sonrisa–. Quiero hablar contigo y di por sentado que estarías aquí. Conozco a mi sobrino lo suficiente como para predecir qué es lo que va a hacer con sus amiguitas.

Perla sintió náuseas al escuchar el modo en el que pronunciaba la palabra «amiguitas», pero decidió que no iba a permitir que Manolo le hiciera sentirse mal. Gael y ella llevaban juntos lo suficiente como para que ella conociera a su tío y sabía que siempre era desagradable cuando estaba triste.

–¿En qué puedo ayudarte? –le preguntó ella. Se cruzó de brazos y levantó la barbilla, dispuesta a no permitir que Manolo la viera acobardada–. Si quieres hablar de los detalles del contrato, tendrás que hacerlo con nuestros abogados. Yo solo consigo que el artista firme. Lo que firmen no está entre mis competencias.

–A él no le importarán las condiciones –replicó Manolo–. Solo ha aceptado el papel para recuperarte. Ese muchacho nunca ha podido pensar como es debido cuando tú andabas por en medio. ¿Sabías que estuvo a punto de renunciar a su carrera por ti?

–¿Cómo has dicho?

–No hacía más que rechazar trabajos porque tenía que ocuparse constantemente de ti y de tus dramas. Estuvo a punto de declinar la oferta que le hizo Shapiro para su serie porque tú le llamaste llorando y le dijiste que tu madre te estaba haciendo vete tú a saber qué tontería en un yate o algo por el estilo –le espetó. La serie dirigida por Arnold Shapiro fue el primer éxito de Gael–. Tuve que suplicarle que aceptara el papel. Cuando se dio cuenta de la oportunidad que había estado a punto de perder por ti, vio que tú podrías terminar una carrera profesional que prácticamente ni siquiera había comenzado.

–Yo jamás le pedí que…

–No entiendes los sacrificios que todos hemos tenido que hacer por Gael para que llegue adonde está ahora –le gritó Manolo, como si ella no hubiera abierto la boca–. Los muchos trabajos que su madre y yo tuvimos que aceptar para que sacarle a él y a Gabi adelante.

–Eso ya lo sé, pero…

–¿Qué vas a saber tú sobre lo que nos costaba llegar a fin de mes? Tú naciste con una cucharilla de plata en la boca y luego cazaste a tu trofeo. Eso era lo único que Gael habría sido para tu familia si él se hubiera quedado a tu lado. Un chico guapo que llevar a las fiestas. ¿Acaso crees que no sé lo que tu madre decía de él?

¿No sabes que me llamó para que controlara a Gael porque él no tenía el pedigrí necesario para salir con una Sambrano?

–¿Que mi madre hizo qué? –preguntó Perla, sorprendida de lo que acababa de escuchar.

–Ya lo has oído. Y pensar que Gael estuvo a punto de renunciar a todo por ti… Nuestra familia no es como la tuya, Perla. No tenemos nada. Gael tiene mucha gente dependiendo de él…

–No sabía que mi madre había hecho eso. Lo siento –murmuró. La cabeza le daba vueltas.

–Tu madre hizo mucho más que eso –rugió Manolo con una sonrisa que parecía estar hecha de puro hielo–. Tu madre hizo que uno de sus abogados me llamara y me ofreciera dinero para alejar a Gael de ti.

–¿Qué?

–Te aseguro que era una buena suma, pero no estoy a la venta y tampoco lo está Gael. En esta familia, trabajamos para conseguir lo que tenemos y, si tenemos que tomar decisiones, las tomamos. Cuando tú estabas tratando de jugar a las familias con Gael, él luchaba por construirse una carrera para salir adelante y sacar adelante a su familia. Tú lo pusiste todo en peligro. Y ahora, solo llevas unos días junto a él y vuelves a hacer lo mismo. Las facturas médicas de su madre le costaron cientos de miles de dólares y seguramente habrá más. Esa mansión que le compró necesita pagarse con el duro trabajo. Gael no se puede permitir rechazar papeles para ir detrás de ti. Ha aceptado ese papel y ha rechazado otro que es una magnífica oportunidad porque se siente culpable, no porque sea lo que su carrera necesita. Está renunciando a millones de dólares por ti. Eso tiene consecuencias. Mi reputación y la de Gael sufrirán por ello.

—Pero él me dijo que no se había comprometido a nada —susurró Perla, cada vez más hundida. Sin embargo, sabía cómo funcionaba el mundo del espectáculo y comprendía que Manolo tenía razón.

—Siempre has sido su debilidad. Estuvo a punto de hundirse una vez para tenerte a su lado y ahora va a volver a hacerlo. ¿Estás dispuesta a vivir con eso, Perla?

Las palabras de Manolo le habían dolido, y mucho, pero no podía negar la verdad en lo que él estaba diciendo. Debería haber seguido su plan. Debería haber dejado que todo terminara cuando se marcharon de los Hamptons. Una vez más, el deseo que sentía por él le había hecho mentirse a sí misma. Al menos aquella vez, se marcharía con dignidad. Sabía que él se sentiría herido, pero era lo mejor. Gael terminaría comprendiéndolo.

—Está bien…

Perla se dirigió hacia la puerta, junto a la que aún estaba su maleta. Tomó su bolso y su abrigo y abrió la puerta.

—Me voy a mi casa. Llamaré a mi hermana y le diré que tenemos que buscar otro actor.

—Es lo mejor, Perla…

Ella cerró la puerta para no tener que escuchar más a Manolo. Era la única culpable de lo que había ocurrido. Tan solo le quedaba enmendar lo que había estado a punto de suceder.


—¿Ya has abierto una botella? Porque he encontrado el Albariño que tanto te gustó en la cena de Nochebuena.

Gael entró en el apartamento y estuvo a punto de dejar caer las dos bolsas de comida al ver a su tío sentado en el sofá con un copa de whisky en la mano.

–¿Dónde está Perla, tío? –le preguntó mientras dejó las dos bolsas en el suelo y se dirigió hacia el pasillo que conducía a los dormitorios–. ¿Cariño?

–Se ha ido, *mijo*.

Gael giró la cabeza para mirar a su tío. Estaba completamente seguro de que había entendido mal.

–¿Adónde se ha ido? –quiso saber. Todo le parecía sospechoso. Le parecía que todo tenía que ver con el hecho de que su tío estuviera allí sentado en su apartamento–. ¿Qué es lo que ha pasado, Manolo? Además, pensaba que tú ibas a ir a los Hamptons.

–Tenía que venir aquí primero para arreglar las cosas–. Sabía que tú no serías capaz de hacerlo una segunda vez.

–¿Arreglar qué? ¿De qué diablos estás hablando, Manolo?

Su tío dejó escapar un profundo suspiro antes de explicarse.

–Le dije la verdad. Que *El amor del Libertador* no era buena elección para tu carrera. Que la enfermedad de tu madre te ha costado y te va a seguir costando una fortuna y que toda tu familia depende de ti. Ya hemos pasado por aquí antes, Gael. Sé que te importa esa chica, pero no son como nosotros. Recuerda lo que intentó hacer su madre. Gael, en lo más profundo de tu ser, sabes que tengo razón, hijo.

–¡No me llames hijo! –le espetó Gael, acercándose a su tío hasta que colocó su rostro a pocos centímetros del de él–. La única persona en este mundo que tiene el derecho para llamarme así es Verónica Montez.

Manolo lo miró asombrado. Entonces, pareció darse cuenta de que no había jugado bien sus cartas.

–¿Cómo no he podido darme cuenta de lo que estabas haciendo? –añadió Gael temblando de la ira–. Tu implicación en mi carrera nunca ha tenido que ver conmigo ni con mi felicidad. Es solo que quieres que la gallina de los huevos de oro ponga todos los que sea posible.

–¿Cómo puedes decir eso? Después de todo lo que he hecho…

–¡Ya está bien! –rugió Gael, impidiendo que Manolo siguiera con sus mentiras.

Gael estaba tratando de recuperar el control para no hacer algo de lo que se podría arrepentir cuando su teléfono empezó a sonar. Estuvo a punto de dejar que saltara el buzón de voz, pero decidió contestar por si era Perla. Al sacarse el teléfono del bolsillo, vio que era su hermana, pero respondió de todas maneras esperando que la distracción sirviera para evitar que le pegara a su tío un buen puñetazo en la cara.

–¿Está Perla contigo?

–No –respondió él–. Se ha ido gracias a Manolo.

–Escúchame atentamente, Gael. He estado investigando un poco y parece que ese proyecto que el tío quería que hicieras es con Baxter Jones.

Baxter Jones era un magnate de Hollywood al que, en aquellos momentos, estaban investigando por docenas de acusaciones de abusos sexuales. Gael prefería terminar su carrera que trabajar con alguien como él.

–¿De qué estás hablando? Vi el nombre de la productora. No es él.

–De eso se trata precisamente –insistió Gabi tras respirar profundamente–. Aparentemente, ha creado esa empresa de tapadera, para que la gente no la relacione con él, pero es su dinero. Y quien me ha dado el soplo me ha dicho que el tío Manolo recibió una buena cantidad de dinero a cambio de garantizar que tú te unirías al proyecto. Por eso no quería que aceptaras el proyecto de Sambrano. Le estaban sobornando.

–Ahora te llamo.

–¡Espera! Vamos de camino hacia tu casa. A mamá le dio un mal presentimiento cuando el tío le dijo que no podía ir hoy a los Hamptons y ya sabes cómo se pone. No dejó de insistirme hasta que accedí a traerla aquí para que pudiera asegurarse personalmente de que todo está bien. Nos vamos a alojar en mi casa.

–Está bien. Te tengo que dejar. Me tengo que ocupar de este asunto –afirmó. Entonces, tras cortar la llamada, dejó el teléfono con un fuerte golpe sobre la isla de la cocina–. Tú has querido asociar mi nombre con un depredador sexual. Y has hecho que la mujer a la que amo se marche por dinero. Esto nunca tuvo que ver con tu supuesta preocupación por mi carrera, ¿verdad? Solo querías dinero. No te basta con los millones que ganas gracias a mí, sino que ahora aceptas sobornos y me vendes para que trabaje con ese cerdo. ¿Sabes lo que supondría para mi carrera trabajar con alguien como Manolo?

Gael sabía que estaba gritando, pero no le importaba. Había perdido totalmente el control. El pánico de haber perdido a Perla por segunda vez le hacía sentir una ira que no creía haber experimentado antes.

–Lo hice por ti –susurró Manolo. Tenía el miedo reflejado en los ojos–. No ibas a poder quedarte con esa chica. Ya sabes cómo somos. Los Montez no somos buenos para las mujeres…

–¡No empieces con eso! –rugió Gael–. Y no finjas ni por un segundo que esto tiene algo que ver conmigo o con Perla. Lo has hecho por ti, igual que mi padre utilizaba esas excusas tan manidas para justificar su propio egoísmo. Has estado demasiado tiempo sosteniendo la ayuda que le prestaste a mi madre por encima de mi cabeza, como si fuera la espada de Damocles. ¿Y sabes qué? –añadió, acercándose peligrosamente a su tío, hasta el punto de que este se echó a temblar–. Creo que ya te hemos pagado más que de sobra lo que te debíamos. Ahora voy a buscar a Perla. Asegúrate de no estar aquí cuando regrese.

Manolo trató de hacer como si nada hubiera ocurrido.

–Claro. Te dejaré que soluciones tus asuntos y volveremos a hablar dentro de un par de días.

Gael ya estaba casi en la puerta de salida cuando se volvió de nuevo para responder a su tío.

–No. No lo comprendes, Manolo. No puedo tener a alguien en quien no confío dirigiendo mi carrera. Estás despedido.

Con eso, Gael salió de su apartamento. Se metió en el ascensor con el temor de haber perdido a Perla para siempre. Ya lo había sospechado en varias ocasiones antes, pero en aquel momento comprendió que jamás había dejado de amar a Perla. Su corazón había estado congelado durante aquellos seis años. El éxito y la fama no le importaban nada si no podía tener a su lado a la única persona que le daba ganas de vivir por sí mismo. Justo cuando acababa de recuperarla, Perla volvía a escapársele entre los dedos.

# Capítulo Dieciocho

–Adelante –dijo Perla cuando oyó que alguien llamaba suavemente a la puerta de su dormitorio. Más que dormitorio, era más bien una suite de lujo. Su hermana y el prometido de esta habían comprado una mansión en Punta Cana hacía un año y era magnífica.

–Estás levantada –observó Esmeralda al entrar en el dormitorio. No eran ni las siete de la mañana, pero Perla no había podido dormir mucho.

–Ahora mismo. Estaba admirando las vistas. No me puedo creer que las cortinas hayan podido bloquear todo este magnífico sol –comentó Perla mientras admiraba la vista del océano que había más allá de su terraza.

–Son en realidad como pequeñas puertas que se deslizan cuando se aprieta el botón correspondiente –le explicó Esmeralda riendo–. Ya conoces a Rodrigo. Solo quiere lo mejor de lo mejor. Y lo mejor es una casa desde la que se puede ver el mar desde todas las ventanas. Ahora, dime cómo estás.

–No estoy muy segura…

Perla suspiró y cerró los ojos. Las últimas dieciocho horas habían sido terribles, pero al menos se encontraba ya en un lugar en el que todo el mundo la había recibido con los brazos abiertos. Tras marcharse del apartamento de Gael, había ido a buscar su coche y había permanecido sentada dentro de él durante mucho tiempo. Después, se puso a conducir y terminó en el aeropuerto, donde compró un billete en primera clase para el primer vuelo con destino a Punta Cana. Mientras esperaba en el aeropuerto, Gael trató de llamarla y le dejó muchos mensajes suplicándola que hablara con él. También le decía que sentía lo ocurrido con Manolo y le aseguraba que no era en absoluto lo que él sentía. Perla prefirió no responder y apagó el teléfono. Lo había mantenido así hasta que abrió los ojos instantes antes de que Esmeralda entrara en su dormitorio. Ya no había recibido más llamadas de Gael.

–No sé si Gael va a trabajar en el proyecto de Ríos –confesó–. Lo siento, Esmeralda. Todo es culpa mía.

–En primer lugar, nada de esto es culpa tuya –le aseguró Esmeralda–. En segundo lugar, no hay problema. Jimena, la que se encarga de nuestros asuntos legales, me envió un mensaje anoche y me dijo que el nuevo representante de Gael estaba revisando todos los contratos y que los remitiría en breve.

–¿Su nuevo representante?

–Eso parece. Creo que ahora se ocupa Gabriela, su hermana. Por lo que Jimena me ha dicho, el señor Montez parecer totalmente comprometido con el proyecto y sobre todo lo que te prometió.

Perla miró a su hermana. Había algo en el modo en el que Esmeralda había dicho aquella última parte que le aceleró los latidos del corazón.

–¿Y te han dicho por qué siguen interesados? Por lo que yo sé, este proyecto no es tan rentable como el otro que estaban considerando.

–No lo sé, pero Gael no es tonto y, por lo que me ha dicho Jimena, su hermana tampoco. Pero te aseguro que ni siquiera han sugerido que vayan a echarse atrás.

–Vaya… No creí que fuera a aceptarlo…

–¿Te puedo hacer una pregunta?

Perla se giró para mirar a su hermana y asintió.

–¿Le darías una segunda oportunidad?

–Gael es muy profesional para saber que no debe recular de un compromiso de trabajo, pero eso no significa que tenga intención de seguir conmigo.

Esmeralda la miró y sacudió tristemente la cabeza.

–¿Sabes cuál fue la lección más importante que aprendí el año pasado cuando Rodrigo y yo estábamos enfrentados por el puesto de director gerente?

–¿Que mi madre y mi hermano son personas horribles?

–No. Aprendí que, cuando la vida te da un camino, tienes dos opciones. Seguir andando con el bagaje que llevas del pasado y que está hundiendo o dejar todo atrás y empezar de nuevo con una carga mucho más ligera. ¿Y sabes qué es lo mejor de librarte de todo ese peso muerto?

–¿Qué? –preguntó Perla, a pesar de que sospechaba la respuesta.

–Que tienes sitio para un acompañante.

Antes de que pudiera comprender plenamente las palabras de Esme, Perla vio claramente una imagen de Gael y él andando de la mano, como si fuera un recuerdo.

–¿Sabes qué? –le preguntó Esmeralda–. Creo que deberíamos ir a dormir al yate. Las dos solas.

–Me parece estupendo –respondió Perla. El yate había sido el regalo de bodas que Esmeralda y Rodrigo se habían hecho el uno al otro.

–Excelente –comentó Esmeralda, aplaudiendo muy emocionada–. Nos iremos después de cenar. Haré que el cocinero nos prepare algunas cosas.

Mientras observaba a su hermana salir de su dormitorio, Perla deseó poder contagiarse del entusiasmo de su hermana. Desgraciadamente, había fingido la alegría que había mostrado. En aquellos momentos, lo único que le apetecía era meterse en la cama y ponerse a llorar. Perder a Gael por segunda vez le dolía tanto como se había imaginado.

–Entonces, ¿cuál es tu plan?

Gabi estaba apoyada contra el marco de la puerta viendo cómo Gael hacía frenéticamente la maleta.

–Voy a suplicarle para que sepa que cometí el error más grave de toda mi vida cuando dejé que Manolo me convenciera hace seis años de que la abandonara. Entonces, haré lo que haga falta para convencerla de que sería capaz de dejarlo todo por ella, incluso mi carrera. Además, he estado en contacto con Esmeralda. La llamé cuando me fue imposible encontrar a Perla. Hemos estado hablado y ella me dijo que no me diría dónde están hasta que estuviera segura de que Perla quiere verme. Después, me envió un mensaje y me dijo que pensaba que Perla querría hablar conmigo. Por eso voy a tomar ese avión.

En aquel momento, Verónica entró también en el dormitorio.

–¿Y qué le vas a decir, hijo?

Gael se volvió a mirar a su madre.

–Le voy a decir que la amo, mami –afirmó–. Solo espero merecerla.

Verónica se acercó a él y le colocó las manos a ambos lados del rostro.

–Quiero que me escuches atentamente. Tu padre era

quien era. No importa lo que tú pienses que eso significa, pero quiero que recuerdes que eres la mitad mío. Yo te crie y eres un buen hombre. El mejor –añadió–. Créeme, *mijo*.

Aquellas palabras fueron exactamente lo que necesitaba escuchar. Durante mucho tiempo, había creído que había algo en él que terminaría rompiéndole el corazón a Perla. Y lo había habido, pero no era la maldición, sino la propia inseguridad de Gael. Era él quien estaba permitiendo que el pasado dictara su presente. Y eso había terminado.

–Te creo, mamá.

–Bien –le dijo su madre antes de darle un beso en la mejilla–. Ahora, ve a por tu chica, *mijo*. Nosotras estaremos aquí esperando a que regreséis los dos juntos.

# Capítulo Diecinueve

—Ya hemos llegado —dijo Esme mientras aparcaba el coche junto al embarcadero—. Estoy muy emocionada y tú estás muy guapa —añadió. Perla se había puesto un maxivestido negro y unas sandalias plateadas.

—Estoy deseando dejar de pensar en…

No sabía cómo explicarse. Sería imposible no pensar en Gael, dado que él ocupaba siempre su pensamiento. Todo lo que veía, oía u olía le recordaba a él de algún modo o le recordaba que lo había vuelto a perder. Él ya no había vuelto a llamarla ni a tratar de ponerse en contacto con ella en modo alguno. Perla deseó que eso no le doliera como le dolía. Había tratado de convencerse de que lo había superado. Sabía que no era la misma muchacha insegura y solitaria que se había enamorado de Gael seis años atrás.

Era una mujer más fuerte, diferente. Desgraciadamente, aquella nueva versión de Perla también estaba enamorada de él. No podía negarlo. Siempre le había parecido que Gael estaba hecho para ella.

—Perlita, ¿me has oído?

La voz de Esmeralda la sacó de sus pensamientos. Se dio cuenta de que seguía en el coche sentada, mirando el parabrisas.

—Lo siento. No hago más que pensar en lo mismo…

—Pobrecita. Te prometo que todo va a salir bien —afirmó Esmeralda con una sonrisa—. Venga, ¿por qué no te diriges al yate? Yo tengo que hacer una llamada. Iré enseguida.

Perla notó que Esmeralda parecía algo nerviosa. Estaba leyendo un mensaje que acababa de llegarle al teléfono. Perla se preguntó si iba todo bien.

–¿Estás segura? Te puedo esperar.

–Claro que estoy segura. Es Rodrigo, que quiere que le dé algunos detalles sobre la luna de miel. Ya sabes cómo es –comentó Esmeralda mientras le guiñaba un ojo.

–Está bien. Te espero allí.

Perla abrió la puerta del coche y agarró su bolso y su sombrero. Su hermana le indicó la dirección por la que debía marcharse. Entonces, echó a andar por el muelle y no tardó en ver el yate. Era imposible no verlo. Era elegante e imponente, el barco más grande que había en el muelle. Perla notó que había un hombre sobre el puente. Parecía… No.

Perla se detuvo en seco, segura de que estaba imaginado lo que veía en aquellos momentos. No podía ser. Estaba aún a mucha distancia y el sol se estaba poniendo. Seguramente era uno de los miembros de la tripulación que salía a recibirla.

Sin embargo, en el momento en el que el hombre llegó a la pasarela, supo que no se había equivocado.

Se volvió a mirar a Esmeralda y vio que ella sonreía llena de felicidad. Perla tenía miedo de volverse de nuevo a mirar al yate y encontrarse cara a cara con él.

–¡Ve a por tu hombre, Perlita!

Ella lo sintió antes de que Gael dijera una sola palabra. Sintió su calidez por todo el cuerpo.

–¿Te puedes dar la vuelta, cariño?

Perla respiró profundamente y, por fin, se giró para mirarlo. Lo miró de arriba abajo, como si no creyera que él fuera real. Sin embargo, sí que lo era. Vio los sentimientos que se reflejaban en su rostro, el modo en el que la miraba, y quiso abrazarlo.

—Lo siento mucho, mi amor —susurró Gael—. Ojalá pudiera volver atrás en el tiempo y borrar todo lo que te he hecho o lo que he permitido que te hagan para hacerte daño.

—No tienes que…

—Por favor —insistió él, tomándola entre sus brazos—. Te ruego que me dejes decir esto. Tengo que decirlo. No ha habido un instante en los últimos seis años que no haya sentido que me faltaba algo esencial para mí. No tenía las herramientas para recuperarte entonces y probablemente tampoco las tengo ahora, pero te juro que, si me lo permites, me pasaré el resto de mi vida tratando de ser el hombre que mereces.

Sin decir palabra, Perla dio un salto y le rodeó la cintura con las piernas. Entonces, apretó la frente contra la de él y aspiró su aroma.

—Yo jamás quise la perfección, Gael. Lo único que quería era a ti.

Gael se emocionó al escuchar aquellas palabras. A sus espaldas, a Perla le pareció escuchar el suspiro de su hermana.

—Estamos montando una escena —musitó ella…

—¿Y de qué me sirve ser actor si no puedo darle a la mujer que amo un final de película? —bromeó Gael.

—Yo no necesito un final de película, Gael…

—¿Y si yo te lo quiero dar de todas maneras?

Gael se dio la vuelta y se dirigió hacia el yate con ella en brazos. Perla pensó que tal vez tendría oportunidad de conseguir todo lo que había deseado dado que, por fin, estaba dispuesta a creer que lo merecía.

# *Epílogo*

—¿Estás lista, mi vida? —le preguntó Gael mientras miraba por la ventana de su limusina. Estaban esperando su turno tras una larga fila de coches, en los cuales iban seguramente algunas de las estrellas más famosas de Hollywood, para descender del vehículo y pisar la alfombra roja.

—Mas que lista —afirmó Perla.

Le dio un beso en la mejilla antes de mirar al exterior. Más adelante, se podía ver un enjambre de paparazzi esperado a que las parejas, vestidas con sus mejores galas, salieran de sus limusinas y posaran para ellos. Aquella noche, Gael estaba nominado por su interpretación de Francisco Ríos. Además, la serie *El amor del Libertador* contaba con diez nominaciones. El proyecto había sido un éxito de crítica. Por ello, Perla iba a poder caminar por la alfombra roja de la mano del hombre de sus sueños, su futuro esposo.

Perla sonrió al mirar su mano izquierda, en la que relucía un hermoso anillo de compromiso *vintage* de Van Cleef & Arpels. Gael le había pedido matrimonio el día de Acción de Gracias en su casa de los Hamptons, rodeado por toda su familia y por la hermana de Perla. Era un aro de platino, con una perla negra en el centro rodeada de un halo de diez diamantes. Era delicado y elegante, perfecto para ella. Igual que él. Igual que la vida que tenían en común.

153

El chófer se detuvo por fin en el lugar indicado. Gael le dio la mano y le guiñó un ojo.

–Ha llegado el momento, cariño.

Perla respiró profundamente y tomó el *clutch* que llevaba a juego con su vestido. A pesar de que estaban en Los Ángeles, estaban a últimos de enero y hacía algo de fresco. Tendría que aguantar unos minutos en la alfombra roja con los hombros totalmente al descubierto. Llevaba un vestido trébol *vintage* de Charles James realizado en seda dorada. En las orejas y en el cuello, portaba joyas con zafiros por valor de cientos de miles de dólares por cortesía de Bulgari. Esta iba a juego con el esmoquin de Tom Ford que Gael llevaba puesto. Estaba guapísimo, como siempre.

Para el papel de Francisco Ríos, se había cortado el cabello y había decidido mantener el estilo. Lo llevaba casi rapado por los lados y más largo en la parte superior. Le sentaba perfectamente, aunque a él todo le sentaba bien.

–Adelante –afirmó Perla.

Gael la ayudó a descender de la limusina. En cuando salió, Perla comenzó a sonreír a las cámaras. Los dos años que habían trascurrido habían provocado en ella un enorme cambio.

Después de que Gael volara a Punta Cana, los dos decidieron darse una oportunidad. Desde aquel momento, el tiempo había pasado volando. Los dos tenían unos trabajos muy exigentes, pero consiguieron darle prioridad a la vida que estaban construyendo juntos. Perla nunca se había sentido más feliz. A pesar de que no era fácil, estaban creando unos cimientos muy sólidos para su relación, unos cimientos que podrían capear cualquier temporal.

–¿Podemos ver el anillo, señorita Sambrano? –le gritaron los periodistas mientras Gael la hacía avanzar por la alfombra roja.

Perla levantó la mano e, inmediatamente, esta recibió el impacto de miles de flashes. A continuación, siguieron andando hasta que se acercó a ellos una de las presentadoras de la gala, que estaba en la alfombra roja para realizar entrevistas.

–¡Gael Montez! –exclamó la mujer, una latina con un vestido sirena color rojo.

–Hola, Sandra –le dijo Gael–. Esta es mi prometida.

–Por supuesto. Señorita Sambrano, enhorabuena por el compromiso. Ya había oído que hoy llevaría un *vintage* de Charles James –exclamó Sandra mientras observaba el vestido con admiración–. Exquisito –añadió–. Bueno, Gael, ¿qué presentimiento tienes para esta noche? Podría ser una velada muy importante para ambos.

Gael sonrió y se tomó su tiempo para contestar. Miró a Perla y se inclinó para darle un beso en la mejilla antes de centrar de nuevo su atención en la reportera.

–Me siento muy honrado por la nominación y muy orgulloso de formar parte de esta producción. Me convertí en actor con la esperanza de que, algún día, podría tener un papel como este. Para los boricuas, Francisco Ríos es más que una leyenda. Representa la valentía y la dignidad de nuestra isla. Siempre estaré agradecido al amor de mi vida por convencerme de que aceptara el papel. Sin embargo, tengo que decir que ya me siento ganador sabiendo que voy a pasar el resto de mi vida junto a esta mujer.

Perla parpadeó con fuerza para contener las lágrimas tras escuchar las hermosas palabras de Gael.

–¡Pues ahí lo tienen, queridos espectadores! –exclamó Sandra con una reverencia, mientras los dos se disponían a seguir avanzando–. El amor verdadero en los premios de esta noche. Deseamos a la feliz pareja la mejor de las suertes esta noche y en su vida juntos.

Gael y Perla recorrieron los últimos metros de la alfombra roja y entraron por fin en el teatro. Tras pasar los controles de seguridad, Gael se la llevó a un rincón tranquilo en el que Perla pudiera recuperar el aliento.

–¿Te encuentras bien? –le preguntó.

–Sí, pero has estado a punto de hacerme llorar.

–Solo estaba diciendo la verdad –susurró Gael tomándola entre sus brazos–. La nominación es un honor, pero, pase lo que pase esta noche, yo me iré a casa con el mayor tesoro que podría desear.

–Pero si ya sabes que me voy a casar contigo…

Gael le colocó una mano debajo de la barbilla y la obligó a levantar el rostro.

–Gracias.

–¿Por qué dices eso?

Gael sonrió y sacudió la cabeza como si ella le hubiera preguntado la más necia de las cuestiones. Se inclinó para besarla. Lo hizo delicadamente, pero ella sintió la profundidad y la fuerza de su amor a pesar del mínimo contacto.

–Gracias por darme la oportunidad de hacerte feliz.

–Te amo –susurró ella, totalmente segura de su amor en común y la vida de felicidad que tenían ante ellos.

# DESEO
# ADRIANA HERRERA

## SIETE DÍAS JUNTOS

Cuando Esmeralda Sambrano-Peña heredó inesperadamente el imperio audiovisual de su padre, la noticia levantó ampollas. Nadie se sintió más contrariado que Rodrigo Almanzar. Esmeralda sabía que el protegido de su padre, y examante suyo, quería dirigir la empresa. Para empeorar aún más la situación, la pasión renovada entre ellos se hacía más innegable después de cada reunión de medianoche. ¿Demostraría Rodrigo que podía ser el socio perfecto en los negocios y en el placer… o más bien la ruina profesional de Esmeralda?

N.º 567

## EN EL CORAZÓN DE LA TORMENTA

La directora de reparto Perla Sambrano sabía que Gael Montez era el actor perfecto para su nuevo proyecto. Todo saldría bien si era capaz de olvidar la atracción que había entre ellos y dejaba a un lado su corazón.

Los hombres Montez hacían daño a las mujeres a las que amaban. O al menos eso era lo que Gael creía. La única manera de proteger a Perla era mantener su relación estrictamente dentro del ámbito profesional. Sin embargo, una tormenta de nieve los aisló en la casa de él y provocó un milagro de Navidad que ninguno de los dos había planeado…

# BIANCA™

*Un inesperado trabajo en el Caribe
y un ascenso… a prometida de su jefe*

## UNA DULCE OFERTA

CATHY WILLIAMS

N.º 3174

Convencer a Rafael Moreno era la última esperanza de la chef Samantha Payne para que el empresario retirara la oferta de compra de la pastelería de sus sueños. Pero Rafael la sorprendió con una contraoferta. Y sin saber cómo, Sammy estaba en el Caribe organizando el exclusivo *catering* para la reunión de negocios del magnate.

Pero el pasado de Rafael resurgió y puso en peligro un importante acuerdo, empujándole a buscar una solución con urgencia: renegociar con Sammy su acuerdo si ella accedía a ser su prometida. ¿Compartir una *suite* y fingir estar localmente enamorados? Parecía un trato fácil de cumplir. Pero a medida que se acercaban, los límites de su acuerdo comenzaron a desaparecer…

# BIANCA™

*El marido olvidado había regresado...*
*para llevarse a su esposa a Japón*

## RECUPERAR UN AMOR OLVIDADO

LELA MAY WIGHT

N.° 3175

El amor no tenía lugar en el matrimonio de Emma y Dante Capetta, basado únicamente en la pasión. La madre de Emma había buscado el amor toda su vida, y eso la había destrozado; así que, cuando ella se dio cuenta de que quería algo más que su mutuamente asegurado deseo, se marchó. Pero sufrió un accidente que la dejó sin memoria, borrando los recuerdos de esa pasión...

En cuanto al cínico millonario que era Dante estaba decidido a recordarle lo perfecta que había su relación y, para conseguirlo, la llevó a Japón. Pero, si la asombrosa química que había entre ellos no había podido evitar que Emma lo abandonara una vez, ¿cuántas de sus paredes emocionales tendría que derribar Dante para recuperar a su esposa?

## ¡YA EN TU PUNTO DE VENTA!

# BIANCA.

*Tratándose de venganza...*
*¡no hay reglas!*

## NUEVE DÍAS Y NUEVE NOCHES

MAYA BLAKE

N.º 3176

El solitario magnate Jario Tagarro no podía escapar de la sombra de su brutal pasado, a pesar de vivir recluido en su yate de lujo en alta mar. Todo cambió cuando su nueva ayudante, Willow, se convirtió en una tentadora distracción... ¡Hasta que descubrió que la cautivadora mujer era la hija de su enemigo!

Ese empleo era el último intento de Willow para evitar que Jario destruyera a su padre. Desesperada, aceptó las condiciones de Jario: él le revelaría por qué quería vengarse si ella ganaba una serie de desafíos.

Pero dada la química entre ambos, ¿conseguirá Willow sus respuestas, o lo olvidará todo en brazos de Jario?

## ¡YA EN TU PUNTO DE VENTA!

# BIANCA™

*Durante un año mantuvo las distancias con ella…*
*Pero, ¡durante una noche no se pudo resistir!*

## ABANDONADOS AL AMOR

**ABBY GREEN**

N.° 3177

Cuando Ana Diaz se casó con el magnate Caio Salazar, este le dejó muy claras sus condiciones: un año de matrimonio para poder expandir su imperio y asegurar la libertad de Ana. No obstante, acababan de firmar los papeles del divorcio cuando se vieron obligados a pasar veinticuatro horas juntos debido a una amenaza de seguridad.

Por fin a solas, la novia con la que Caio había soñado se convirtió en la tentación personificada. Era lo último que Caio, que estaba cerrado al caos del amor, quería. A no ser que Ana le demostrase que el vínculo que tenían era más fuerte que su instinto de supervivencia…